Prolog

W0222363

18. Dezember 1936
Schnee war noch nicht gefallen in diesem Jahr, aber die Kälte hatte das Tal bereits im eisigen Griff. Die dürren Skelette des Rainfarns, die jetzt, lange vor Morgengrauen, nur blaugrau im Mondenschein zu erahnen waren, verharrten regungslos in ihrem dichten Pelz aus Eiskristallen. Unter ihnen gluckerte schwarz, bisher unbeeindruckt vom noch jungen Winter, die Aurach zwischen den schlafenden Auen, vorbei an den alten Häusern und Höfen, Wiesen und Feldern des Dorfes. Bald würde sie sich bei Bruck in die Regnitz ergießen und in ihrem Wasser verlieren, an Erlangen vorbei in Richtung Main getragen werden und dereinst in die ferne Nordsee fließen.
Solche tiefschürfenden Gedanken waren dem Mann fremd, der jetzt in der Stille des kaum anbrechenden Tages seinen Karren mit den frisch gefüllten Milchkannen über die alte Steinbrücke schob. Er atmete weiße Wolken aus. Das Holpern der Räder auf dem Pflaster fand kein Echo im nebligen Dunkel, reichte vielleicht noch hinüber bis zur Zwanzigermühle, wo schwaches Licht hinter ein paar Fenstern ebenfalls von früher Arbeit zeugte.
Der Mann mit den Milchkannen verschnaufte kurz, sah dem Atem vor seinem Gesicht nach, der in der frostigen Nachtluft nur zögernd verflog, zog den Schal fester und die Mütze tiefer ins Gesicht und setzte seinen Weg fort. Er passierte hinter der Brücke die Wirtschaft „Zur Eisenbahn" und begann den mühevollen Weg hinauf zum Bahnhof, der hinter der Ortschaft auf dem Wagnersberg lag. In einer knappen Viertelstunde würde der Zug kommen, der, wie jeden Morgen, die Milch des Umlands zur Molkerei nach Nürnberg einsammelte.

Die Schritte des Mannes verklangen. Er ahnte nicht, dass er seinen Karren eben nur wenige Meter an einem anderen Dorfbewohner vorbei geschoben hatte. Dieser jedoch hatte sich nicht zu erkennen gegeben. Er lag still im eisigen Schatten unter der Brücke. Die Kälte machte ihm nichts aus. Eine dünne Spur angetrockneten Blutes führte von seinem barhäuptigen Schädel in den Kragen seines Mantels hinab.

Der Mann war tot.

1. Kapitel

16. Juli 2006

Paul Wedler hatte eben seine zweite Tasse Kaffee getrunken und sich bei der Lektüre der Zeitung bis zum Lokalteil vorgearbeitet. Obgleich schon seit zwölf Jahren im Ruhestand, pflegte er noch immer die Rituale seiner Zeit als Zeitungszusteller. Aufstehen um viertel nach fünf, der Gang zum Bäcker um die Ecke, wo man auch um diese Zeit schon an der Tür zur Backstube die Brötchen – Wedler holte jeden Morgen drei – frisch aus dem Ofen bekommen konnte. Wieder zu Hause holte er die *Regnitzpost* aus dem Kasten, kochte Kaffee, deckte den Tisch, weckte seine Frau und las schon mal den Hauptteil. Früher hatte Marga das Frühstück gemacht, aber je schlechter es um ihre Gesundheit bestellt war, umso mehr hatte er eben die Aufgaben im Haushalt übernommen. Abwasch, Staubwischen, Einkaufen, Bügeln. So gut er es eben konnte. Seit er Rentner war, hatte er ja auch Zeit dafür. Er hätte auch genug Zeit dafür gehabt, wenn er zwei Stunden später aufgestanden wäre, aber in diesem Punkt wollte er nicht mit sich reden lassen. Marga Wedler, seine Frau, hatte es jedenfalls schon lange aufgegeben.

Seit kurz nach dem Krieg hatte Wedler viele Jahre im Verlag der *Regnitzpost* gearbeitet. Ohne eine wirkliche Ausbildung dazu war er als Drucker tätig, anfangs, weil halt gerade niemand anders verfügbar war, später, weil der junge Kerl eine schnelle Auffassungsgabe hatte, die Funktionsweise jeder Mechanik mit traumwandlerischer Sicherheit durchblickte und in kurzer Zeit für alles einsetzbar war, wo gerade Mangel herrschte. Noch heute war er stolz darauf. Immer wieder gerne erzählte er die Geschichte, als gegen Mitternacht plötzlich die Druckmaschine still gestanden und der Chef wild herumtelefoniert hatte, um schnell einen Mechaniker aufzutreiben. Unbemerkt von allen anderen hatte unterdessen Paul Wedler die Ärmel hochgekrempelt, sich ohne ein Wort mit Hammer, Schraubenschlüssel und Ölkännchen in dem gusseisernen Ungetüm vorangearbeitet und bis zum Eintreffen des Mechanikers die Maschine wieder zum Laufen gebracht.

Zum Durchbruch verhalf ihm, dass im Herbst 1948 einer der Setzer plötzlich starb, wahrscheinlich an den Spätfolgen einer Kopfverletzung, die er aus Russland mitgebracht hatte. Von heute auf morgen sprang Paul Wedler ein und wurde unentbehrlich. Bis 1975. Mit der Umstellung auf Offsetdruck und der Rationalisierung in der Redaktion war es für ihn auf einmal aus. Wedler hatte keine Kinder, deshalb traf es ihn als ersten. Immerhin bot man ihm den Zustellbereich Büchenbach an, später konnte er nach Frauenaurach wechseln. Mehr schlecht als recht gelang es ihm, mit diesem Zubrot, kleinen Nebentätigkeiten und dem Ersparten bis zur Rente über die Runden zu kommen. Aber Wedler war ein bescheidenes Leben gewöhnt, für die morgendlichen Brötchen reichte es, und die Zeitung zahlte ihm noch immer der Verlag.

Gerade als seine Frau hereinkam und sich an den Tisch setzte, war er zum Lokalteil vorgedrungen.

Draußen war es schon lange hell, es versprach ein sonniger Julitag zu werden. Die goldfarbenen Zeiger an der nierenförmigen Uhr zeigten auf kurz vor sieben. „Der Tote von der Aurachbrücke" lautete die Aufmerksamkeit heischende Schlagzeile, mit der das Blatt während der Saure-Gurken-Zeit dieses Sommers 2006 eines uralten Kriminalfalls gedachte. Irgendein findiger Mitarbeiter der Zeitung hatte in den Archiven gewühlt und nicht warten wollen, bis sich die Begebenheit im Dezember wirklich jährte. Ein malerisches Bild der sonnigen Aurachwiesen mit der alten Sandsteinbrücke sollte den Lesern den Ort den Geschehens anschaulich vor Augen führen, obwohl sich eigentlich in einer eisigen Dezembernacht ereignet hatte, woran in den drei Spalten darunter erinnert wurde.

Wedler las den Text mit wachsender Erregung und warf das Blatt ärgerlich auf den Frühstückstisch, was aber nur ein leises Rascheln erzeugte. Um seinem Unmut angemessen Luft zu machen, schlug er noch mit der Faust auf das unschuldige Papier, dass das Porzellan mit dem abgeschabten Goldrand schepperte.

„Ungeklärt!" schnaubte er. Wedlers Morgenlaune war dahin. Seine Frau seufzte und sparte sich den vergeblichen Versuch, auf ihren Mann mäßigend einzuwirken. Sie kannte ihn seit über fünfzig Jahren. Der wetterte weiter.

„Gar nichts ist ungeklärt! Jeder hat gewusst, wer es war! Ausgebeutet hat er seine Leute, bis aufs Blut, und als sich das einer nicht mehr gefallen lassen wollte, hat er ihn erschlagen wie ein Stück Vieh."

Marga Wedler sagte noch immer nichts. Sie kannte die alte Geschichte und wusste, dass ihr Paul von seiner Version nie und nimmer abzubringen wäre. Siebzig Jahre war es nun her, dass Pauls Vater – Paul

war damals acht Jahre alt – eines Morgens, wenige Tage vor Weihnachten, von der Spätschicht nicht nach Hause gekommen war. Seine Leiche war im Morgengrauen mit einer schweren Verletzung am Hinterkopf unter der Aurachbrücke gefunden worden. Nie konnte ein Täter ermittelt werden, obwohl es natürlich viele Gerüchte gegeben hatte – aber in welchem Ort wäre das anders gewesen?
An diesem Sommertag wurde die alte Geschichte, angeheizt durch den Bericht in der Zeitung, nach so langer Zeit nochmals Gesprächsthema im Dorf. Zeitzeugen gab es zwar nur noch wenige, außer Paul Wedler natürlich, aber mit dem Alten wollte niemand so recht darüber reden. Die meisten alten Frauenauracher kannten die Geschichte nur aus zweiter Hand, die einen schlecht, die anderen recht, so wie sie ihre Eltern und Großeltern eben erzählt hatten.

*

Die Ladentür der Metzgerei öffnete sich, das Gespräch verstummte kurz, als der Eintretende freundlich grüßte. Martin Thormann hoffte, dass seinem „Grüß Gott" kein allzu fremdsprachlicher Klang anhaftete, hatte er sich doch an die Grußformel seiner neuen Heimat noch nicht so ganz gewöhnt. Ein paar der Kundinnen nickten ihm geistesabwesend zu, andere blieben mit ihrer Aufmerksamkeit zwischen den Weißwürsten und den Chilibeißern. Thormann hatte immerhin schon begriffen, dass sich der durchschnittliche Mittelfranke im Alltag nicht durch überschäumende Emotionen auszeichnete. Sechs Wochen lebte er nun schon hier und hatte als Mann mit Sprachgefühl immerhin erfolgreich begonnen, sich in diesen seltsam konsonantenweichen Dialekt hineinzuhören. Ab und zu machte er sich sogar verstohlen Notizen, wenn er mal wieder eine neue, in seinen Ohren eigenartig klingende Formulierung aufgeschnappt hatte. Ein Vokabelheft, wie damals in der Schule. Vielleicht würde ja sogar einer seiner nächsten Romane in seiner neuen Heimat spielen, dann konnte er das verwenden. Vielleicht würde er auch irgendwann hinter die genaue Verwendung und Bedeutung des Wörtchens *„fei"* kommen, das in jedem zweiten Satz an völlig unberechenbarer Stelle fiel.

Seine alten Freunde hatten nur den Kopf geschüttelt, als er ihnen erklärt hatte, dass er die Marschwiesen Ostfrieslands gegen die fränki-

sche Wildnis 700 Kilometer weiter südlich eintauschen wollte. Sein Hauptargument war rein materiell: Seine entfernte Großtante Lene hatte ihm mangels anderer Erbwilliger und ziemlich unbekannterweise ein Häuschen an der Aurach vererbt, was bei seinen chronischen Problemen, den regelmäßigen Mietforderungen für seine Wohnung am Stadtrand von Norden nachzukommen, gar nicht so ungelegen kam. So hatte er kurz entschlossen seine sieben (sehr viel mehr waren es nicht) Sachen gepackt und war hierher umgesiedelt.
Der zweite Grund war eher emotionaler Natur: nach der Trennung von Isolde, seiner langjährigen, im kulturellen Leben ständig glitzernd präsenten Exfreundin, war ihm nach mehr Distanz zumute, als ihm die Enge seiner Provinzstadt bieten konnte.
„Biddschönwasderfsdnsei?“
Die Frage der Dame aus dem Schlaraffenland von Wurst- und Fleischwaren, freundlich, gleichwohl ihrer Deutlichkeit und dem begleitenden Blick nach zu urteilen bereits zum wiederholten Male vorgetragen, riss ihn aus seinen Tagträumen zurück in die Realität. Er murmelte eine Entschuldigung und nahm ein Paar geräucherter Bratwürste und eine kleine Portion der Hausmacher Salami. Auf kulinarische Infrastruktur, das hatte Martin Thormann schon in den ersten Tagen erfreut registriert, brauchte er hier nicht zu verzichten. Zwischen der Metzgerei und seiner Haustüre lagen gerade mal bequeme einhundertfünfzig Meter der Wilhelm-Tell-Straße, die sich vom Kopf der sandsteinernen Aurachbrücke am Rand des Tals entlang den Wagnersberg hinauf zog. Schon bei seinem ersten Besuch hatte Martin Thormann mit Belustigung zur Kenntnis genommen, dass es offenbar auch außerhalb seiner flachen Heimat einem Buckel von ein paar lächerlichen Metern gelang, zum „Berg“ ernannt zu werden. Manchmal fragte er sich, ob der Status „Berg“ einen hinreichenden Grund dargestellt hatte, die Straße nach dem Schweizer Nationalhelden zu benennen.
Unten, jenseits der Aurach, lag der alte Dorfkern. Häuser aus Sandstein und Fachwerk, die teilweise mehrere hundert Jahre auf dem Buckel hatten und schon standen, als die Geschicke des Ortes von einem Dominikanerinnenkloster bestimmt wurden. Die Aurach, obgleich ein eher kleiner Wasserlauf, trieb schon zu jenen Zeiten die Räder einer Klostermühle an und war die Lebensader des Dorfes.
Auf dieser Seite des Tals dagegen standen fast ausschließlich Einfamilienhäuser mit dicht begrünten Gärten, gebaut in den 60ern und

70ern, als die Wohnbevölkerung Frauenaurachs mit dem Boom der benachbarten Universitätsstadt Erlangen gewachsen war. Ligusterhecken, Thujas, Blaufichten und Korkenzieherweiden bestimmten das Bild, akkurat gesetzt um sauber gemähte Rasenflächen oder auf einem wohlgejäteten Baumscheibchen in deren Mitte.
Von der Wilhelm-Tell-Straße zweigte der Mühlgarten ab, dessen vorderstes Anwesen – wie auch das der Metzgerei – eines der wenigen historischen Gebäude auf dieser Talseite war. Der Hof hinter dem Haus war ursprünglich von zwei kleinen Wirtschaftsgebäuden umgeben gewesen, die aber im Laufe der Zeit mehrfach den veränderten Bedürfnissen angepasst, umgebaut und zum Teil wieder entfernt worden waren. Der Zugang zum Grundstück lag inzwischen an der Wilhelm-Tell-Straße, was aber an der postalischen Anschrift nichts geändert hatte.
‚*Thormann*' stand handgeschrieben auf einem provisorischen Schild, mit Klebeband am Briefkasten befestigt. Nach ein paar Regenfällen würde er es ersetzen müssen, nahm er sich auch jetzt wieder vor, als er sein Erbgrundstück durch die kleine Pforte betrat. Im Moment konnte das noch warten, die Sonne lachte warm auf die Gärten der Straße.

*

„Hast du heute schon die Zeitung gelesen?" Thormanns Nachbar winkte wichtig mit der *Regnitzpost* über die Hecke. Thormann schaute von seinem Laptop hoch, mit dem er es sich gerade bei einem Tee im Halbschatten seines Walnussbaums gemütlich gemacht hatte. Etwas zerstreut und unverbindlich winkte er zurück. Das kam jetzt wirklich unpassend, eben war er so richtig im Fluss seiner Geschichte. Aber Wilhelm Horn – Willi, wie er Martin Thormann gleich beim Einzug jovial angeboten hatte – würde sich nicht so schnell abspeisen lassen. Und dass jemand mit Laptop im Garten sitzend konzentriert einem ernsthaften Broterwerb nachgehen könnte, der keine Störungen vertrug, ging in Willis pensionierten Schädel ohnehin nicht hinein. So hackte Martin noch schnell ein paar Stichworte in die Tasten, in der Hoffnung, dass er sich seiner guten Ideen und Formulierungen später noch erinnern würde, und legte seufzend das Gerät beiseite. Willi war bereits, die Zeitung schwenkend, zum Gartentürchen hereingekommen.

„*Schauamol*, das ist die alte Geschichte vom Wedlers Franz, dem Vater vom Paul, *wassd scho*, der Alte ...“
Martin wusste schon. Er kannte Paul Wedler nicht persönlich, aber die Geschichte war ihm heute schon zweimal erzählt worden. Dessen Vater Franz Wedler war am Morgen des 18. Dezember 1936 mit schweren Kopfverletzungen tot unter der Aurachbrücke gefunden worden, offenbar erschlagen. Es gab viele Vermutungen, aber nie einen wirklichen Beweis der Täterschaft, weshalb das Verfahren irgendwann eingestellt worden war. Von Willi hörte er sie heute nun zum dritten Mal.
„Und das Beste steht hier gar nicht drin,“ redete Willi sich heiß, senkte plötzlich verschwörerisch die Stimme und näherte sein Gesicht bis auf unangenehm wenige Zentimeter dem von Martin, *„der hadd fei hier gwoond*!“
Erwartungsvoll triumphierend schaute er Martin ob der Sensation in die Augen – zu dessen Erleichterung aus größerer Distanz – und wartete auf eine angemessen beeindruckte Reaktion. Martin war in der Tat überrascht.
„Wer hat wo gewohnt?“ fragte er sicherheitshalber, ob er das auch richtig verstanden habe.
„Der Vater vom Wedler, der hat hier gewohnt. In dem Haus da.“
Martin drehte sich zu seinem Haus um.
„Sind Sie ... bist du sicher? Das Haus hat, nach allem was ich weiß, meiner Großtante gehört, und deren Großvater hat es 1881 gebaut.“
Willi winkte ab. „Schon klar, der Vater vom Wedler hat ja auch sein Lebtag kein Haus besessen, aber gewohnt hat er hier. Hinten zur Aurach raus, wo jetzt der Schuppen ist, da war mal ein eigener Eingang zu einer Kammer. Erst haben da die Mägde gewohnt, später dann hat das die Anni, die Mutter von der Lene, an den Franz vermietet.“
Martin horchte auf. Die Sache begann nun doch ganz interessant zu werden. Er dachte an die beiden kleinen Räume, die voller altem Gerümpel standen und die er bisher noch nicht so recht zur Kenntnis genommen hatte. Dort sollte jemand gewohnt haben? Willi sah die Skepsis in Martins Gesicht und bequemte sich lustvoll, als habe er die ganze Geschichte persönlich miterlebt, zu näheren Erläuterungen:
„Der Wedlers Franz, der hat doch *ka Geld ned ghabt*, und wie die Anni den Hof aufgegeben hat und ihr Heinrich im Hammerwerk

vom Riesner angefangen hat, hatten die auch keine Magd mehr im Haus. Und da hat sie eben an den Franz vermietet."
„Und wovon hat der Franz gelebt? War der arbeitslos?"
„*Naa, des nu aa nedd*. Der war in der Mälzerei. Hat geschuftet bis zum Umfallen, aber der Hardt war halt ein alter Sauhund, der hat seine Leute ausgebeutet. Gezahlt hat der einen Hungerlohn ... sagen die Leut'."
Die Mälzerei war Martin auch schon aufgefallen. Etwas zurückgesetzt hinter der alten Klosterkirche stand der Komplex. Fast wie eine Burg umgaben die Gebäude einen großen Hof, der über ein Sandsteintor von der Brauhofgasse aus erreicht werden konnte. Richtig ins Auge fiel die Mälzerei vor allem, wenn man von der Talseite darauf schaute, wo ihre trutzige rückseitige Fassade direkt an die Aurachwiesen grenzte. Der Schriftzug prangte in großen Buchstaben auf der ansonsten kahlen Mauer, hinter der bis heute fast täglich die Braugerste angeliefert wurde, gereinigt wurde, keimte, gedarrt wurde und als Braumalz die Grundlage vieler Gerstensäfte der Umgebung war. Martin hatte von der hinteren Ecke seines Gartens aus einen guten Ausblick auf das Gebäude.
„Gab es die Mälzerei denn damals schon?"
„Die gab es schon immer, also, denk' ich mal, schon wie es das Kloster gegeben hat. Da wurde noch richtig Bier gebraut, Klosterbräu halt. Die im Kloster haben ja was gebraucht, damit sie beim Fasten nicht verhungern." – Willi zwinkerte Martin zu – „Aber nach dem ersten Krieg war Schluss. Die Krise, *wassd scho*!"
Martin nickte. Nicht der einzige Betrieb, dem die Weltwirtschaftskrise das Genick gebrochen hatte. Aber immerhin war es hier offenbar gelungen, den Mälzereibetrieb aufrecht zu erhalten.
„Und da hat der Franz gearbeitet?" fädelte er das Gespräch wieder ein.
„*Dou hadda g'ärbadd!*" bestätigte Willi. „Zu wenig zum Leben, für sich und seine junge Frau, zuviel zum Sterben. Und wie dann die Kinder da waren, konnte die Käthe auch nicht mehr so viel arbeiten gehen."
„Käthe? Das war seine Frau?"
Willi nickte. „Zu viert haben die da gewohnt, mehr konnten sie sich eben nicht leisten."
Martin schlussfolgerte:
„Zu viert? Dann hatten sie außer Paul noch ein weiteres Kind?"

„Ja, ich glaub, der Paul hatte noch eine kleine Schwester. Aber was aus der geworden ist, weiß ich auch nicht.“

Als die Turmuhr der Klosterkirche Mittag schlug, verabschiedete sich Willi eilends zum Mittagessen, um nicht – wie er sagte – Ärger mit seiner Frau zu bekommen. Martin saß noch eine Weile nachdenklich da, klappte dann seinen Laptop wieder auf und legte eine neue Datei an. Was er eben gehört hatte, klang spannend. Und so tippte er sich ein paar Notizen, mit dem Vorsatz, bei Gelegenheit weiterzuforschen. Und er nahm sich vor, sich die Kammer einmal genauer anzusehen, wo die junge Familie Wedler damals gehaust hatte.

2. Kapitel

16. Dezember 1936
„Sag das nochmal!“
Er hatte sich, gerade von der Arbeit zurückgekommen, umgezogen und eine Flasche Bier aus dem Keller geholt. Beim Öffnen des Verschlussbügels war Schaum aus dem Flaschenhals gequollen und lief nun auf die schwere Buchenholztischplatte. Niemand nahm davon Notiz. Was er eben gehört hatte, ließ alles andere schlagartig zum Nebensache werden. Seine eigene Tochter!
Sie standen einander in der Küche gegenüber. Ruhe vor dem Sturm. Stille vor dem Orkan. Aus dem großen Topf stiegen Dampfschwaden auf und verbreiteten den Geruch einer deftigen Gemüsesuppe. Ab und zu gab es blubbernde Geräusche. Niemand achtete jetzt darauf.
Seine Frau versuchte, die Wogen zu glätten und beschwichtigte ihn:
„Mach jetzt kein Drama draus, es ist ja nicht der Weltuntergang.“
Er wurde nur noch lauter:
„Ich soll kein Drama draus machen? Es ist schon ein Drama. Schimpf und Schande, unter meinem Dach. Ich fasse es nicht. Und wahrscheinlich wissen es längst alle, nur mir sagt keiner etwas.“

„Niemand weiß etwas. Sie hat es nur mir gesagt, und naja, ich hatte mir sowieso schon so etwas gedacht."
Er schüttelte fassungslos den Kopf, bemühte sich tatsächlich, ruhiger zu bleiben.
Seine Frau setzte nach:
„Was geschehen ist, ist nunmal geschehen. Vorwürfe helfen ihr jetzt nicht weiter." Sie trat an ihn heran, fasste ihn an der Schulter, blickte ihm fest in die Augen und sagte langsam, fast beschwörend, in unerschütterlicher Mütterlichkeit: „Wir müssen ihr jetzt helfen!"
„Von wem ist es? Doch nicht dieser ... dieser Hallodri, mit dem sie in der letzten Zeit ..." Sein Blick war jetzt mehr ängstlich als wütend, mehr von Sorge gezeichnet als von Groll.
Eindringlich fiel sie ihm ins Wort:
„Sie liebt ihn!"

*

Am nächsten Morgen hatte das Wetter seine Freundlichkeit erst einmal verloren. Die schwüle Wärme des vorigen Abends war – wie die Pessimisten natürlich gleich gewusst hatten – Vorbote einer Gewitterfront gewesen, die sich im Laufe der Nacht heftigst entladen hatte und der nun eine dichte, sich penetrant abregnende Wolkendecke folgte. Der aufziehende Tag kam kaum über die Dämmerung hinaus, und immer wieder steigerte sich der kalte Dauerregen zum rauschenden Wasserfall, der die Straße zentimeterhoch unter Wasser setzte und in die Oberfläche gischtete. Martin überlegte es sich dreimal, ob ein möglicherweise leerer Briefkasten den Weg zum Gartentürchen wert war, entschied sich dann aber, dass er es aus Solidarität dem Briefboten gegenüber tun würde, der ja auch nicht danach fragen konnte, wie das Wetter war und sich unter Umständen mit wichtiger Post durch den Regensturm gekämpft hatte. Vielleicht war es ja auch einfach Neugier. Oder die Hoffnung, der Verlag könnte sein Konto saniert haben.
Das Gefühl, es mit Gummistiefeln, Regenjacke und Schirm für lächerliche zehn Meter dann doch übertrieben zu haben, verflog bereits beim Öffnen der Haustür. All die Jahre in unmittelbarer Nachbarschaft des Meeres und dessen meteorologischen Launen hatten an Martins Abneigung gegen die Nässe von oben nichts ausrichten

können. Trotzdem marschierte er entschlossen mit zusammengepressten Lippen zur Gartenpforte, öffnete den Briefkasten, zog mit nassen Fingern den Stapel Post heraus, schimpfte, als der unterste Brief in die braune Brühe fiel, schimpfte nochmals, als sich beim Bücken der Schirm an den Zweigen der Magnolie verfing und ein kaltes Rinnsal in seinen Kragen umgeleitet wurde, raffte schließlich alles zusammen und eilte zurück. Im Vorbeigehen sah er den vom Wind umgeworfenen Klapptisch im Garten und das leere, am Vorabend vergessene Glas im Gras liegen, konnte aber keine Dringlichkeit erkennen, sie jetzt aufzuräumen. Nur schnell zurück! Kaum war die Tür wieder ins Schloss gefallen, spürte Martin die Regennässe zu unangenehm warmem Dampf in seiner Kleidung werden.

Während sich im Windfang unter dem abgestellten Schirm und um die Gummistiefel herum kleine Pfützen bildeten, setzte Martin Wasser auf und löffelte großzügig schwarzen Tee in das Sieb. Vier Löffel für die Tassen und einen für die Kanne. Innerlich seufzend beklagte er das Schwinden seiner Vorräte. Natürlich konnte man auch hier in Mittelfranken nahezu jeden gewünschten Tee kaufen, aber eben nicht genau seine Lieblingssorte. Er hatte schon bald nach seinem Einzug das benachbarte Erlangen abgegrast, doch anscheinend wurde *Onnos Echter Ostfriesentee* nicht so weit in den Süden exportiert. Selbst die diensteifrige Verkäuferin eines einschlägigen Fachgeschäfts wusste offenbar nicht zwischen einer „Ostfriesischen Mischung“, was nicht viel mehr als „schwarzer Tee“ bedeuten musste, und dem aus bis zu zwanzig verschiedenen Sorten gemischten „Echten Ostfriesentee“ zu unterscheiden. Martin kam sich vor wie in der Wüste. Hinsichtlich der Teekultur was das hier Diaspora.

Das Wasser war heiß. Erst etwas in die leere Kanne, zum Anwärmen. Ausleeren, dann den Tee bis zur Hälfte aufbrühen. Vielleicht fand sich ja irgendwann noch das Fachgeschäft seiner Träume. Martin sah die Post durch: Der Verlag schickte immerhin die Abrechnung für die letzten Manuskripte, die er durchgesehen oder lektoriert hatte. Wie immer stand seiner Ansicht nach die Summe in keinem Verhältnis zu seinem Aufwand. Einerseits konnte er verstehen, dass die Abteilung keine Lust hatte, viel Geld für Bücher auszugeben, die dann doch nicht gut genug waren, um ins Programm übernommen zu werden; andererseits könnte der Verlag ruhig großzügiger honorieren, dass er die Arbeit des Korrektors beim Lesen der angenommenen Werke gleich miterledigte. Das würde auch dem angespannten

Verhältnis zu seiner Bank gut tun. Martin war schließlich zuverlässiger als jedes Rechtschreibprogramm.
Das zweite Schreiben enthielt eine Rechnung. Die Werbung warf er gleich ins Altpapier und nahm sich vor, endlich einen Aufkleber am Briefkasten anzubringen.
Vier Minuten. Martin goss den Rest heißen Wassers nach, zog das Sieb heraus – die einzige Konzession an die Bequemlichkeit, die tradtionell losen Blätter in der Kanne fand er einfach nur lästig – und zündete das Teelicht im Stövchen an. Mit Grausen dachte er daran, wie er neulich in einem Café leichtsinnigerweise Tee bestellt hatte und ihm ein Teebeutel neben einer Tasse abkühlenden Wassers gebracht wurde.
Schauerlich.
Eine Regenwoge prasselte, von einer Bö getragen, gegen die Scheibe, aber im Angesicht der dampfenden Teetasse trug das paradoxerweise nur zur Steigerung der Gemütlichkeit bei. Martin sank entspannt in den alten Ledersessel und blickte durch die aus der Tasse zart aufsteigenden Schwaden hindurch auf die Regalwand mit den alten Büchern. Tante Lenes Wohnzimmer hatte ihm sofort gefallen. Der niedrige Raum mit den schlichten, alten Fichtenholzmöbeln, der Bücherwand, der Vitrine mit den Weingläsern und dem knarzenden Holzfußboden war für ihn die ideale Umgebung für schriftstellerische Tätigkeit. In einem Film hatte er mal als Kind das Studierzimmer eines englischen Gelehrten gesehen und war sofort verzückt von der Atmosphäre aus viktorianischen Möbeln und Bücherwänden. So, hatte er es sich immer vorgestellt, wollte er sich eines Tages auch einrichten. Außer einem Schreibtischstuhl aus dunklem Holz, mit rindsederner Sitzfläche und Rundlehne, den er einst auf einem Flohmarkt erstanden hatte, hatte in seiner bisherigen Wohnung indes nichts wirklich Ähnlichkeit mit jener Filmkulisse gehabt, aber die Atmosphäre hier in Tante Lenes Wohnzimmer war trotzdem vergleichbar.
Das große Fenster, das irgendwann in die alte Sandsteinwand gebrochen worden war, ließ bei schönem Wetter die warme Nachmittagssonne einfallen und gab einen grünen Blick auf den urig verwachsenen Garten frei. Sollte ihn jemals die Muse zum wirklichen Erfolg seiner Tätigkeit küssen, dann hier.
Er nahm noch einen Schluck. Niemals umrühren, so hatte ihm seine Großmutter immer wieder eingeschärft, denn sonst wird alles

gleichmäßig süß. Zum typischen Geschmackserlebnis gehört, dass sich die bitteren und süßen Schichten mit den Sahnewölkchen erst im Mund vermischen und im Moment des Schlucks nebeneinander auf der Zunge ankommen. Als Jugendlicher konnte er den ungezähmten Bitterstoffen nichts abgewinnen, aber inzwischen erinnerte er sich gerne an Omas Rat und zelebrierte ihn mit Genuss.
Er setzte die Tasse ab und widmete sich dem Rest der Post. Eine Karte von Ole, einem Kommilitonen aus Studienzeiten, der sich alle heiligen Zeiten mal meldete und zu dem der Kontakt ebenso zuverlässig dauerhaft wie locker war. Woher hatte der nur seine neue Adresse? Ole schrieb aus Costa Rica. Schönes Wetter, Kaffeeplantage, bunte Schmetterlinge, Urlaub mit seiner neuen Freundin. Oles finanzielle Lage war schon immer geringfügig besser als Martins. Und sein Liebesleben sprunghafter.
Die letzte Ansichtskarte war eine kleine Überraschung: Clara Rienecker! Clara kannte er schon seit seiner Schulzeit, ohne dass sie damals viel miteinander zu tun gehabt hätten. Parallelklasse eben. Später hatten sie sich durch Zufall an der selben Uni wiedergetroffen. Sie war für Kunstgeschichte und noch irgendetwas eingeschrieben, Martin für Literaturwissenschaften, Philosophie und Galloromanistik. Beide hatten aus einer Laune heraus Altfranzösisch belegt und sich am ersten Tag im Seminarraum getroffen. Sie tranken einen Kaffee zusammen, tauschten ein paar belanglose Erinnerungen aus, und weil sie beide schnell Spaß daran gefunden hatten, saßen sie dann während jenes Semesters jeden Montag nach dem Seminar noch zwei Stunden lang in der Cafeteria und unterhielten sich über Gott und die Welt. Danach musste Clara immer zur Vorlesung über die Italienische Renaissance und Martin zum Seminar Vergleichende Indogermanistik. Obwohl sie nie über die Unverbindlichkeit hinausgekommen waren, war der Kontakt bis jetzt nicht völlig abgerissen. Anders ausgedrückt: alle ein bis zwei Jahre schrieben sie einander eine Karte.
Mehr auch nicht, unausgesprochen einvernehmlich. Clara war Martin in manchen Dingen einfach zu schräg, ihre Ansichten vielfach extrem, und blonde Frauen waren ohnehin nicht wirklich sein Typ. Umgekehrt machte es Clara rasend, wenn Martin aus Bequemlichkeit faule Kompromisse machte (Käfigeier, nur weil es gerade keine anderen gab, Honig vom Discounter, Obst aus Südafrika - damals ein „no go", wenn es den Begriff schon gegeben hätte) oder gar das

Auto benutzte. Außerdem las Martin SZ statt taz. Manche Mittagspause hatte, wenn Martin es recht bedachte, aus solchen Gründen auch wenig entspannt geendet. Aber irgendwie war bis zum nächsten Montag immer alles wieder vergeben und vergessen gewesen.
Nach dem Examen war Martin dann mit Isolde zusammengezogen und hatte sich mit allerlei Lektorats- und Korrektorenarbeiten für diverse Verlage über Wasser gehalten. In seiner Freizeit ertrug er die pathetischen Verzweiflungsausbrüche seiner Freundin, wenn die Presse mal wieder eine Premiere nicht glanzvoll genug gelobt hatte. Daneben verfasste er Kurzkrimis für die Auricher Zeitung und schrieb an seinem ersten großen Kriminalroman. Clara spezialisierte sich währenddessen an einer Fachhochschule als Restauratorin und zog dann vor zwei Jahren für eine feste Stelle am Germanischen Nationalmuseum von der Küste fort nach Nürnberg. Martin konnte sich nicht erinnern, ihr seine neue Adresse je mitgeteilt zu haben, aber in ihrem gemeinsamen Bekanntenkreis in Norden wussten ja alle über alles Bescheid.
Erst jetzt wurde ihm bewusst, dass seine neue Heimat ganz in der Nähe von Claras Wirkungsstätte lag. Wieder beschlich ihn das Gefühl, er war im Kopf hier noch nicht ganz angekommen.
Martin las Claras Zeilen mit dem Gefühl, dass ihn seine Vergangenheit plötzlich wieder eingeholt hatte. Sein Blick glitt in die Ferne, durch die Karte hindurch in den Garten, wo eine Katze aus der Deckung unter einem Strauch heraus den Regen beobachtete, und er erinnerte sich mit nostalgischer Verklärung der gemeinsamen Mittagspausen.
Ob er sich denn schon in Mittelfranken eingelebt habe, wollte sie wissen. Und man könne sich ja mal auf einen Kaffee treffen, in memoriam. Falls er nicht zu viel zu tun hätte. Nein, doch, ja, gewiss, Claras Einladung würde er bestimmt Folge leisten.
Martin legte die Karte mit einem inneren Lächeln beiseite, leerte die Tasse und schenkte sich nach.
Sein Blick fiel wieder auf die Bücherwand. Hier hatte er die schönen Buchrücken aufgestellt, die er im Laufe der Zeit auf Flohmärkten zusammengekauft oder hier und dort auf andere Weise eingeheimst hatte. Dicke Lederrücken, Lexika, Kunstbände. Compton's Pictured Encyclopedia, fünfunddreißig schwarzlederne Bände aus den 60er Jahren, deren vornehm traditionsbetont geprägte Rücken geeignet waren, dem Besucher Ehrfurcht einzuflößen. Bildungsatmosphäre

ohne sonstige Funktion. Was Martin dagegen wirklich nutzte, stand in seinem eigentlichen Arbeitszimmer im ersten Stock, in dem er aber fast nie arbeitete.
Der oberste Regalboden enthielt noch ein paar Dutzend Bücher, die er bereits beim Einzug vorgefunden hatte und die noch von seiner Großtante oder deren Mutter stammten. Ein paar ältere, angestoßene Taschenbücher aus der Kindheit des Rotationsdrucks, einzelne Bildbände mit blaustichigen Farbfotografien deutscher Landschaften und Städte. Er hatte sie einfach vorläufig stehen gelassen, weil er den Platz nicht anderweitig benötigte. Bislang hatte er es nicht für wert erachtet, sie näher in Augenschein zu nehmen. Jetzt aber fielen ihm plötzlich zwei Buchrücken auf, die deutlich älter schienen als alle anderen. Offenbar in hellem, dünnem Leder oder Pergament gebunden und an Größe die taschenbuchformatigen Paperbackausgaben um wenig überragend, standen sie bescheiden in der Reihe. Die Titel waren zwischen den erhabenen Bünden in brauner Tusche von Hand aufgebracht. Solche Einbände kannte Martin von sehr alten Büchern, er selber hatte ab und an in Antiquariaten oder auf Flohmärkten in Südfrankreich ein derartiges Stück gesehen. Oft mit marmoriertem Vorsatz und auf handgeschöpftem Papier. Neunzehntes Jahrhundert, manchmal achtzehntes, selten auch mal noch früher. Ob diese hier auch so alt waren? Angesichts der eher trivialen Bestände, die er hier vorgefunden hatte, konnte er sich nicht vorstellen, dass seine Urgroßtante einen Hang zu bibliophilen Kostbarkeiten gehabt haben sollte. Manchmal waren es ja auch nur billige Nostalgieausgaben klassischer Werke, die für Buchclubs ohne Rücksicht auf den wirklichen Stil der Epoche auf diese Weise aufgepeppt wurden.
Die Entscheidung, ob es sich lohnen würde, sich zwecks näherer Betrachtung aus dem Sessel zu erheben, nahm ihm die Türglocke ab.

Draußen stand Rolf. Der Regen hatte inzwischen aufgehört, dicke Tropfen liefen von Ast zu Ast und platschten vereinzelt in die erdigen Pfützen auf den Waschbetonplatten. Rolf war mit Martin bei dessen Einzug am Gartenzaun ins Gespräch gekommen, hatte ihm spontan seine Hilfe angeboten, und dann hatten sie bis in die Nacht hinein Lampen aufgehängt und Schränke montiert. Rolf wohnte ein paar Straßen weiter und war, wie er erzählte, im letzten Urlaub an der Nordsee gewesen. Seitdem hatten sie sich ein paar Mal zum Tee oder auf einen schottischen Whisky getroffen und zwanglos die eine oder andere Stunde verplaudert. Martin betätigte den Türöffner.

Rolf rieb sich die klammen Hände, bevor er sich setzte und die angebotene Teetasse ergriff. Mit Blick auf den Poststapel fragte er beiläufig:
„Gibt‘s etwas Neues?"
Martin lachte.
„Mein Verlag hat mich mal wieder vor dem Verhungern bewahrt. Viel mehr auch nicht."
„So schlimm?"
„Ach was, ich will gar nicht jammern ... Seit ich mietfrei wohne, geht es ganz gut. Und ich habe ja auch noch nicht ganz die Hoffnung aufgegeben, dass das ‚Mordseebad' einschlägt."
„Das ist diese ... diese Ostfriesengeschichte? Wie weit bist du damit?"
„Ich schreibe schon am nächsten. Das ‚Mordseebad' kannst du im Dezember kaufen. Falls es irgendeine Buchhandlung ins Regal nimmt."
Rolf war erstaunt.
„Warum sollten sie es nicht tun?"
„Ich mach mir da nichts vor. Der Verlag ist nicht Hinz und Kunz, aber was die nicht offensiv bewerben, erlebt keine zweite Auflage. Und vor Weihnachten ist die Flut des Bücherangebots noch unüberschaubarer als sonst. Ich hoffe, dass bei den Lesungen was geht."
„Lesungen?"
„Wenn man als Autor etwas geschrieben hat und einen Verlag findet, der das gnädigerweise auch noch in sein Programm nimmt, wenn man sich mit seinem Lektor auf eine Endfassung geeinigt hat und das Ding gedruckt vorliegt, hat man trotzdem noch lange keine Leser. Damit einen die Leute kennenlernen, lässt man sich einladen, sein Buch vorzustellen, ein bisschen darüber zu plaudern ... eben Werbung zu machen."
„Wer lädt einen da ein?"
„Vor allem Buchhandlungen. Wenn es gut läuft, kommen viele Leute, sind begeistert, kaufen das Buch und empfehlen es weiter. Freut den Autor, freut den Buchhändler."
„Und wo machst du das dann?"
„In Norden und Umgebung, da kennt man mich. In der weiteren

Umgebung soll man mich kennenlernen. Das organisiert der Verlag. Dann noch bei Freunden in Berlin, die haben eine gemütliche kleine Buchhandlung am Schöneberger Rathaus um die Ecke, naja, es sind ein paar Adressen. Aber wo man gar niemanden kennt, ist es schwierig."
„Und hier?"
„Was hier?"
„Na, unten im Dorf, im *Bücherparadies*."
Martin hielt kurz nachdenklich inne und musste dann zugeben, auf das Nächstliegende gar nicht gekommen zu sein. Hinter der alten Sandsteinbrücke, die in fünf weiten Bögen das Aurachtal überspannte, gab es neben einer Bäckereifiliale, einer Apotheke und einer Sparkasse auch eine kleine Buchhandlung, die er aber noch nie betreten hatte. Er nahm sich vor, das Versäumte baldigst nachzuholen. Zumindest war die Anfahrt nicht weit. Rolf unterbrach Martins Überlegungen.
„Warum ich eigentlich komme ... falls du dich schon gewundert hast ..."
Martin schüttelte den Kopf. Seit wann brauchte Rolf einen Grund für eine Stippvisite?
„Ein Freund von mir sucht einen Lagerraum für ein paar Monate. Kannst du dir vorstellen, deinen Schuppen zu vermieten?"
„Das kleine Ding hinter dem Haus? Das verdient die Bezeichnung Lagerraum nicht! Außerdem steht es randvoll mit Zeug."
„Hm. Schade. Kann man das nicht zur Seite räumen? So viel wäre es ja gar nicht, nur ein paar Kisten."
„Trotzdem. Ich habe mir selber noch kein rechtes Bild von den Räumen gemacht, und zum Ausräumen komme ich im Moment nicht. Wenn es nicht so viel ist, wird er ja vielleicht auch etwas anderes finden."
Martin hob fragend die Teekanne.
Rolf nickte. Martin setzte nochmals Wasser auf und füllte das Teesieb.
„Und du hast dich inzwischen eingelebt?"
Martin lachte. „Doch, der erste Kulturschock ist überwunden."
„Keine Verkaufspläne mehr?"– Martin hatte anfangs mit dem Gedanken gespielt, das Haus zu verkaufen und damit sein Konto zu sanieren.
„Nein, diese Krise habe ich hinter mir, und wenn ich mir Mühe gebe,

gelingt sogar die Verständigung mit den Eingeborenen. Vielleicht kann ich ihnen ja sogar das Teetrinken beibringen oder einen Teeimport aufziehen. Wenn die Schriftstellerei nichts abwirft."

*

Nach dem Abendessen setzte sich Martin nochmals an seinen Laptop, um seinen Roman weiterzuspinnen. Nicht, dass sich die besondere Inspiration eingestellt hätte – aber irgendwie musste er weiterkommen. Bisher hatte er noch nicht einmal einen knackigen Titel. Wenn er selber keinen Einfall hatte, würde ihm sein Verlag wieder etwas vorsetzen. Vielleicht war es ja auch eine beknackte Idee, auf zwei mäßig verkäufliche Krimifolgen um Kommissar Johansen noch weitere zu setzen. Wahrscheinlich bestand sein Kundenkreis ohnehin nur aus Nordseeurlaubern, die sich einen Lokalkrimi für die Langeweile am Strand kauften. Und die kamen während zweier Wochen über zwei Bände eh nicht hinaus. Der dritte nannte sich „Mordseebad" (der Titel war eine Idee seines Lektors), sollte Ende des Jahres erscheinen, und am vierten arbeitete er nun. Wenn sich die Muße dazu ergab. Aber nachdem das erste Opfer schon sein dramatisches Ende durch einen Sturz vom Pilsumer Leuchtturm gefunden hatte (und das, obwohl dieser gar nicht öffentlich zugänglich war) und dieser Tod zahllose Fragen aufgeworfen hatte, konnte Martin nicht einfach aufhören und den Fall unaufgeklärt lassen. Zumal er noch eine vage Vorstellung eines zweiten Opfers hatte, das in der Morgendämmerung im Wasser treiben sollte, mit lautlos darübersegelnden Möwen und leise am Ufer gluckernden Wellen. Vielleicht in einem Siel? Oder im klaren, stillen Hellblau des Seewasserfreibads in Dornumersiel?
Er zögerte noch, den Laptop aufzuklappen, da fielen ihm plötzlich die alten Bücher in Großtantchens Regal wieder ein. Ein guter Grund, die schöpferische Betätigung zu verschieben. Und vielleicht, rechtfertigte er sich, verbarg sich ja hier die zündende Idee?
Martin zog einen der Bände aus dem Regal und legte ihn vorsichtig auf den Tisch. Nein, wie eine billige Nostalgieausgabe fühlte sich das Buch nicht an. Ein Einband aus Pergament umgab den bemerkenswert festen Deckel und den Buchrücken. Zwischen dem

zweiten und dritten der hervorstehenden Bünde war mit sepiafarbener, kaum verblasster Tinte der Titel geschrieben: „Bambg.Halß-ger.-Ordnung“. Martin schlug das Buch auf. Die Titelseite verriet ein wenig genauer, worum es sich handelte:
„Bambergische Halßgerichts und Rechtlich ordnung/inn peinlichen sachen zu volfarn allen Stetten/Communen/Regimenten/Amptleüten/ Vögten/Verwesern/Schultheyssen/Schöffen und Richtern dienstlich fürderlich und behülfflich/ darnach zu handeln unnd rechtsprechen/ gantz gleichförmig gemeynen geschriben Rechten rc.“
Darunter zeigten zwei Holzschnitte eine große Auswahl an Werkzeugen, die zweifellos der Folter, Hinrichtungen oder inquisitorischen Zwecken dienten und kein sehr menschenfreundliches Bild der damaligen Rechtsprechung zeichneten. Am unteren Rand der Seite stand eine Jahreszahl: „MDXXXVIII“
Martin musste zweimal hinschauen. 1538? Wenn das stimmte, war das hier kein Flohmarktstück, sondern eine echte bibliophile Kostbarkeit. Inkunabel nannte man so etwas, hatte Martin einmal gelesen. Wiegendrucke. Bücher aus den ersten hundert Jahren nach Erfindung des Buchdrucks. Und dann auch noch auf deutsch! Die meisten aus jener Zeit erhaltenen Werke enthielten lateinische Texte. Er hielt eine Buchseite gegen das Licht und sah das charakteristische Linienmuster, das der Schöpfrahmen immer auf handgefertigten Papieren hinterließ. Martin war elektrisiert – wie kam so etwas in die Hände seiner Großtante? Ob sie es geerbt hatte? Oder war er völlig auf dem falschen Dampfer und die Bände waren gar nichts Besonderes? Er blätterte zurück zum Vorsatz, wo sich bei alten Büchern meist mehrere Eintragungen der vielen Besitzer fanden, die das Buch über die Jahrhunderte hinweg ihr Eigen nannten und seine Geschichte nachvollziehbar machten.
Fehlanzeige.
Das Vorsatzpapier war schlicht gelblichweiß und zeigte nur eine einzige handschriftliche Notiz in kleinen, kunstvollen und sehr akkuraten Buchstaben: „Bibliotheca Conventi Frauen=awrach“.
Martin hatte nie Latein gelernt, glaubte aber immerhin zu verstehen, dass dieses Buch einst Bestandteil einer Frauenauracher Klosterbibliothek gewesen war. Und es gab keinen Hinweis darauf, dass es je einen anderen Besitzer gehabt hatte.
Fast andächtig blätterte Martin den Buchblock durch. Der Erhaltungszustand war sensationell, so etwas musste – ohne dass er

wirklich eine Ahnung gehabt hätte – eine vierstellige Eurosumme bringen. Erst der hintere Buchdeckel barg noch eine kleine Überraschung: ein kleiner, altmodisch wirkender Stempel nannte „*Dubreuil & Fils, Antiquaires, 12, Rue Fabrot, Aix en Pçe*“, darüber mit Bleistift ein Preis: „1500.- FF“.
Nachdenklich schlug Martin das Buch vollends zu. Wenn er das Exlibris richtig gelesen hatte, war dieser Band irgendwie von Frauenaurach nach Südfrankreich und zurück gelangt. Vielleicht brachte das zweite Stück etwas Licht ins Dunkel. Er zog das Buch aus dem Regal und legte es neben das erste auf den Tisch.
Der Einband war aus hellem Leder und weitaus abgestoßener. Allerdings umgab er nur den hinteren Teil des hölzernen Deckels sowie den Buchrücken, die vorderen Hälften lagen frei. Zwei metallene Beschläge mussten früher ermöglicht haben, den Buchblock mit Lederriemen zu schließen, doch diese, einst am hinteren Deckel angebracht, waren längst abgerissen. Martin schlug das Buch auf. Auch hier zeigte das Vorsatzblatt nur den Vermerk der Frauenauracher Klosterbibliothek. Die Titelseite war in großen Frakturlettern gesetzt: „*Marci Tullij Ciceronis p. M. Marcello ad Patres conscriptos: et C. Cesarem Oratio:*“. Irgendetwas von Cicero, aber dann stießen seine Sprachkenntisse an ihre engen Grenzen. Immerhin waren die Seiten eine wahre Augenweide: Endlose Texte aus wunderschön geschnittenen Lettern mit edel großzügigem Durchschuss und kleinem Satzspiegel.
Ohne ein Wort zu verstehen, blätterte Martin sich durch das Buch und weidete sich am Anblick der Schrift. Auch wenn eine Cicero-Ausgabe sicherlich weniger exotisch war als die „Halsgerichtsordnung“, so bot gerade der lateinische Text einen unerreicht harmonischen Gesamteindruck, auch, da er kaum die Gleichförmigkeit des Schriftbilds störende Großbuchstaben enthielt. Was für eine Kunstfertigkeit hatten diese Drucker walten lassen, wie mühsam musste es damals gewesen sein, alleine durch die Breite der Bleilettern und mit dünnen Streifen aus Letternmetall die Satzspiegel so perfekt zu füllen!
Ob der Cicero so alt war wie das andere Stück? Martin konnte keinen Vermerk finden. Schließlich schloss er auch dieses Buch wieder und stellte beide vorsichtig zurück in das Regal. Wie kam seine Großtante bloß zu diesen Kostbarkeiten? Und wann und wo hatte es hier eine Klosterbibliothek gegeben? Und wo war sie heute?

Er öffnete die Terrassentür und trat nachdenklich nach draußen. Die Abendsonne rieselte von Westen her durch das Laub der Weiden und Erlen und flutete das Aurachtal mit warmem Licht. Im Wiesengrund vor der Mälzerei grasten zwei Pferde. Grasen Pferde eigentlich? Weiden sie? Äsen sie? Martin entdeckte Wissenslücken bei sich. Seine Nichte wüsste das sicher. Er selber hatte Pferden nie viel Begeisterung entgegengebracht, aber hier verliehen sie dem Panorama eine wunderbar romantische, ländliche Friedlichkeit. Wahrscheinlich hatten hier schon vor Jahrhunderten Pferde in der Abendsonne gestanden, wenn sie sich von der harten Arbeit auf dem Feld erholten. Ein Weißstorch segelte lautlos im weiten Bogen über das Tal, landete in seinem Nest auf dem Kamin der Mälzerei und wurde dort von seiner Partnerin mit Schnabelklappern begrüßt.
Sechs Wochen lebte Martin nun schon hier. Die Franken seien ein unzugängliches, muffeliges Volk, war er gewarnt worden. So schlimm war es gar nicht. Eigentlich ganz im Gegenteil. Natürlich musste man ihnen Zeit geben, den Neuen aus dem Norden erst einmal kennenzulernen. Martin war sich auch keinesfalls sicher, dass einem eingewanderten Franken in Ostfriesland unbedingt spontane Herzlichkeit entgegenschlagen würde.
Bis er die sprachlichen Feinheiten seiner neuen Heimat durchblickte, würde noch viel Zeit vergehen, aber immerhin begegneten ihm die Leute im Dorf immer häufiger mit einem Lächeln des Wiedererkennens. Sogar die Angestellte der Sparkasse, was angesichts seines Kontostands bemerkenswert war. Und seit er die kleine Bäckerei Backstein im letzten Winkel des Ortes – von Auswärtigen absolut unauffindbar – entdeckt hatte, war die hiesige Infrastruktur in seiner Achtung nochmals bedeutend gestiegen.
Die Aurachwiesen wurden rasch schattiger, während die Sonne hinter die Baumwipfel sank. Feuchte Abendluft stieg zu ihm herauf. Es wurde merklich kühler.
Von irgendwoher erklang das Quaken von Fröschen. Martin schloss die Terrassentür.
Er hatte das gute Gefühl, dass er sich hier wohlfühlen würde.

In dieser Nacht flog der erste Stein.

3. Kapitel

Die Leuchtziffern des Weckers zeigten 01:23 Uhr, als lautes Scheppern berstenden Glases durch das Haus klang. Es war nicht jenes feine Klirren, wie wenn eine Flasche oder ein Trinkglas zu Bruch gehen. Obwohl aus dem Tiefschlaf gerissen, hatte Martin sofort das klare Bild einer Fensterscheibe vor Augen, die mit hohl klingendem Geräusch in erst große Platten zerriss und nach Sekundenbruchteilen beim Fallen in tausend Scherben zersplitterte. Es gibt Geräusche, die einen schlagartig hellwach rütteln. Er sprang aus dem Bett und hechtete zur Treppe nach unten. Wäre er einen Moment langsamer gewesen, hätte er vielleicht vom Schlafzimmerfenster aus noch die Gestalt in seinem Garten erspäht, die über die Büsche sprang, sich auf ein Fahrrad warf und den Berg hinunterrollen ließ. In diesem Augenblick stand Martin aber schon im Wohnzimmer und sah die Bescherung: Der fast volle Mond beschien kalt glitzernd ein Meer aus Glasscherben, die sich über das Fensterbrett, die Grünpflanzen, das Sofa, den Teppich und den Tisch ergossen hatten. Die kühle Nachtluft wehte fast unwirklich friedlich durch die Öffnung, die der Ziegelstein in das Fenster gesprengt hatte und kroch über den Boden zu Martins Füßen. In der Ferne hörte er ein rhythmisches Quietschen, das sich schnell entfernte. Dann war alles still.

Martin tat während der restlichen Nacht kein Auge zu. Jedes Rascheln im Garten, das nun viel deutlicher in seine Wohnung drang, ließ ihn aus dem Bett hochfahren, jagte erneut Adrenalinwellen durch seinen Körper. Wie, wenn der Täter zurückkehrte? Vor allem aber fragte sich Martin, worauf er es eigentlich abgesehen hatte. Ein Einbruchsversuch, der aus unerfindlichen Gründen scheiterte? Eine Mutprobe betrunkener Jugendlicher?
Wieder hörte er ein Geräusch. Jetzt war es ganz deutlich, ganz nah. Er fuhr hoch, nahm die Taschenlampe, versuchte, sich zusammenzureißen und schlich nach unten. Entschlossen, aber mit bis unter die Schädeldecke klopfendem Herzen, schlich er nach draußen.
Die Nachtluft war trotz des offenen Fensters hier noch frischer. Grillen zirpten, die Autobahn rauschte leise in der Ferne. Wieder raschelte es. Im Gebüsch war jemand, ganz eindeutig. Sollte er rufen? Oder sich anschleichen? Unbewegt starrte er in die Finsternis.

Zu blöd, dass er im Schlafzimmer reflexartig die Nachtischlampe eingeschaltet hatte. So brauchten seine Augen jetzt einige Zeit, sich an das Dunkel zu gewöhnen.
Wieder raschelte es. Knackste. Jetzt oder nie. Martin schaltete die Taschenlampe ein und richtete sie auf die Büsche, woher die Geräusche kamen.
Im Lichtkegel erschien das Blätterdickicht der total verwachsenen Forsythien, harte Schatten im Schein der blauweiß leuchtenden Lampe. Nichts.
Und dann sah er ihn: Ein Igel brach sich, wie ein Wildschwein schnaufend, über die toten Zweige am Boden Bahn.
Martin atmete tief durch. Sein Herz klopfte noch immer im unverminderten Stakkato. Ein wenig erleichtert knipste er die Lampe aus und ging zurück, ließ sich rücklings auf das Bett fallen, starrte die Decke an und versuchte, durch ruhiges Atmen die Stresshormone in seinem Blutkreislauf unter Kontrolle zu bringen. Das ist doch alles total irre, dachte er. Vielleicht träumte er das alles ja auch nur? Intensiv bemühte er sich, aus dem Traum zu erwachen. Aussichtslos. Im Grunde wäre es ihm auch lieber gewesen, endlich einzuschlafen. Er schloss die Augen, versuchte, an etwas anderes zu denken und begann, leise vor sich hin zu summen, irgendetwas leise zu erzählen. Irgendwie beruhigte ihn der Klang seiner eigenen Stimme, und schließlich gelang es ihm, gegen vier Uhr morgens wieder einzuschlafen.
Nach zwei Stunden wilder Träume, an deren Inhalt er sich aber auch nicht erinnern konnte, erwachte Martin völlig gerädert. Er erhob sich mühsam, ging nach unten in die Küche. Morgensonne schien zum Fenster herein, der Garten glänzte friedlich vom Tau, und das unheimliche Gefühl der nächtlichen Dämonen verflüchtigte sich ein wenig mit den Geräuschen klappernden Geschirrs und des pfeifenden Wasserkessels.
Was blieb, war der Scherbenhaufen im Wohnzimmer. Definitiv kein Traum. Was außerdem blieb, war ein nagendes Gefühl von Verletzlichkeit, Hilflosigkeit, einer unbekannten Bedrohung aus unbekannter Richtung. Nie zuvor hatte Martin dieses Gefühl so intensiv erlebt.

Der Glaser kam nach dem Frühstück. Er klebte eine behelfsmäßige Scheibe auf, vermaß das Fenster und pries die Vorzüge moderner

Dreifachverglasungen. Martin hatte zum gegenwärtigen Zeitpunkt nicht vorgehabt, sein Haus energetisch zu sanieren. Außerdem hatte er jetzt keinen Sinn für ein Beratungsgespräch. Gerade hatte er sich hier eingelebt, hatte begonnen, sich in der fränkischen Idylle wohl und willkommen zu fühlen, da zerbrach auch schon buchstäblich seine heile Welt. Während er geistesabwesend dem Meister der Scheiben bei der Arbeit zusah, fragte er sich, wer ihm – und vor allem warum! – auf solch zerstörerische Weise einen Ziegelstein auf das Fensterbrett plazierte. Erst jetzt kam ihm der Gedanke, dass das ein Fall für die Polizei war, immerhin dürfte es auch in Mittelfranken nicht zum Brauchtum gehören, anderen Leuten das Fenster einzuwerfen. Zumal sein Konto diese Sachbeschädigung vermutlich als erheblich einstufen würde. Ergeben unterschrieb er den Auftrag und begleitete den Mann zur Gartentür.

Draußen lachte die Sonne unschuldig vom wolkenlosen Himmel. Der Postbote kam eben vorbei und drückte Martin mit freundlichem Lächeln ein paar Briefe und ein flaches Päckchen in die Hand. Irgendwie irre, dachte Martin, noch immer mit dem Gefühl, im falschen Film zu sein.

Vielleicht sollte er – so verrückt das jetzt klang – eine Radtour durch das Aurachtal unternehmen, Richtung Westen. Das hatte er schon seit langem geplant und könnte ihn auf andere Gedanken bringen. In seinen eigenen vier Wänden, fürchtete er, würde er sich doch nur grübelnd im Kreis bewegen.

Die Briefe enthielten nichts wichtiges, das flache Päckchen kam von seinem Verlag. Ein Manuskript zum Lektorieren, es eilte mal wieder. Es eilte! Mit Textmarker! Vielleicht sollte er diese Anmerkung auch mal auf seine Rechnungen schreiben. Die Sonne siegte gegen den Textmarker, Martin legte das Paket auf den Schreibtisch.

Beim Blick auf die Scherben und den Ziegelstein, die noch immer unverändert dalagen, fiel ihm ein, dass er vorher noch einen Anruf bei der Polizei zu erledigen hatte. Seufzend griff er zum Telefon, keinesfalls sicher, ob eine Anzeige eine gute Idee und zu irgendetwas nütze wäre.

Eine gute Stunde später kamen zwei Beamte vorbei, um den Tatbestand aufzunehmen. Mit routiniertem Desinteresse fragte sich der eine durch ein paar Formulare, grummelte, dass man die Polizei, wenn schon, holen sollte, bevor ein Handwerker die Spurenlage völlig versaue. Martin konnte nicht erkennen, welche Spuren durch die Arbeiten des Glasers verwischt worden sein sollten, sparte sich aber einen Kommentar dazu. Der andere machte ein paar Fotos und sagte nicht viel. Gesammelte Gründe, dem Tag noch einen völlig neuen Sinn zu geben.

Als die beiden gegangen waren, fegte und saugte Martin die Fensterscheibe aus seinem Wohnzimmer. Den Stein legte er zunächst vor die Terrassentür, fand dann, dass das doch zu sehr zur Wiederholung einlud und deponierte ihn neben dem Eingang zum Schuppen hinter dem Haus.

Gegen Mittag schwang er sich aufs Rad. Erst mal weg hier.

Die Sommerluft war tatsächlich geeignet, ihn auf angenehmere Gedanken zu bringen. Die Route hatte er sich schon vor ein paar Tagen anhand einer älteren Straßenkarte überlegt, die noch von seiner Großtante in einer Schublade überlebt hatte: Nach dem kurzen Anstieg zum Wagnersberg, wo die letzten Häuser des Dorfes in einen schmalen Gewerbegürtel übergingen, nahm er die Straße nach Kriegenbrunn, von dort führte ein Radweg parallel zu einer stillgelegten Bahnlinie nach Westen. Diese Strecke von Erlangen über Frauenaurach nach Herzogenaurach, so hatte ihm Willi neulich erzählt, sei noch vor zwanzig Jahren von einem Schienenbus bedient worden, bis die Linie stillgelegt wurde. Ganz früher habe es sogar so etwas wie Güterverkehr gegeben, da hatten die Bauern jeden Morgen ihre Milch zum Bahnhof gebracht, damit sie zur Molkerei nach Nürnberg gefahren wurde. Es hatte hinter der Aurachbrücke an der Straße zum Bahnhof auch eine Wirtschaft „Zur Eisenbahn" gegeben. Aber das war lange her. Heute befand sich in diesem Haus die Metzgerei.

Der Radweg nach Westen führte mehr oder weniger an den Schienen entlang und überquerte das Gleisbett ab und zu. Zwischen grünen Wiesen, reifenden Feldern, Tümpeln und Gärten, ab und zu einem kleinen Wäldchen oder einer querenden Dorfstraße führte ihn der Weg über Niederndorf nach Herzogenaurach. Hier wand sich der Fluss inmitten einer grünen Auenlandschaft am Stadtkern vorbei. Graues Firmengelände auf der einen Seite, historische Bausubstanz auf der anderen. Martin radelte weiter nach Westen, merkte sich für später mal vor, dass es hier ein Freizeitbad gab und genoss es, sich mit kräftigen Tritten in die Pedale zu verausgaben. Tief atmete er

die frische, warme Luft ein und die vergangene Nacht aus. Ein wenig vermisste er manchmal die salzigen Brisen Ostfrieslands, den Geruch nach Tang, Schlick und Meer, den man bei günstigem Wind noch tief im Landesinneren zart zu ahnen vermochte, das Schreien der Möwen. Hier waren die Düfte anders, intensiver, und vor allem wechselten sie ständig. Gemähte Wiese, moderiger Tümpel, Diesel, Silage, Pferdeäpfel, Zweitakter. Im einen Ort Schwein, im nächsten Kuhstall. Es roch bunter. Eigentlich aber auch gar nicht so schlecht. Vielleicht redete er sich das aber auch nur ein.
Falkendorf.
Münchaurach.
Neundorf.
Oberniederndorf.
Was für ein Widerspruch in sich! Ob es auch ein Niederniederndorf gab?
An der Abzweigung nach Grieshof stieg er ab, angelte seine Wasserflasche aus dem Rucksack und ließ sich die Erfrischung durch die Kehle rinnen. Er schielte blinzelnd durch die Gasperlen, die im Sonnenlicht funkelten. Fast wie in der Mineralwasserwerbung. Einen Moment lang drohten seine Gedanken vom Glitzern der Flasche zu den Glasscherben der letzten Nacht zu schweifen, doch ging der flüchtige Schatten so schnell, wie er gekommen war, erfolgreich besiegt durch die Schönheit des fränkischen Sommers.
Ein Schild an der Brücke verriet, dass er sich noch immer an der Aurach befand. Ein Schweißtropfen rann von seiner Stirn ins Gesicht, er wischte ihn mit dem Handrücken ab und schraubte die Flasche zu.
Frauenaurach, Herzogenaurach, Münchaurach.
Klar, alles im gleichen Tal. Die Herzöge – welche auch immer – hatten sich hier etwas gebaut. Und „Münch-“ könnte von „Mönch“ kommen. Aber das Kloster war doch in Frauenaurach gewesen? Bei Gelegenheit musste er mal jemanden fragen. Er nahm noch einen Schluck. Ein Traktor dieselte von hinten heran, bog in einen Wirtschaftsweg ein und tuckerte langsam den Rain entlang. In der stehenden Sommerstille war er noch weit zu hören. Weiter hinten würgte der Fahrer den Motor ab und verschwand zu Fuß im Wald. Martin sinnierte etwas darüber, ob der Mann den Abstecher ausschließlich zum Pinkeln gemacht hatte, verstaute dann seine Flasche wieder im Rucksack und schwang sich aufs Rad. Er ließ sich ein paar

Meter sanft bergab rollen, trat dann wieder in die Pedale, erst langsam, dann kräftiger, und genoss den Sommertag.
Bei Sixtmühle wurde das Tal enger. Ein ICE überquerte es in luftiger Höhe auf einer rostigroten Eisenbahnbrücke. Hinter ihren angewitterten Betonpfeilern begann der Ort Emskirchen, wo Martin in einer Gartenwirtschaft einkehrte und sich ein Weizenbier bestellte. Dass hierzulande der ganze trübe Hefematsch im Bier bleibt, war ihm anfangs höchst suspekt gewesen, aber um nicht mehr aufzufallen als nötig, verzichtete er auf die gefilterte Variante, die ohnehin, wie man ihm bald im Vertrauen mitteilte, nur selten und für Preußen – soll heißen: alle nichtfränkischen Ausländer – auf Lager gelegt wurde. Wenn überhaupt. Darf man niemals bestellen, hatte Bernhard ihm gesagt. Käme ganz schlecht.
Als die Bedienung das kalt beschlagene Glas mit dem frisch perlenden, übermütig schaumbekrönten Getränk vor ihm abstellte und auf dem Bierfilz ein kryptisches Zeichen machte, wurde sich Martin plötzlich des Durstes bewusst, der sich auf den letzten Kilometern angesammelt hatte. Mit Genuss und Wohlgefühl ließ er – die Nasenspitze im Schaum – einen Gutteil des Bieres in sich hineinlaufen. Als das zweite Zeichen auf seinem Bierfilz stand und auch dieses Glas in bemerkenswert kurzer Zeit geleert war, spürte Martin plötzlich, dass er einerseits große Mengen Kohlensäure in den Magen, andererseits nicht wenig Alkohol auf den Weg ins Blut geschickt hatte. Mit dem eisernem Willen, nüchtern zu wirken, zahlte er und bestieg beschwingt wieder sein Rad in Richtung Heimat.
Lag es an der angetütelten Stimmung, die ihm die zwei Gläser Bier beschert hatten? Martin fühlte sich fast berauscht von der saftig grünen Weite, der Sonne am strahlend blauen Himmel, der ländlichen Idylle der kleinen Orte, den kleinen romantischen Details am Wegesrand. Und wieder einmal ertappte er sich bei dem Gedanken, dass die Idee, nach Franken auszuwandern, gar nicht so schlecht gewesen war.
Bevor er sein Rad am späten Nachmittag wieder in den Schuppen stellte, klingelte er schnell bei Willi. Er tat es nicht ganz ohne Zögern, hoffte aber, angesichts seines verschwitzten Outfits würde seine Stippvisite einen ausreichend flüchtigen Charakter bekommen und er käme mit einer kurzen Antwort auf seine kurze Frage wieder los.

„Das kann ich dir sagen!" Willi machte eine Kunstpause und suhlte sich im Triumph der Kompetenz, nachdem er vorher mit leiser Bitternis erkennen musste, dass seine eigenen Kenntnisse für die Beantwortung von Martins eigentlicher Frage nicht ausreichend waren. Eigentlich hätte er sagen müssen: Das kann ich dir nicht sagen. Martin hatte gefragt, was es mit den Ortsnamen und dem Kloster auf sich hatte.
„Da rufst du den Erwin Roth an, oder noch besser: du gehst selber hin. Der ist die wandelnde Ortschronik. Der weiß alles."
„Erwin Roth. Prima, danke. Wie finde ich den?"
Willi winkte Martin herein und verschwand nach hinten. Martin hütete sich, sich vom Gartentürchen wegzubewegen und wartete ein paar Minuten. Dann erschien Willi wieder und schwenkte ein dünnes Heft.
„Kannst du behalten, da steht er drin. Ganz hinten, letzte Seite."
Er drückte Martin den evangelischen Gemeindebrief in die Hand, wo auf der hinteren Umschlagseite die Telefonnummern des Pfarramtes und der Vertrauensleute des Kirchenvorstands standen. Erwin Roth war einer von ihnen.
Willi glaubte, Martin Schwellenängste nehmen zu müssen und schob etwas leiser nach:
„Ich habs auch nicht so mit der Kirche, aber der Erwin ist schon in Ordnung."
Martin nickte dankend, verzichtete darauf, klarzustellen, dass er durchaus kein schlechtes Verhältnis zur Kirche hatte, wünschte Willi noch einen schönen Abend und schob sein Rad weiter zur eigenen Gartenpforte.

Vor Martins Haus lag ein kleiner Vorgarten, der spitzwinkelig bis in die Straßengabelung ragte. Die warme Luft unter den Linden duftete schwer, wie Honig floss sie ihm durch die Nase, fast schon unangenehm süß.
Sein Grundstück wurde von einem in die Jahre gekommenen Lattenzaun umgeben, hinter dem sich die Büsche reihten. Das Haus selber wirkte von vorne relativ klein, zumal seine rechte Seite von einer großen Eibe fast verdeckt wurde, besaß aber südwärts einen rechtwinklig nach hinten angesetzten Anbau. Der ehemalige, somit L-förmig von zwei Seiten begrenzte Hof war schon vor längerer Zeit zur Terrasse umgestaltet und ein Teil davon durch Pflanzkübel

mit Oleandern und Sommerblumen umstellt worden. Martin nannte diesen Teil seines Anwesens die „Provence".
Das große Arbeitszimmerfenster gab den Blick auf die Provence und den sich nach hinten öffnenden Garten frei. Hier hatte zur Erbauungszeit ein größerer Schuppen oder eine Scheune gestanden, so genau wusste das heute niemand mehr. Nur ihr kleinerer Anbau stand noch und war mit einigem Gerümpel gefüllt. Den kleinen Garten hatte Anni Eberle, seine Urgroßtante, schon in den 30er Jahren an Stelle des abgetragenen Gebäudes angelegt, als der kleine Nebenerwerbshof bis auf eine Milchkuh und zwei Schweine für den Eigenbedarf aufgegeben und die landwirtschaftlichen Flächen verkauft wurden.
Auf der Rückseite des Hauses, dem Garten ab- und dem Aurachtal zugewandt, gab es einen weiteren schmalen Anbau. Hier, wo jetzt Martin im vorderen kleinen Raum sein Rad unterstellte, musste einst Paul Wedlers Familie gewohnt haben. Martin lehnte das Rad gegen die Wand, drehte laut schnappend den staubigen Bakelitschalter (worauf zu seiner eigenen Verwunderung tatsächlich eine Glühbirne an der Decke Dämmerung verbreitete) und sah sich hier erstmalig genauer um. Ein schmaler Durchgang blieb zwischen alten Möbeln und Kisten, sorgsam gestapelten Kartoffelsäcken, einem Sack Grillkohle, verrosteten Werkzeugen, Flaschentragen und allerlei Krimskrams, dessen Anwesenheit von sparsamer Lagerhaltung zeugte. Immer getreu dem Motto: Man weiß ja nie, wozu man's noch brauchen kann. Links waren mehrere Holzkisten gestapelt, die Martin als Bienenkästen mit Wabenrähmchen erkannte. Dazu passend stand dahinter eine Honigschleuder.
Alles war von einer dünnen Schicht feinen, grauschwarzen Staubes bedeckt. An der Rückwand führte eine Tür zu einem weiteren Raum.
Sie klemmte etwas, war aber unverschlossen und knarzte beim Öffnen. Martin trat ein. Hier standen zwei hohe Schränke und zwei Bettgestelle. Wenn dies hier die Behausung einer ganzen Familie war, war das selbst für damalige Verhältnisse nicht gerade luxuriös. Die einfach verglasten Fenster dürften zu keiner Zeit viel Kälte abgehalten haben, und Wärme spendete wohl nur die Rückwand der beheizten Wohnung auf der anderen Seite.
Erst als Martin die vordere Tür wieder abschloss, sah er die blanken Kratzspuren auf dem Vorhängeschloss. Er stutzte und war sich

dann sicher, dass er sie zumindest bisher noch nicht bemerkt hatte. Irgendjemand musste versucht haben, sich zu dem Schuppen Zutritt zu verschaffen.

4. Kapitel

Zwei Mal pro Woche rangierte auf den Gleisen noch der Zug von der Müllumladestation. Der rostige Schotter zwischen den rissigen, verwitterten Holzschwellen war von dichtem Unkrautbewuchs bedeckt. Der ehemalige Bahnhof von Frauenaurach war nur noch Parkplatz für pausierende LKW-Fahrer und namensgebend für die Haltestelle der Linie 281 nach Erlangen.

Die Busfahrt dorthin dauerte gut zwanzig Minuten.

Von Erlangen aus nahm Martin die S-Bahn nach Nürnberg. Clara hatte ihm am Telefon den Weg vom Hauptbahnhof zur Fleischbrücke beschrieben. An deren einer Seite könne man in der Sonne ein Häppchen zu Mittag essen oder einen Kaffee trinken oder beides. Falls Martin Lust habe.

Doch, natürlich, Martin hatte. Vielleicht waren es nostalgische Gedanken, vielleicht einfach die Einsamkeit des Exilierten in der Fremde. Vielleicht entfloh er aber auch unbewusst dem beklemmenden Gefühl der Unsicherheit in seinen vier Wänden. Irgendjemand hatte ihm die Scheibe eingeworfen. Irgendjemand hatte etwas gegen ihn. Was lag näher, als der Gedanke, dass es sich dabei um jemanden handelte, den er kannte? Und damit war der Kreis der Verdächtigen deckungsgleich mit dem kleinen Kreis derer, zu denen er gerade begonnen hatte, ein freundschaftliches oder zumindest vertrautes Verhältnis aufzubauen. Immer wieder schweiften seine Gedanken in diese Richtung, und Martin versuchte beharrlich, sich davon abzulenken. Sicher war es gut, sich mit Clara zu treffen.

Die Bahn hielt an jeder Milchkanne. Zwischen Bruck und Vach fragte er sich, ob er seine Kommilitonin nach so langen Jahren überhaupt noch erkennen würde. In der Schule war sie ein langweilig-braves

Mädchen gewesen. Zu Studienzeiten war sie ein buntes Huhn, mit etwas wilden Klamotten, zwischen Hippie-Retro und alternativ-indisch. Martin hatte damals den Eindruck gehabt, sie holte ihre bisher verpasste Sturm-und-Drang-Zeit nach und war immer ein wenig im Zweifel gewesen, ob ihm das eigentlich gefiel oder nicht. Als er diese Frage zwischen Vach und Unterfarrnbach kritisch reflektierte, konnte er es noch immer nicht genau sagen. Vielleicht mochte er Clara doch mehr, als er sich eingestand. Immerhin war sie ein kluges buntes Huhn, mit dem zu diskutieren es eine Freude war. Meistens jedenfalls. Komisch eigentlich, dass er das erst während der Uni gemerkt hatte.

Zwischen Unterfarrnbach und Fürth erinnerte er sich dann an jenen Nachmittag, als er mit Clara im Kino gewesen war. Es war gegen Semesterende, Martin hätte nicht mehr sagen können, wer warum auf diese Idee gekommen war. Sie hätten es beim Mittagspausentreffen belassen sollen. Der Film war eigentlich blöde. Und was Clara damals wollte und ob sie etwas wollte, hatte er auch nicht durchblickt. Einen Moment lang hatte er gedacht, er würde mehr für sie empfinden und sie vielleicht auch für ihn, hatte impulsiv seinen Arm um ihre Schultern gelegt, aber dann kam ihm das unpassend vor, sie hatte so seltsam geschaut, und Martin hatte seinen Arm wieder zurückgezogen. Vielleicht hatte sie auch gar nicht seltsam geschaut, oder sie hatte aus einem ganz anderen Grund seltsam geschaut, jedenfalls war ab diesem Moment alles etwas verkorkst. Martin war sich vorgekommen wie ein Idiot, er war sich sicher, es selber verbockt zu haben – ohne genau zu wissen, wie und warum eigentlich. Und darüber gesprochen hatten sie später nie.

Beim Gedanken daran haderte Martin plötzlich mit sich selbst, dass er jetzt eine uralte, halbgare Geschichte wieder aufwärmte. Obwohl – tat er das? Nach so vielen Jahren konnte man sich doch einfach so treffen, ohne Hintergedanken?

Bis zur Ankunft in Nürnberg schwankte er noch ein paar mal zwischen der abgeklärten Ansicht, dass er ja nur einen Kaffee mit einer alten Bekannten in der gemeinsamen Fremde zu trinken im Begriff war und der Idee, sie anzurufen, dass leider etwas dazwischengekommen sei.

Claras Wegbeschreibung war perfekt. Während er sich, noch immer zögernd, der Fleischbrücke näherte, Zweifel an ihm nagten und er sich ein bisschen wie ein verklemmter Teenager vorkam, winkte ihm

schon eine blonde Frau fröhlich von einem der Tische in der Sonne zu.
Clara.
Martin winkte etwas überrumpelt zurück und hoffte, sein Mund würde ein angemessen freundliches Lächeln zustande bringen und er nicht so unsagbar blöde aussehen, wie er sich in diesem Moment fühlte. Er grüßte möglichst unbefangen, setzte sich und sah sie an, sah fasziniert auf die blonden Locken, die auf ihr schlichtes, elegantes, dunkelblaues Kleid fielen, sah ihr in die freundlichen blauen Augen und erinnerte sich wieder, wie er schon früher immer wieder Schwierigkeiten hatte, sich von diesem Blick zu lösen. Clara schaute einen in Grund und Boden, Martin verlor sich noch immer in ihrem abgrundtiefen Blick und kam sich vielleicht gerade deswegen wie ein Idiot vor. Er hoffte, dass Clara ihm nicht seinen rasenden Puls ansehen würde.
„Kennst du mich noch?“, fragte sie ihn. Martin zuckte aus seinen Träumen hoch. Der Bann war erst einmal gebrochen.
„Wie könnte ich dich vergessen!“, lachte er und setzte sich. „Ich freue mich riesig, dass wir uns mal wieder sehen!“, platzte es aus ihm heraus, ehrlicher, als er es sich eingestehen mochte.
„Ist ganz schön lange her, seit unseren Mittagspausen, nicht wahr?“
„Aber hallo! Woher hattest du denn meine Adresse?“
„Dein Nachmieter in Norden hat sie mir gegeben. Ich hatte versucht, dich anzurufen und war ganz erstaunt, jemanden ganz unbekannten an der Strippe zu haben. Wie geht es euch denn hier in der Fremde?“
„Oh, wenn man davon absieht, dass man Tee nur trinken kann, wenn man ihn selber macht und dass überall Hügel herumliegen, die die Fortbewegung erschweren, ganz gut. So schlimm, wie Bernhard es beschrieben hat, ist es nicht. Nein, im Ernst: Frauenaurach ist ein ganz sympathischer Ort, da lässt es sich gut leben.“
„Bernhard hat ja auch keine Ahnung.“
„Seine Frau kommt immerhin von hier irgendwo.“
„Gerade dann sollte er die Gegend nicht schlechtreden.“
„Bisher fühle ich mich jedenfalls ganz willkommen.“ Der Satz war kaum gesagt, da durchfuhr Martin auch schon die Erinnerung an jene Nacht. Schnell wischte er den Gedanken beiseite.
„Offen aus Tradition.“
„Bitte?“

Clara lachte. „Das ist so ein Motto der Stadt Erlangen. Die Stadt hat in ihrer Geschichte immer wieder Zuwanderer integriert. Erst die Hugenotten aus Südfrankreich ..."
„Die wurden, wenn mich die Erinnerung an die Schule nicht trügt, dort wegen ihres Glaubens vertrieben?"
„Richtig. Protestanten waren in Frankreich damals nicht gelitten. Aber der Markgraf war etwas weltoffener, und das hat sich ausgezahlt: In Erlangen haben sie die Wirtschaft belebt und die halbe Stadt neu gebaut. Nach dem zweiten Weltkrieg ist Erlangen dann durch die Uni und einen Elektrokonzern nochmals gewaltig gewachsen."
„Dann kommt es ja auch nicht auf ein paar Ostfriesen an!"
„Du bist sicher nicht der einzige. A propos – wie geht es denn Isolde hier?"
„Isolde? Wieso Isolde? ... Oh, du weißt es noch gar nicht ...? Mit Isolde ist schon seit letztem Jahr Schluss. Ich bin alleine ausgewandert."
Clara schien betroffen.
„Oh, das tut mir leid ... das wusste ich gar nicht ..."
„Ist schon okay, kannst du ja nicht wissen. Nein, ich habe ihr affektiertes ... oder sagen wir: ihre Künstlerpersönlichkeit, ihre extrovertierten Launen nicht mehr ertragen. Okay, sicher war ich für sie ebenso schwer verdaulich, ... jedenfalls haben wir dann einvernehmlich beschlossen, getrennter Wege zu gehen."
Die Formulierung schien Clara etwas zu betont neutral, aber sie fragte nicht weiter.
„Du arbeitest noch für deinen Verlag?"
„Ja, klar. Das bringt keine Reichtümer, aber es langt zum Leben. Und dank der unkomplizierten elektronischen Kommunikation ist es auch völlig egal, ob ich vor Ort bin oder 700 Kilometer weiter südlich wohne und meine Arbeit von hier aus mache."
Ein diensteifriger Geist mit gegeltem, schwarzem Haar, Kellnerschürze, weißem Hemd und schwarzer Weste erschien und fragte nach ihren Wünschen. Clara bestellte sich eine „Baguette provençale", die sich als opulente Mahlzeit mit allerlei mediterranem Belag und großzügiger Beilage entpuppte, Martin orderte einen Salatteller mit Putenbruststreifen. Einen Augenblick später wurde ihm bewusst, dass Clara das früher mit ätzendem Unverständnis gegeißelt hätte, weil die Puten bestimmt nicht artgerecht gehalten waren. Womit sie ja auch fast immer Recht hatte, aber Martin neigte zu

Kompromissen im Leben. Auch etwas, was ihm auf Dauer an Clara auf die Nerven gegangen wäre – und ihr an ihm. Aber heute zuckte sie mit keiner Wimper. Offenbar war auch sie älter geworden, stellte Martin mit innerlicher Genugtuung fest.
Beim Essen erzählte Clara von ihrer Tätigkeit am Germanischen Nationalmuseum. Sie arbeitete mit einem kleinen Team von Restauratoren in der „Werkstatt für Gemälde und Skulptur" zusammen, besserte schadhafte Exponate aus, beurteilte Schäden an Neuzugängen und kümmerte sich um die klimatischen Bedingungen in den Lager- und Ausstellungsräumen. Auch manches Stück, das jahrzehntelang im Magazin zugebracht hatte, kam in die Werkstatt, bevor es der Öffentlichkeit präsentiert werden konnte. Jeder dort hatte sein Spezialgebiet, bei Clara waren es Gemälde und andere „bemalte Oberflächen" (Martin fragte sich, was er darunter zu verstehen habe), vor allem aus dem 19. und früheren 20. Jahrhundert.
Dann berichtete auch Martin von seinem geerbten Häuschen, den ersten Wochen an den Ufern der Aurach, seinen Schwierigkeiten mit dem konsonantenarmen Dialekt und der alten Mordgeschichte, die gerade im Ort aufgewärmt wurde.
„Na, das ist ja ein richtiger Kriminalfall! Wäre das nicht ein Thema für ein Buch?"
Martin winkte ab.
„Vielleicht irgendwann mal. Bevor ich etwas schreibe, was in Franken spielt, muss ich die Gegend erst einmal richtig kennenlernen. Nee, ich bleibe vorerst bei meinen ostfriesischen Mördern."
„War das damals denn Mord?"
„Laut Zeitung ist nie etwas bewiesen worden, aber das hindert die Leute nicht daran, wüste Vermutungen aufzustellen."
Während Clara für beide noch einen Kaffee bestellte, schaute Martin ganz fasziniert auf ihre silbernen Ohrgehänge, die in der Sonne blinkten. Das glänzende Häkchen hing in ihrem weichen Ohrläppchen und trug ein raffiniertes und trotzdem schlichtes Gebilde mit kleinen Glitzersteinchen und einem Stückchen einer Pfauenfeder.
„Hast Du eigentlich noch Kontakt zu Jeff und Claudia?", fragte sie.
Martin riss sich von Claras Ohrläppchen los, versuchte, schnell ihre Frage zu verstehen, solange sie noch im Ultrakurzzeitgedächtnis verfügbar war und dachte gleichzeitig einen kurzen Moment darüber nach, ob Claras Ohren eine ähnlich hypnotische Wirkung auf ihn ausübten wie ihre Augen.

Jeff und Claudia gehörten damals auch zu ihrem Dunstkreis im Studium. Martin hatte den Kontakt nach dem Examen nicht weiter gepflegt, vor allem, weil Jeff ihm bei jedem Treffen schon nach kurzer Zeit auf den Senkel ging. Ganz so drastisch formulierte er es Clara gegenüber jetzt aber nicht. Clara erläuterte:
„Jeff war noch ein halbes Jahr bei uns auf der FH, hat die Restauratorenausbildung dann aber wieder geschmissen."
„Oh, das wusste ich gar nicht. Ich meine, dass er das überhaupt gemacht hatte."
„Ja, er hatte sich erst in den Kopf gesetzt, sich auf alte Bücher zu spezialisieren. Fanden wir alle etwas komisch, aber er hat ja dann auch wirklich wieder aufgehört."
„Hast du denn eigentlich in deiner Ausbildung auch mit Büchern zu tun gehabt?"
„Nicht übermäßig viel, das ist eine ganz eigene Abteilung. Ich hab mal reingeschnuppert, aber an wirklich wertvolle Werke würde ich mich nicht wagen. Warum?"
„Ich frage mehr deshalb, weil ich bei mir daheim zwei Bücher gefunden habe, die mir sehr alt vorkommen. Möglicherweise haben sie einen gewissen Wert, aber ich weiß nicht viel darüber."
„Das ist schon eher mein Metier. Solange ich sie nicht reparieren muss ... Was ist es denn?"
Martin dachte nach.
„Beides in hellem Leder gebunden, vielleicht ist es auch Pergament, ich weiß nicht. Irgendwann erste Hälfte des 16. Jahrhunderts, eine Sammlung mit Gesetzen oder so etwas, auf deutsch, ... und eines in Latein, Cicero."
Clara zog erstaunt und anerkennend die Augenbrauen hoch, nickte langsam, ernst und interessiert.
„In welchem Zustand sind die Bücher?"
„Wirklich beeindruckend, ich hätte nicht gedacht, dass so etwas nach fast 500 Jahren noch so taufrisch aussehen kann."
„Zumindest von hier aus klingt das spannend. Woher, sagtest du, stammen sie?"
„Vorne steht nur etwas von Klosterbibliothek Frauenaurach drin. Ich habe sie mit dem Haus geerbt. Standen einfach so im Bücherregal. Kann so etwas denn gefälscht sein?"
„Ungewöhnlich. Der Aufwand wäre hoch, wenn es so gemacht werden soll, dass ein Fachmann nichts merkt. Meinst du, es könnte et-

was daran faul sein?"
Martin zuckte die Schultern.
„Vielleicht hast du Lust, sie mal selber anzuschauen?"
Noch ehe er den Satz gesagt hatte, kam er sich damit blöd vor. Das war ja fast so, wie eine Einladung, die Briefmarkensammlung zu betrachten. Und das, wo er noch vor einer knappen Stunde einen luziden Moment gehabt hatte und beinahe das Treffen hätte platzen lassen. Glücklicherweise manövrierte Clara selber das Gespräch aus der Gefahrenzone.
„Im Moment stecke ich etwas in Arbeit ... Für eine wirkliche Expertise bräuchtest du sowieso einen Fachmann, da reichen meine Kenntnisse nicht aus."
Martin winkte nebensächlich ab und wechselte das Thema.
Als er schließlich zahlte – das ließ er sich nicht nehmen, und Clara protestierte nur der Form halber – hatten sie fast zwei Stunden auf angenehme Weise verquatscht.
Erst jetzt fiel Martin auf, dass sie gar nicht über den weiteren Nachmittag gesprochen hatten. Hatte Clara heute noch etwas zu arbeiten? War sie davon ausgegangen, dass sie den restlichen Tag gemeinsam verbringen würden? Da war es wieder, das komische Gefühl.
Clara erhob sich und sammelte ihre Sachen ein. Etwas unbeholfen stand Martin ebenfalls auf.
„Ja, dann ..."
Clara lächelte ihn an.
„Ja, dann ... vielleicht treffen wir uns mal wieder? Jetzt sind wir ja fast Nachbarn."
„Stimmt. Gerne. Ich meine: Wäre nett, wenn wir uns mal wieder treffen."
Martin schaute in Claras blaue Augen und drohte schon wieder in ihren Blick hineinzustürzen, als sie ihn unvermittelt und mit der ihr eigenen Umkompliziertheit umarmte. Martin fühlte für eine wunderbar berauschende Sekunde Claras blonde Locken an seinem Gesicht und atmete ihren unparfümierten Duft.
„Ciao, Martin, bis zum nächsten Mal.", lächelte sie, „Besuch uns doch mal bei mir zuhause, Pieter freut sich sicher auch!"
Martin gefror das Blut. Pieter? Pieter. Wer war Pieter? Ist ja auch eigentlich egal. Warum schockierte ihn dieser Gedanke eigentlich? Was war er doch für ein Idiot. Wie konnte er auch davon ausgehen, dass eine tolle Frau wie Clara alleine lebte.

Er versuchte, sich nichts anmerken zu lassen, setzte ein unverbindliches Lächeln auf und verabschiedete sich rasch.

Tief einatmen, Blick in den blauen Himmel. Clara und Pieter. Ja, warum auch nicht? Konnte ihm doch eigentlich egal sein, oder? Martin trottete mit wirren Gedanken ziellos durch die Fußgängerzone. Natürlich war es ihm nicht egal, auch wenn er sich das gar nicht eingestehen wollte. Was war er doch für ein Idiot. Hoffentlich ist das Clara nicht allzusehr aufgefallen. Hatte er irgendetwas Verfängliches gesagt?
Beinahe wäre er über einen kleinen Jungen gestolpert, der ihm vor die Füße rannte und etwas von der Straße aufhob. Erschrocken blickte er zu Martin hoch und trippelte dann triumphierend auf eine junge Frau zu, die sich mit einem Baby im Tragetuch und mehreren Einkaufstaschen abmühte. „Ssau mal Mama, ich habe ein Geld gefunden!"
Ein Stand mit indischen Tüchern, Räucherstäbchen, marokkanischen Lederwaren und geschnitzten Afrikasouvenirs made in sonstewo verströmte einen intensiven Geruch nach 80er Jahren. Dass es heute noch einen nennenswerten Kundenkreis für das Zeug gab? Ein Ehepaar fotografierte sich gegenseitig auf der Pegnitzbrücke mit dem Heilig-Geist-Spital als Hintergrund. Ein nicht mehr ganz junger Straßenmusiker stimmte seine Gitarre und störte sich nicht daran, dass er samt Plastiktüten und auffordernd aufgeklapptem Gitarrenkoffer ins Bild geriet. Ein pickeliger Jugendlicher stand mit Ohrstöpseln unter der Kappe am Straßenrand und wippte mit unterdrückter Nervosität und leerem Blick im Takt unhörbarer Musik. Zwei dunkle Anzüge mit gestresstem Blick eilten geschäftigen Schrittes vorüber. Eine Rentnerin schob ihren Rollator über die Kriechspur. Ein ziemlich unattraktiver Mittfünfziger mit fettigen Haaren und ungepflegten Klamotten stand geistesabwesend herum und verschlang sabbernden Blickes mit den Augen die leuchtend rot bestrumpften, durchaus sehenswerten Beine einer jungen Frau, die etwas abseits stand und in irgendeiner südländischen Sprache ein Handy bequasselte. Martin fragte sich, wie blind man für eigenes peinliches Verhalten sein konnte. Aber vielleicht galt das ja auch für ihn. Und er dachte wieder an Pieter! War Pieter nicht sogar der Schnösel, der damals schon immer wieder um Clara herumscharwenzelt war?

Ein Junge kurvte auf seinem Skateboard gekonnt rasant, aber rücksichtslos um die Passanten herum. Überdimensionale Kopfhörer wiesen ihn ebenso wie die halb in den Kniekehlen hängenden kurzen Hosen als Anhänger eines demonstrativen Nonkonformismus aus, den es auch schon zu Martins Jugendzeiten gegeben hatte. Nur war es damals „in“, mit fettigen Haaren und zerfetzter Jeansjacke herumzulaufen. Immerhin hatte man damals die Hosen über den Hintern gezogen. Zwei ältere Schülerinnen tänzelten unterdrückt quietschend aufeinander zu, umarmten sich affektiert und fast berührungslos und küssten aneinander vorbei in die Luft, um darauf gackernd ihre Handys zu bearbeiten. Martin umrundete im letzten Moment eine angetrocknete Qualle, die wohl jemand in der vergangenen Nacht zum Abschluss seiner Kneipentour hier abgelegt hatte. Und plötzlich fiel ihm ein, dass es ganz gut war, dass er Clara nicht auf jenen vergangenen Kinoabend angesprochen hatte.

Er nahm den nächsten Zug und versuchte Nürnberg, Clara und Pieter erst einmal hinter sich zu lassen.

5. Kapitel

Wieder in Frauenaurach, nahm Martin das Blättchen der Kirchengemeinde zur Hand und rief Erwin Roth an. Sicher war es besser, wenn er sich jetzt nicht in melancholische Gedanken an Clara verlor. Während es aus dem Hörer tutete, fragte er sich, wie es der Vertrauensmann des Kirchenvorstands wohl aufnehmen würde, dass ein wildfremder, neu zugezogener Ostfriese ihn mit Fragen der Ortsgeschichte belätscherte.
„Roth“.
Erstaunlich, dass bereits ein in weichem Fränkisch ausgesprochener Name das Gefühl von freundlicher Gelassenheit zu vermitteln vermochte. Martin trug sein Anliegen vor und stieß zu seiner Erleichterung bei seinem Gesprächspartner nicht auf Unverständnis. Roth bot ihm an, ihn am Samstag um vier – wenn das auch noch

reiche? – in der Klosterkirche zu treffen, da habe er ohnehin zu tun und könne ihm einiges erzählen. Martin legte mit dem unbestimmten Gefühl auf, eine unerschöpfliche Informationsquelle aufgetan zu haben. Er legte eine Scheibe Beethoven auf, füllte das Wohnzimmer mit einem Sinfonieorchester und freute sich bei den ersten donnernden Klängen über die Vorteile eines frei stehenden Eigenheims. Er schenkte sich einen Glenmorangie ein, der seiner Meinung nach zu Beethoven und bitterer Schokolade passte und ließ den ereignisreichen Tag noch einmal durch seine grauen Zellen ziehen. Und er stellte fest, dass neben der Erinnerung an Clara die aufwühlende Attacke auf seine Fensterscheibe in seinem Bewusstsein langsam zu verblassen begann.

*

3. August 1914
Das Gesicht des Mannes wurde vom flackernden Schein einer Kerzenflamme spärlich erleuchtet. Schweißtropfen glänzten auf seiner Stirn. Immer wieder hielt er inne, horchte in die Finsternis – dann schob er den schweren Schrank vorsichtig weiter zur Seite. Mit der Kerze in der einen Hand war sein Tun sehr beschwerlich, doch er wagte nicht, die Karbidlampe zu entzünden, die an seinem Gürtel baumelte. Zu leicht hätte man den hellen Lichtschein durch das schmale Fenster vom Hof aus sehen können.
Noch ein paar Zentimeter, dann sollte es reichen. Er schob sich durch den Spalt in einen niedrigen Raum dahinter, vergewisserte sich, dass er nichts Verräterisches im Kellerraum vergessen hatte und begann hastig, die stärkere Lampe in Gang zu setzen. Wenn wirklich jemand kommen sollte, würde ihm in der Finsternis kaum auffallen, dass der Schrank ein Stückchen von der Wand abgerückt war. Hoffentlich.
Hinter dem Schrank öffnete sich ein schwarzes Loch, einer jener Stollen, die hier überall schon vor Jahrhunderten als natürliche kühle Lagerräume gebaut worden waren. Dieser hier war allerdings mangels Verwendung schon seit langer Zeit verbaut und vergessen.
Der nächtliche Besucher war zum ersten Mal hier, aber er kannte den Gang, wusste, wohin er führte, kannte die beiden Abzweigungen und hätte sich dank seines guten Orientierungssinnes notfalls auch ohne Lampe zurecht gefunden. Seit ihm der alte Herbert im Suff den vergilbten Zettel gezeigt hatte, wollte er vor Ort seine Vermutung überprüfen.

*

Die nächsten Tage waren von konzentrierter Arbeit geprägt, und Martin vergaß alle Mord- und Büchergeschichten über der Lektüre, die ihm der Verlag hat zukommen lassen. Die ersten beiden Autoren machten es ihm leicht. Kein Lektor der Welt würde aus den eingesandten Manuskripten ein brauchbares Buch zaubern können. Der Dritte war von ganz anderem Kaliber. Ein an sich völlig unbekannter Schreiberling hatte da eine vom ersten Satz an fesselnde Story zu Papier gebracht. An einzelnen Stellen könnte man noch ein paar Details glätten, fand Martin, aber im Großen und Ganzen waren Stil und – was Martin als i-Tüpfelchen empfand, weil es beileibe nicht selbstverständlich war – Orthographie bemerkenswert. Der Roman bedeutete damit zwar weit mehr Arbeit als ein auf den ersten Blick als minderwertig erkennbares Manuskript, aber Martin empfand bei der Lektüre echten Genuss und las gerne bis tief in die Nacht hinein. Am Freitag vormittag schließlich tippte er mit beschwingter Laune eine Zusammenfassung für die Lektorenkonferenz nächste Woche. In den ersten Jahren, die Martin für den Verlag tätig war, fanden diese Besprechungen noch im Konferenzzimmer des Verlags statt, und die Lektoren reisten dazu aus allen Himmelsrichtungen an. Martin hatte damals keinen weiten Weg und schätzte den regelmäßigen persönlichen Kontakt. Umso skeptischer war er, als die Geschäftsleitung beschlossen hatte, Reisekosten einzusparen und auf Videokonferenzen umzustellen. Inzwischen kam ihm das recht gelegen, hätte doch die einfache Bahnfahrt nach Aurich schon einen ganzen Tag verschlungen.
Aus der euphorischen Laune heraus enterte er den Kühlschrank, entkorkte eine Flasche Chardonnay, sah in den sommerlichen Hof hinaus und stieß mit sich selbst auf das Geschaffte an. Unwillkürlich kam ihm der Gedanke, zum Abendessen jemanden einzuladen. Aber wen, außer Clara, kannte er hier schon? Wieder ging ihm das Treffen mit ihr neulich durch den Kopf. Im Grunde, so sagte er sich, war seine Reaktion total albern gewesen. Clara hatte Pieter, aber das musste ja nicht heißen, dass er, Martin, sich nicht mit ihr zum Kaffee treffen konnte. Oder zum Essen. Schließlich waren sie erwachsene Leute, und außer einer plötzlich aufflackernden Leidenschaft, ausgelöst durch das Wiedersehen nach langer Zeit und in der ge-

meinsamen Fremde, so sagte er sich, war ja wirklich nichts zwischen ihnen. Außerdem würde er Rolf dazuladen.
Schnell trank er sein Glas aus, und bevor er es sich anders überlegen konnte, griff er zum Telefon.
„Rienecker?"
„Hallo Clara, ich bin's, Martin."
„Hi Martin, das ist ja eine nette Überraschung!" Klang sie zögernd? Bildete er sich das nur ein? Er beschloss, es zu ignorieren und kam zur Sache:
„Bei dem schönen Wetter hab ich mir gedacht, man könnte heute abend ein paar Würstchen auf den Grill legen. Hast du vielleicht Lust, dazuzukommen?"
Bewusst formulierte er den Eindruck einer ganzen Gruppe, die sich trifft. Clara zögerte einen Moment, und Martin schob spontan nach:
„Pieter kannst du natürlich mitbringen, wenn du magst!"
Clara brach in ein herzliches Lachen aus, das Martin sich nicht recht erklären konnte.
„Na, das wäre, glaube ich, keine gute Idee ... aber ich komme gerne! Sagst du mir nochmal die Adresse?"
Martin fragte sich, während er Clara die Adresse diktierte, warum es keine gute Idee wäre, Pieter mitzubringen. Vielleicht war er Vegetarier? Oder xenophob? Vielleicht würde er es im Laufe des Abends herausbekommen. Sie einigten sich auf halb fünf, und Clara bestand darauf, einen bunten Salat mitzubringen.
Das Telefonat mit Rolf war unkompliziert. Rolf hatte immer Zeit, sagte sofort zu und kündigte eine Verdauungshilfe an. Ob er auch seine Freundin mitbringen dürfe? Kein Problem, gerne. Martin war im Stillen erleichtert, dass die Runde nicht zu klein geraten würde.
Er legte auf und sah auf die Uhr: Der Metzger hatte noch geöffnet, dann müsste er den Grill saubermachen, Baguette vom Bäcker besorgen, den Sack Kohle hervorholen, den er neulich im Schuppen gesehen hatte, die Terrasse fegen und vor allem Getränke in den Kühlschrank schlichten. Letzteres am besten sofort. Grillanzünder. Senf. Gab es in der Küche eine Grillzange? Was mochte Clara trinken? Alkoholfrei vermutlich, schließlich würde sie mit dem Auto kommen.

Rolf war der erste. Martin hätte auch hoch darauf gewettet.
„Gibt's was zu feiern?" Er winkte mit einer Flasche Williams.

„Das Wetter vielleicht? Nein, nur so. Wolltest du nicht deine Freundin mitbringen?"
„Biggi kommt etwas später, sie hat noch bis um sechs Dienst."
Martin hatte völlig vergessen, dass es Menschen gab, die sich ihre Arbeitszeit nicht frei einteilen konnten. Birgit Heuerlein gehörte zu ihnen. Ihre Brötchen verdiente sie sich als Verkäuferin in einem Erlanger Baumarkt. Martin ließ ungefragt die Verschlüsse zweier Bügelflaschen knallen und reichte Rolf eine davon.
„Na, dann ... zum Wohl!"
Die Flaschenböden stießen hell klingend aneinander, Rolf setzte das Bier kurz auf der Tischplatte ab und trank erst dann. Martin war sich nicht sicher, ob die Bewegung zufällig war, er bildete sich ein, das schon mehrfach gesehen zu haben und schaute etwas fragend. Rolf grinste.
„Macht man hier so. Anstoßen und vor dem ersten Schluck absetzen."
„Hat das einen Grund?" Wahrscheinlich eine unendlich blöde Frage. Rolf zuckte mit den Schultern.
„Keine Ahnung. Ist halt so."
„Und wenn man steht und kein Tisch da ist?"
„Dann hältst du wenigstens kurz die Hand drunter."
Martin verzichtete auf das Kopfschütteln, dachte sich aber seinen Teil. Stattdessen legte er einen Grillanzünder in die Holzkohle und hielt das Feuerzeug dran. Sekunden später leckten sattgelb blakende Flammen an der noch kalten Kohle. Am Horizont grummelten ein paar Wolken, wie Martin nicht ohne Sorge bemerkte, ab und an wetterleuchtete es. Aber noch war weit weg, was den Frieden stören könnte.
„Wer kommt alles?" fragte Rolf, einerseits aus Interesse, andererseits angesichts der Fleischberge, die Martin eben aus dem Kühlschrank balancierte.
„Nur noch Clara, eine alte ... Freundin ... naja, Bekannte. Wir kennen uns aus Studienzeiten."
„Zu Besuch? Oder hat die hier auch ein Haus geerbt?"
„Clara hat einen Job am Germanischen Nationalmuseum. Als Restauratorin. Da ist sie schon!"
Bei den letzten Worten wies Martin winkend auf das Gartentürchen, wo Clara eben die Tür eines Citroën 2CV zuschlug und zu ihnen herüberlachte.

„Die schaut ja nicht schlecht aus!“, entfuhr es Rolf.
„Clara oder die Ente?“
„Beide!“
Clara kam mit einem Korb in der Hand durch den Garten gelaufen. Sie trug einen modischen silbernen Anhänger mit einem dunkelblauen Stein – vielleicht war es auch einfach Glas – am Hals über einem weißen T-Shirt, dazu einen bunten Rock, und Martin musste Rolf im Stillen beipflichten: Clara sah hinreißend aus. Heute fiel Martin, wie er selber erleichtert feststellte, die herzliche Begrüßung gar nicht schwer, schließlich waren die Fronten von vorneherein klar, und er würde sich daran halten.
„Schön, dass du so spontan kommen konntest und nicht in Arbeit versunken bist!“
„Geht schon wieder. Die Bilder haben versprochen, nicht wegzulaufen“, antwortete sie lachend.
„Und wie geht es Pieter? Kann er dich einen Abend entbehren?“
„Na klar. In der Hinsicht ist er Kummer gewohnt. Solange ich ihm morgen sein Frühstück mache ...“
Dass Clara sich einen Freund anlachte, der morgens auf Frühstücksservice bestand, passte irgendwie gar nicht zu ihr. Zu seinem Bild von Pieter schon eher, falls es wirklich *der* Pieter war. Aber Martin hütete sich, dazu etwas zu sagen. Er machte Clara mit Rolf bekannt, der sie sofort mit sprudelnder Aufmerksamkeit umflirtete, während Martin grinsend ins Haus ging und Getränke holte.
Dann bekam Rolf den Auftrag, das Feuer zu hüten, und Martin führte Clara durch Haus und Hof.
Als etwas später Biggi zum Gartenweg hereinstöckelte, wurde sie schon von bläulichen Grillfleischfettschwaden empfangen. Martin fand ihren aufgetussten Auftritt nicht recht zum Anlass passend, blendete das aber, zur Unvoreingenommenheit entschlossen, aus und begrüßte sie freundlich. Rolf bekam ein flüchtiges Küsschen, Martin eine eher betont förmlich-zurückhaltende Hand. Naja, vielleicht taute sie ja noch auf. Clara beäugte sie etwas skeptisch, wahrscheinlich kannte sie Rolf. Rolf bot ihr etwas zu trinken an. Kopfschütteln.
„Stress in der Arbeit?“ fragte er vorsichtig.
„*Naa, bassd scho ...*“
Der Tonfall verriet, dass nichts passte, und der Gesichtsausdruck schien Rolf daran die Schuld zu geben.

Martin versuchte die etwas kribbelnde Stimmung zwischen ihnen zu neutralisieren, indem er die ersten Steaks als fertig anpries. Zu Clara ergänzte er lächelnd entschuldigend:
„Ist nicht Bio, aber vom hiesigen Metzger. Regional."
Clara lachte.
„So verbissen bin ich doch gar nicht. Nicht mehr!"
Biggi wartete, bis die Bratwürstchen fertig waren, ließ sich eines geben und löffelte sich mit spitzen Fingern ein winziges Häufchen Salat dazu auf den Teller. Clara brachte leise auf den Punkt, was Martin insgeheim auch gerade gedacht hatte:
„Schnepfe!"
„Gut, dass sonst nur Rolf mit ihr klarkommen muss," raunte Martin zurück.
„Sind die beiden schon lange zusammen?"
„Keine Ahnung, glaube schon."
„Selber schuld."
„Pst!"
Sie grinsten verständnisinnig, bemühten sich dann aber wieder um freundliche Konversation. Richtig locker wurde es nicht. Gegen halb neun verabschiedete sich Biggi unter einem etwas dünnen Vorwand von Martin, mit vorwurfsvollem Blick von Rolf und flüchtig von Clara. Rolf, dem normalerweise nichts die Feierlaune zu trüben vermochte, hielt es heute auch nicht lange. Vielleicht war ihm Biggi über die Leber gelaufen, vielleicht glaubte er auch, die Zweisamkeit zu stören. Er verabschiedete sich und schwang sich auf sein Rad. Das Schutzblech klapperte, als er über die Bordsteinkante brach, dann war außer dem sich entfernenden Ruf der Achse nach einem Tropfen Öl nichts mehr zu hören.
Plötzlich war es still.
Der Grill qualmte noch ein wenig vor sich hin.
Martin stutzte einen Moment, ein Gedanke zog durch sein Hirn, doch es gelang ihm nicht, ihn zu fassen. Irgendetwas war ... befremdlich? bemerkenswert? Wie ein déjà-vu, etwas von ganz weit weg. Er schaffte es nicht, sein schemenhaftes Gefühl zu beschreiben. Schließlich schüttelte er den Kopf.
„Ist etwas?" fragte Clara.
„Wahrscheinlich, aber ich weiß nicht...", sagte er langsam. Dann schüttelte er die Irrlichter aus dem Kopf und schlug vor, noch ein Feuerchen im Terrassenofen zu machen. Sie rückten die Gartenbank

davor und entkorkten einen Château Lagüe. Mit den Gläsern in der Hand und Blick auf die züngelnden Flammen kam das Gespräch wieder in Gang.

„Ich weiß nicht ... findest du, dass die beiden zusammenpassen? Rolf und Biggi?“

Martin zuckte die Schultern.

„Ich glaube, Rolf liebt mehr ihre geschminkte Fassade und merkt nicht, dass er sich zum Affen macht.“

„Kennst du ihn eigentlich schon länger?“

„Seit meinem Einzug. Er hatte mir spontan seine Hilfe angeboten, und seitdem treffen wir uns ab und zu, trinken Tee oder einen Whisky zusammen.“

„Rolf trinkt Tee?“

Martin sagte nichts. Er hatte noch nie näher darüber nachgedacht, aber Clara hatte recht. Irgendwie passte Tee so gar nicht zu Rolf. Und wenn es Martin recht bedachte, passte auch so manches andere nicht. Wahrscheinlich wollte er sich darüber bisher nur keine Gedanken machen, froh darüber, zu irgendjemandem hier Kontakt gefunden zu haben. So richtig alteingesessen war Rolf ja selber nicht. Er hatte mal erzählt, ihn habe vor vier Jahren die Gunst einer freien Mietwohnung in die Ziegelgasse verschlagen. Er hatte gerade einen Job in Erlangen angetreten, aber dort findet man nicht so einfach ein bezahlbares Dach über dem Kopf. So war er per Zufall ausgerechnet in dem Vorort gelandet, in dem sein Großvater in seiner Jugend gelebt hatte. Aber das wusste er auch nur aus Erzählungen.

„Ich denke, Rolf weiß selber nicht genau, was er will und was zu ihm passt“, wich er aus.

Sie schwiegen eine Weile, schauten ins Feuer, und Martins Gedanken schweiften durch die letzten Monate, die ihn unverhofft von Ostfriesland nach Mittelfranken geführt hatten. Nie hätte er sich träumen lassen, dass es ihn ins Binnenland verschlagen würde. Und Geschichten von Verwandten, von denen man unverhofft etwas erbt, gibt es ja sonst auch nur in billigen Romanen.

Martin fiel auf, dass er über seine Erbgroßtante eigentlich gar nichts wusste. Gewiss, er hatte sie zwei-, dreimal getroffen, aber da war er noch ziemlich jung, und das war nicht hier in Frauenaurach gewesen. Tante Lene war einmal auf Nordseeurlaub und hatte sich der Gelegenheit nicht entziehen können, die entfernte Verwandtschaft zu beehren. Nicht unsympathisch, aber kein tiefer Eindruck. Martin

hatte das Gefühl, in ihrem Haus mehr über sie zu erfahren als zu ihren Lebzeiten. Obwohl – welche Rückschlüsse ließ es zu, dass sie einen Tonofen auf der Terrasse stehen hatte? Zumindest passte der nicht in Martins Klischee einer hochbetagten Frau.
„Vielleicht war sie ja eine lebenslustige, agile alte Dame, die sich regelmäßig ihre Nachbarn zum gemütlichen Portwein am Feuer einlud?"
Martin lachte und nahm den Faden willig auf:
„Genau! Und gegen Mitternacht, wenn es kühler wurde, pflegte die Gesellschaft noch einen Topf Punsch aufzusetzen. Nur das mit dem Portwein passt nicht recht."
„Warum? Meinst du, Sherry würde besser zu ihr passen?"
„Es gab hier im Haus keine alkoholischen Getränke. Das weiß ich zufällig genau, weil wir beim Einzug nach etwas zum Anstoßen gesucht hatten und ganz enttäuscht waren, dass so gar nichts zu finden war."
„Das sagt nichts," erklärte Clara, die sich munter warmredete, „das beweist nur, dass die Gäste alles restlos verkümmelt haben."
„Stimmt!" Martin war dankbar für die Rettung der Theorie. „Im Vitrinenschrank stand immer eine edle Flasche Cognac. Tante Lene hatte Stil."
„Whisky. Sie war ein wenig unkonventionell. Glenfiddich. 12 Jahre. Passt der? Ich glaube, deine Tante musste bei aller Liebe zur Lebensart auch etwas aufs Geld schauen, oder?"
Martin wiegte versonnen den Kopf. „Sie hatte Geld ... Doch, sie besaß – ohne dass es sonst jemand wusste – eine nicht unerhebliche Geldquelle."
„Hat sie reich geerbt?"
„Nein, nein, nicht die Bohne. Sie hat, sagen wir, 1967 nach beharrlicher Suche in den Archiven des Klosters den geheimen Klosterschatz gefunden."
„Aber das Kloster gibt es doch gar nicht mehr?"
„Die Archive liegen sicher irgendwo. Im Pfarramt?"
„Eher bei uns im Germanischen Nationalmuseum."
„Auch gut! Wie hat sie da Zutritt bekommen?"
„Wer Interesse glaubhaft machen kann, kann auf die Akten zugreifen."
„So musste es gewesen sein. Tante Lene fand also nach monatelanger Suche ..."

„Jahrelang. Sie hat es sich schließlich wirklich verdient!"
„Richtig! ... nach jahrelanger Suche einen Hinweis auf einen verborgenen Raum in der Kirchenmauer, wo der Goldschatz der Nonnen versteckt war."
Sie stießen auf Tantes Reichtum an.
„Zu dumm, dass wir den Ort nicht kennen."
Clara lachte.
„Hat sie sich außer Whisky nichts gegönnt?" Martin dachte kurz nach und ließ vor seinem geistigen Auge ein Bild seiner Großtante entstehen.
„Wenig", entschied er, „im Grunde war sie eine bescheidene Natur. Und niemand im Ort sollte von ihrem Fund etwas ahnen. 1976 reiste sie nach Venedig, das war aber auch alles."
Clara prustete laut los ob der Ernsthaftigkeit, mit der Martin den Faden spann.
„Weißt du was? Du machst am besten einen Krimi daraus. Tante Lene könnte doch in irgendwelche illegalen Machenschaften verstrickt gewesen sein, vielleicht sogar in einen Mordfall. Ein richtiger Lokalkrimi."
Martin winkte ab. „Das wird nie und nimmer glaubwürdig. In einem Nest wie Frauenaurach passiert doch nichts."
„Na hör mal! Hast du mir nicht selber erzählt, dass es hier einen Mord gegeben hat?"
„Das war vor siebzig Jahren. Und ob es ein Mord war, ist gar nicht gesagt."
„Umso besser. Eine geheimnisvolle Geschichte. Und niemand wird je nachweisen können, was damals wirklich passiert ist."
„Aber um so etwas glaubwürdig schreiben zu können, müsste ich mich hier erstmal mit der Ortsgeschichte auskennen."
Clara schaute der flimmernden Säule heißer Luft nach, die der Ofen fast senkrecht in den Himmel steigen ließ und feine glühende Teilchen mit sich riss. Die Sonne war inzwischen völlig verschwunden, Clara stocherte mit dem Schürhaken ein wenig in der Glut herum. Der orange glusende Schein der auffliegenden Funken beschien warm ihr Gesicht und glänzte in ihren Augen. Martin sah sie verstohlen von der Seite an. Es stimmte schon, sie sah einfach toll aus. Das Feuer knisterte leise. Doch, ein wenig kriminell ging es manchmal auch in Frauenaurach zu, musste sich Martin beim Gedanken an seine eingeworfene Scheibe eingestehen. Und er wüsste zu gerne,

auf wessen Konto das ging und vor allem, was der Anlass war. Aber an diesem Abend mit Clara an seiner Seite schien ihm das alles so fern und fast schon egal.

„Trotzdem, ganz im Ernst – ich finde die Idee gar nicht so schlecht. Du hast doch echtes Talent!"

Martin schüttelte den Kopf und legte noch einen Scheit nach.

„Danke ... aber ich bleibe besser bei meinen Wattwürmern."

Das Wettergeleucht am Horizont hatte sich wieder beruhigt. Die Flammen leckten an ihrer frischen Nahrung und umwickelten sie gnadenlos. Ab und zu zischten heiße Gase aus dem Stirnholz, dann explodierte knackend ein Harzkanal, Funken stoben auf. Silhouetten von Fledermäusen jagten lautlos über den Himmel. Unsichtbare Grillen zirpten aus jeder Richtung.

„Klingt fast wie in Frankreich", erinnerte sich Martin.

Clara lächelte. „Richtig romantisch, nicht?"

Ein dicker brauner Käfer drehte seine Kreise um ihre Köpfe und schraubte sich immer weiter ans Feuer heran. Noch einer. Ein dritter setzte sich auf Martins Hand.

„Ja, wer bist du denn?", fragte er, ohne von dem Tier wirklich eine Antwort zu erwarten.

„Serica brunnea. Ein kleiner Verwandter des Maikäfers", gab an seiner Stelle Clara Auskunft. Martin sah sie an. „Du erstaunst mich immer wieder!"

„Meine Eltern sind doch Entomologen, da ist ein bisschen was hängengeblieben. Der hier ist ja nun wirklich häufig."

„Mir ist er noch nie begegnet."

„Der ist dir sicher schon oft begegnet, aber wenn man etwas nicht kennt, achtet man nicht darauf. Das Vorwissen schärft die Wahrnehmung, sagte mein Vater immer. Jetzt, wo du ihn kennst, wird er dir ganz oft begegnen, ohne dass er häufiger wäre als vorher."

Serica brunnea. Martin betrachtete den kleinen Verwandten des Maikäfers, soweit es das Licht des Feuers erlaubte. Stimmt schon, die Proportionen des Körpers waren ähnlich, und Martin meinte sich zu erinnern, dass auch der Maikäfer so fächerartige Fühlerspitzen hatte.

„Genau!", bestätigte Clara die Beobachtung, „daher kommt auch der Familienname ‚Blatthornkäfer'. Der Junikäfer ist übrigens auch einer von denen."

Sie schwiegen noch eine Zeitlang den Käfer an, der im Feuerschein

unbeholfen über Martins Finger krabbelte, schließlich die Flügeldecken spreizte, das zweite Flügelpaar aufspannte und mit leisem Brummen davontaumelte. Martin hob fragend sein leeres Weinglas. Clara hielt ihm ihres hin:
„Dann brauche ich aber Asyl bis morgen früh ... sonst fahre ich noch mein Schmuckstück zu Schrott."
„Wäre schade um die alte *deuche*. Das Haus ist groß, das soll kein Problem sein!" Martin schenkte ein und freute sich im Stillen wie ein Schneekönig, dass Clara noch blieb. Er fühlte sich in ihrer Gegenwart so wohl, dass ihm Pieter für heute Abend schnuppe war. Solange Clara kein Problem darin sah, wollte er diese Stunden einfach genießen und nicht darüber nachdenken, dass sie vergeben war. Und ein romantisches Glas Wein zu zweit war ja nun wirklich noch keine Untreue.
Der Bordeaux hatte mittlerweile etwas Luft bekommen und wäre für die meisten Kenner schon zu warm gewesen. Martin mochte das gerade und genoss die ausgewogene Aromenvielfalt aus zarter Eichenholz-Vanille-Note, etwas Brombeere und gerade soviel Tannin, dass er nicht übertrieben rund wurde. Auch Clara wusste das zu schätzen, sonst hätte Martin auch nicht sein Flaggschiff aus dem Weinkeller geholt. Die großen, bauchigen Gläser gaben bei der Berührung einen warm klingenden Ton, als sich ihre Blicke trafen. Da war er wieder, dieser Blick. Martin wusste es sofort und konnte nichts dagegen tun. Er fühlte sich von diesen Augen magisch angezogen, dem Widerschein des Feuers darin, den großen, endlos schwarzen Pupillen im hellblauen Kranz. Martin sah jedes Detail der Iris, die Strukturen groß wie Gebirge, er glaubte, jede Zelle, jedes Molekül zu erkennen, es war ihm, als tauche er hinein ... und wenn sie nicht beide zusammengezuckt wären, als ein Holzscheit im Ofen mit ungewöhnlich lautem Knall zerbarst, wäre Martin wohl rettungslos verloren gewesen. Sie lachten ob ihrer Schreckhaftigkeit und nahmen einen Schluck. Clara ließ ihn langsam über Zunge und Gaumen gleiten und fragte dann:
„Wo ich gerade hier bin ... möchtest du mir mal die Bücher zeigen?"
Martin brauchte einen Moment, bis ihm klar war, wovon Clara sprach. Er stand auf und tastete sich in das finstere Wohnzimmer. Hier in der Wohnung fiel ihm erst auf, wie sehr seine Kleidung nach Rauch roch. Und beim Durchschreiten des finsteren Raumes merkte er, dass er bereits einiges getrunken hatte. Vorsichtig holte er die

beiden ledernen Großoktavbände und brachte sie Clara. Sie strich sich die Haare hinter das Ohr, sah die Bände zunächst von außen an, las die Beschriftung des Buchrückens, öffnete dann den Deckel des oberen Buches und betrachtete eingehend Papier und Druck der ersten Seiten. Sie strich mit den Fingern über den Einband, hielt eine Seite gegen das Licht, las einzelne Passagen, kniff die Augen zusammen, um den kleinen Stempel des Antiquars in Aix erkennen und mit dem des anderen Bandes vergleichen zu können. Schließlich klappte sie die Bücher wieder zu.

„Wunderschön!"

„Das heißt, du hältst sie für echt?"

„Wie gesagt, ich bin keine Expertin auf dem Gebiet, ich weiß auch nicht, wie selten genau diese Werke sind ... aber ich habe keinen Zweifel daran, dass sie echt sind. Und in fantastischem Zustand. Woher, sagtest du, hast du sie?"

„Sie standen bei meiner Großtante im Regal, einfach so."

„Nur diese beiden?"

„Naja, Bücher waren schon noch mehr da. Aber nur moderne Bildbände, billiger Kram, alles so fünfziger Jahre und später."

„Und du hast keine Ahnung, wie deine Großtante zu diesen kostbaren Stücken gekommen ist?"

„Nicht die leiseste Ahnung. Im Grunde hätte sie sie gekauft haben können, aber ihr sonstiger Haushalt deutete nicht eben darauf hin, dass sie sich für alte Bücher interessiert hat. Und des Inhalts wegen ... na, ich weiß nicht."

„Kann sie sie geerbt haben?"

„Könnte sein. Aber von wem? Und irgendwann müssen die Bücher ja bei einem Antiquar in Südfrankreich gestanden haben. Wie sind sie dorthin gekommen? Und wieder zurück?"

„War deine Großtante vielleicht mal dort im Urlaub?"

Martin wiegte zweifelnd das Haupt. Im Grunde hatte er keine Ahnung, eigentlich wusste er ja über Tante Lene überhaupt fast nichts, aber er hatte sich im Lauf der Zeit ein Bild von ihr zurechtgebastelt, aus dem, was er in ihrem Haushalt vorgefunden hat und was ihm die Nachbarn erzählt hatten. Viel war das nicht. Aber ein Südfrankreichurlaub passte in dieses Bild nicht wirklich hinein. Er schüttelte den Kopf.

„Und das Antiquariat? Hast du schon mal versucht, darüber etwas herauszufinden? Vielleicht gibt es das noch?"

Martin musste zugeben, dass er daran noch gar nicht gedacht hatte. Allerdings erschien es ihm höchst zweifelhaft, dass sich der Verkäufer daran noch erinnern würde. Obwohl man nie wissen konnte ...
Das Feuer sank in sich zusammen und glomm bald nur noch schwach. Die Luft unter dem klaren Sternhimmel kühlte nun doch empfindlich ab. Clara fröstelte ein wenig. Martin durchfuhr für einen Moment die Versuchung, seinen Arm um ihre Schultern zu legen, rief sich aber im selben Moment zur Ordnung. Pieter. Es wäre schade, wenn der schöne Abend mit einem peinlichen Moment enden würde.
Stattdessen löschte Martin das Feuer und schlug vor, hineinzugehen.
„Sollen wir noch eine Flasche von diesem *Château Lagüe* öffnen oder steht dir der Sinn mehr nach etwas anderem?"
„Ich glaube, ein Tee wäre jetzt gar nicht schlecht ... es ist doch etwas kühl geworden. Ist nicht gerade stilecht nach dem Wein, oder?"
„Erlaubt ist, was gefällt. Es gäbe auch noch einen Glenmorangie."
„In dieser Reihenfolge!", lachte Clara. Martin verschwand in die Küche.
Während der Tee zog, suchte Martin nach einem geeigneten Schälchen für ein paar Orangenkekse. Fair gehandelt, das gefiel Clara sicher. Er hatte sie neulich ganz spontan im Hofladen des Nachbarortes mitgenommen, der neben regionalen Produkten auch ein paar Fair-Trade-Süßigkeiten führte.
Martin zog ein paar Schubladen auf und öffnete Schranktüren, die er seit seinem Einzug noch keines Blickes gewürdigt hatte. Eine alte Dame wie Tante Lene hatte doch sicher ein hübsches Tellerchen für ein paar Kekse.
Stattdessen fand er eine offene Dose aus Blech, in der sich ein paar Dutzend alte Ansichtskarten befanden. Da der Tee sowieso noch zwei Minuten brauchte, blätterte er sich kurz durch die alten Urlaubsgrüße. Ob Tante Lene so selten Post bekommen hatte? Oder hatte sie einfach ein paar wenige Karten aufgehoben, die ihr besonders gefallen haben? Venedig war dabei, den Absender kannte Martin nicht. Geschrieben 1975. Matterhorn, 1983, von einer Freundin. Eine Kathedrale, Martin kam sie bekannt vor, konnte sie aber gerade nicht einordnen. Von 1996, mit Grüßen von Jakob Thormann. Martin schmunzelte. Ob Onkel Jakob ahnte, dass seine Urlaubspost noch existierte? 1997 schrieb eine Sabine von den Malediven. Muss-

te auch eine Freundin sein, in der Familie gab es keine Sabine ...
Zeit für den Tee! Martin legte die Karten zurück, schüttete die Kekse auf einen normalen Teller und goss die Teekanne voll. Kurz darauf kam er mit dampfender Teekanne, Tassen, Keksen, Glenmorangie, Gläsern und Kerze ins Wohnzimmer zurück. Clara hatte es sich auf dem Sofa bequem gemacht und schaute auf die Bücherwand. Martin sah auf die blonde Haarpracht, die einen malerischen Kontrast auf dem dunkelblauen Polster bildete. Was für eine schöne Frau, dachte er. Was für ein schöner Abend.

6. Kapitel

Martin hatte sich mit Stift und Schreibblock bewaffnet, bevor er sich am nächsten Tag kurz vor vier Uhr auf den Weg zur Kirche machte. Von seiner Haustür aus war es dank des Fußgängerstegs über die Aurach nur ein Katzensprung.
Clara war nach dem Frühstück wieder nach Nürnberg gefahren. Sie wollte Pieter nicht länger warten lassen. Immerhin hatten sie und Martin vereinbart, sich bald mal wieder zu treffen.
Während Martin die Brücke über die bunte Wiese überquerte, schweiften seine Gedanken zurück zum vergangenen Abend. Erst gegen ein Uhr morgens waren sie zu Bett gegangen, Martin hatte schon beim Einzug Großtantchens Schlafzimmer zum Gästezimmer gemacht. Einerseits waren die Art-Déco-Möbel nicht nach seinem Geschmack, andererseits wären sie zum Verheizen zu schade gewesen. Clara hatte wie ein Murmeltier in dem historischen Ambiente geschlafen, woran aber auch der Château Lagüe sicher nicht ganz unschuldig war.
Martin atmete tief die Sommerluft ein und versuchte, sich wieder auf heute zu konzentrieren. Der Weg führte nach dem Fußgängersteg zwischen den Gebäuden der ehemaligen Schiedermühle und ein paar eingeschossigen alten Häuschen direkt in den Ortskern. Löwenzahn spross in üppigem, saftigem Grün aus den Ritzen am Straßenrand. Ein gravierter Stein in der Wand des Mühlengebäudes markierte in beängstigender Höhe, wie weit die Aurach 1941 über

die Ufer getreten war. Unwillkürlich schaute Martin über die Schulter zurück zu seinem Haus und verglich die Flutmarke mit dem Niveau seines Grundstücks.
Ein Stück weiter lagen linker Hand der Friedhof und das ehemalige Kantoratshaus, dessen Fachwerk offenbar gerade frisch restauriert worden war. Martin sah an der Fassade hoch und genoss den Anblick des makellos blauen Himmels hinter dem saftig grünen Laub einer Linde und dem satten Ziegelrot des Daches. Er bemerkte, dass es an der Mauer ein paar Stellen gab, wo der frische Putz schon wieder herunterbröckelte. Nichts ist eben von Dauer.

Zwischen Kirche und Kantoratshaus führte der sauber gefegte Weg um den Chor der Klosterkirche herum. Ihr Portal lag auf der Nordseite, im Schatten der urigen, leicht von Moos begrünten Sandsteinquader des Gemäuers. Eine Reihe aus sechs dicken Linden ragte hoch auf und trennte den schmalen Vorplatz von einem weiteren grünen Geviert, das wiederum an die Wallenrodstraße mit ihren viele hundert Jahre alten Häusern grenzte. Martin verweilte einen Moment und sah sich um. Die Kulisse hätte eigentlich danach verlangt, dass ein Huhn gackernd über die Straße lief, aufgescheucht von einem Pferdefuhrwerk, im Hintergrund das Hämmern des arbeitenden Schmieds. Viel prosaischer startete jetzt stattdessen ein Benzinrasenmäher, und Sonnenlicht spiegelte sich im Blech der parkenden Autos.
Martin drückte die schmiedeeiserne Klinke der Kirche herunter und trat ein. Es dauerte einen Moment, bis sich seine Augen von der Helle des Tages umgestellt hatten. Angenehm kühl war es hier. Und ruhig. Ein feiner Geruch nach ... Martin wusste nicht recht, wonach eigentlich, irgendwie eben nach altem Gemäuer, ohne dabei muffig zu sein. Evangelisch. Die Weihrauchnote fehlte. Das Kirchenschiff war in schlichtem, dörflichem Barock gestaltet, hellgraue Bänke, weißgetünchte Mauern, ochsenblutrote Balken, die an der West- und Nordseite hölzerne Emporen trugen. Altar und Kanzel waren aus der selben Epoche. Ein gotisches Tympanon an der Wand, der Taufstein und ein paar im Chorraum aufgestellte steinerne Grabplatten zeugten davon, dass die Baugeschichte noch bedeutend weiter zurückreichte. Verschiedene Epitaphien aus den vergangenen Jahrhunderten erinnerten an Wohltäter und bedeutende Männer und Frauen der Klostergeschichte. Im Schriftenständer am Eingang

sah Martin unter anderem den Gemeindebrief, den ihm Willi neulich gegeben hatte.
„Sin Sie der, der wo mich åågrufm hadd, weechem Gloosder und so? – Roth, Grüß Gott!“
Ein freundliches Gesicht unter spärlicher Behaarung trat aus dem Dunkel der hinteren Empore, in einer Hand einen Schlüsselbund, in der anderen eine offene Schachtel mit kleinen Holztäfelchen, die jeweils eine sorgfältig aufgemalte Ziffer trugen.
„Thormann, Grüß Gott, Herr Roth. Ja, der bin ich. Vielen Dank, dass Sie sich Zeit nehmen. Ich bin da auf ein paar Fragen gestoßen, wo mir wohl nur ein Ortskundiger weiterhelfen kann.“
„Na, *schaumeramål* ... ob ich ortskundig genug bin. *Waddns*, ich steck‘ grad‘ die Lieder für morgen an, *gengas amol miid*.“
Roth winkte Martin, ihm auf die Empore zu folgen, wo er die Holztäfelchen zu Liednummern für den morgigen Gottesdienst zusammensetzte und dabei das Gespräch fortsetzte.
Martin fragte zunächst nach den Ortsnamen, auf die er bei seiner Radtour gestoßen war. Dank des sprachlichen Intensivtrainings in den letzten Wochen gelang es ihm, den Ausführungen einigermaßen zu folgen. Roth bestätigte, es habe tatsächlich einst zwei Klöster gegeben – Mönche in Münchaurach (wie Martin schon vermutet hatte) und Dominikanerinnen, also Nonnen, in Frauenaurach. Die Klöster stammten noch aus dem Mittelalter, das Kirchengebäude zeige daher auch noch romanische Reste – wie zum Beispiel das Portal –, aber durch Kriege, Brand und die spätere Auflassung des Klosters ist davon nicht viel übriggeblieben. Verschmitzt merkte Roth an, es habe natürlich immer Gerüchte gegeben, dass zwischen den beiden Klöstern etwas gelaufen sei, bis hin zu der Vermutung, es habe einen geheimen unterirdischen Verbindungsgang gegeben. Das sei natürlich Unsinn, denn in so einen Stollen wäre schon das Grundwasser aus der Aurach hineingelaufen, ganz zu schweigen vom technischen Aufwand, nur für ein Techtelmechtel heimlich einen elf Kilometer langen Gang zu graben ... aber! – und hier machte Roth eine bedeutungsvolle Pause mit erhobenem Zeigefinger und hochgezogenen Brauen, bevor er fortfuhr – ein wahrer Kern sei ja immer in solchen Geschichten! Einen Gang habe es wahrscheinlich schon gegeben. Einen Tunnel, durch den man Leib und Leben (und vielleicht den Klosterschatz) vor angreifenden Landsknechtshorden in Sicherheit bringen konnte. Aber der sei sicher nur irgendwo nach außerhalb

der Klosterumfriedung gegangen. Und wenn man ehrlich sei – Roth wirkte fast enttäuscht bei dem Eingeständnis – habe man von einem Gang nie irgendetwas gefunden.
Martin bohrte nach, bis wann denn das Kloster überhaupt existiert habe und was dann daraus geworden sei. Er erfuhr, dass bereits mit dem Markgrafenkrieg Mitte des 16. Jahrhunderts im Wesentlichen alles vorbei war. Die letzte Äbtissin war Kunigunda von Wallenrod, von der vorne noch die Grabplatte stand. Nach ihrem Tod wurde das Kloster von einem Klosteramt für den Markgrafen verwaltet. 1862 waren dann die letzten Reste der Gebäude abgetragen worden. Und die Besitztümer des Klosters? Gab es einen Klosterschatz? Eine Bibliothek? Roth schaute seinen Gesprächspartner von der Seite an, als wolle er dessen Zurechnungsfähigkeit einschätzen. Dann schüttelte er den Kopf. Da sei nichts übrig geblieben. Dafür hätten schon die Landsknechte gesorgt. Spätestens im Dreißigjährigen Krieg, der sei hier nicht spurlos vorübergegangen. Sogar der Wallenstein habe hier ein Lager gehabt.
Martin fragte sich einen Moment, ob jetzt mit Roth die Phantasie durchging. Wallenstein kannte er wohl aus dem Geschichtsunterricht, und natürlich von Schiller. Und der sollte ausgerechnet hier gelegen haben? Darüber nachzudenken, blieb ihm indes keine Zeit. Roth entpuppte sich als fleischgewordene Dorfchronik und erzählte eine historische Anekdote nach der anderen, wusste zu jeder Figur der Kirche etwas zu sagen und zur Geschichte Frauenaurachs erst recht.
Die Emporen seien im 17. Jahrhundert dazugekommen, wie man gleich am Eingang an einer Jahreszahl in einem Balken sehen könne. Vorher sei die Decke des Kirchenschiffs viel tiefer gewesen, weil die Räume darüber als Kornspeicher genutzt worden seien. Martin schaute auf das heutige, weite Tonnengewölbe und fragte sich, wie die Statik des Gemäuers das ausgehalten haben mochte.
Nach einer guten Stunde und einem ausführlichen Streifzug durch die Kirchengeschichte, von dem Martin hoffte, wenigstens die Eckdaten behalten zu haben, verabschiedete er sich wieder und spazierte nachdenklich nach Hause, nicht ohne noch am Schriftenständer einen kleinen Kirchenführer erworben zu haben.

Das Kloster, so hatte er in Erfahrung gebracht, konnte schon kurz nach Druck von Tante Lenes alten Büchern keine Bibliothek mehr besessen haben, da es nach dem Tod der letzten Äbtissin Kunigunda von Wallenrod – wann war das? irgendwann um 1550 – aufgegeben und unter Verwaltung eines Klosteramtes gestellt worden war. Die letzten Nonnen waren nach Nürnberg gegangen. Hatten sie ihre Besitztümer mitgenommen? Wahrscheinlich. Dann sicher auch die Bibliothek. Oder war die während des Markgrafenkrieges geplündert worden? Wann war der doch gleich? Martin machte sich zu Hause ein paar Notizen und nahm sich vor, das noch zu recherchieren. Die Frage war nur, ob ihn das wirklich auf die Spur der Bücher bringen würde.

Auf dem Heimweg machte er einen Umweg über die Bäckerei und stellte fest, dass sie – Samstag spätnachmittags auf dem Lande – natürlich längst geschlossen hatte. Es würde noch dauern, bis er den Rhythmus hier verinnerlicht hatte.

Den Abend sowie den Sonntag widmete er der Arbeit am vierten Fall seines Kommissars. Am Montag mailte er dem Verlag die Beurteilung der lektorierten Manuskripte und schrieb wieder seinen Krimi weiter.
Später am Abend saß er auf der Terrasse und schaute in den Himmel, bis die Sterne erschienen. Komisch, dachte er wieder einmal. So weit weg von daheim, aber die Sterne sind noch dieselben. Er konnte die meisten Sternbilder nicht benennen, kannte sie aber genau. Wie diese drei dort oben, die fast eine Reihe bildeten. Aber eben nur fast. Martins Ordnungssinn hatte sich schon immer daran gestoßen, dass der mittlere eine Spur aus der Reihe tanzte. Ole hatte die Sternbilder alle gekannt. Mit Ole hatte er stundenlang in den Himmel gestarrt und tiefsinnige Gespräche geführt. Damals, in den Schulferien, und später, als sie studierten und den Tiefsinn der nächtlichen Sitzungen auf der Bank an der Mole mit billigem Rotwein umnebelten, bis sie das Rauschen der Wellen nicht mehr wahrnahmen.
Bald würde die Feriensaison beginnen. Ob es eine gute Idee wäre, im August in den Norden zu fahren? Aber wahrscheinlich wäre sowieso alles ganz anders als in seiner verklärten Erinnerung. Die einen wären im Urlaub, die anderen würden arbeiten. Die Ära der grenzenlosen Semesterferien, des Lebens für den Augenblick, wo jeder immer Zeit hat – sie war unwiederbringlich vorbei. Diese schmerzliche Erfahrung und das Fahrgeld konnte er sich sparen.

Clara hatte neulich beim Frühstück erzählt, sie fahre für zwei Wochen nach Belgien. Auf den Spuren der flämischen Meister. Martin erfüllte es mit nagender Bitternis, sich vorzustellen, wie sie Hand in Hand mit Pieter durch die Galerien schlenderte. Nicht, dass er sich so sehr für flämische Malerei interessiert hätte, aber mit Clara würde er sogar Pieter Brueghel ...

Ach herrje, noch einer mit diesem Namen!

Plötzlich überkam Martin siedendheiß ein Gedanke: War Claras Pieter am Ende ein Gemälde? Er dachte fieberhaft nach: Clara hatte doch so seltsam gelacht, als Martin vorgeschlagen hatte, Pieter zum Grillen mitzubringen. Am Ende war es ja gar nicht der Blödmann aus Norden sondern ein Stück Leinwand aus dem 17. Jahrhundert, an dem sie gerade arbeitete? Nein, das war Unsinn. Schließlich hatte Clara ausdrücklich erzählt, Pieter bekäme von ihr sein Frühstück gemacht. Niemand kocht seinem Gemälde einen Kaffee. Martins Laune stürzte, kaum in die Stratosphäre katapultiert, wieder ab.

Er ging hinein, legte die CD mit Verdis Requiem auf und schenkte sich einen viel zu großen Whisky ein. Die Klänge aus der Tiefe der Streichergruppe nahmen seine Stimmung auf. Ideal, um sich ein bisschen leid zu tun. *Requiem aeternam dona eis, domine.* Wie konnte er auch nur auf so einen abwegigen Gedanken kommen? Außerdem war er sich nicht sicher – bei allem Respekt für Claras Fähigkeiten – dass sie einen Brueghel zum Restaurieren in die Finger bekäme. Ob es überhaupt einen im Germanischen Nationalmuseum gab? Er wischte die Gedanken beiseite. Im Grunde war das auch völlig egal. Wenn er ehrlich zu sich war (und so ganz für sich alleine gab es keinen Grund, das nicht zu sein), musste er sich eingestehen, dass er sich rettungslos und unglücklich in Clara verliebt hatte, obwohl er nichts weniger gewollt hatte. Seine Gedanken irrlichterten zwischen Flandern, Claras Ohrläppchen und Norden herum. Mit dumpfem Grollen griff Verdi nach seiner Aufmerksamkeit. Nervöse Celli, grummelnde Pauken, unheilverkündende Kontrabässe quollen herauf. Das orchestrale Gewitter stürzte über ihn herein und traf ihn unvermittelt und gnadenlos. *Dies irae, dies illa, solvet saeclum in favilla, teste David cum Sibylla ....* Der Chor brüllte es, einem Richterspruch gleich, Martin entgegen. Wie eine Welle, die sich bricht, wenn sie gegen den Strand anrennt, gefolgt von den nächsten Wassermassen, deren unausweichliche Natur es nunmal ist, über ihm zu kollabieren; anklagend, wie ein chromatisches Stakkato von rhythmischen Faustschlägen, die, kaum dass sie einen Moment aussetzen, von den Pauken und Streichern und Bläsern aufgegriffen werden, um sich abermals zur Woge zu formieren und sich unbarmherzig über ihn herzumachen, wieder und immer wieder, über ihn, den Idioten, der es wagte, Claras Ohrläppchen in die Augen zu sehen ...

Er ärgerte sich plötzlich über den Anfall von pathetischem Selbstmitleid, schloss die Terrassentür und ging zu Bett.

In dieser Nacht flog der zweite Stein.

7. Kapitel

17. Dezember 1936, spät abends
Sein Gegenüber schwieg, schaute streng, versteinert, undurchdringlich. Die Stille war zermürbend, aber das war wohl auch beabsichtigt. Nur die Holzscheite im Kanonenofen, der den Raum mehr verqualmte als erwärmte, meldeten sich ab und zu knisternd und knackend zu Wort. Eisblumen an den Scheiben verdeckten teilweise den Blick auf den von einer trüben Straßenlaterne aus der Ferne beschienenen, winterlichen Hof. Der um eisernen Blick bemühte Mann nahm, ohne den Blick von seinem Besucher zu lösen, den schweren Mantel vom Haken und warf ihn über. Es klang schneidend, als er sagte:
„Du hörst von mir. Und bis dahin hältst du die Schnauze, verstanden? Zu jedem!“
Er setzte die Mütze auf. Markig. Der Schirm unter dem Hakenkreuzemblem warf einen bedrohlichen Schatten auf sein Gesicht, als er sich den Schweißperlen des anderen auf wenige Zentimeter näherte und leise hinzufügte:
„Ich hoffe, dir ist klar, dass auch wir das nicht öffentlich decken können! Schon gar nicht bei einem ... Sozi!“ Er spuckte das Wort förmlich aus. „Bruder hin, Bruder her.“
Ohne auf das trotzige Nicken seines Gesprächspartners zu achten, stürmte er aus der Tür.

*

Martin schreckte aus dem Tiefschlaf hoch. War das der Wecker? Zunächst konnte er das Geräusch, das ihn aus dem Schlummer gerissen hatte, gar nicht orten. Orientierungslos schlug er auf seinen Nachttisch, bis der Wecker getroffen zu Boden ging. Martin angelte danach, fiel fast aus dem Bett, sah auf die Leuchtziffern und stellte erstaunt fest, dass der Übeltäter etwas anderes gewesen sein musste. Halb zwei. Draußen war es stockfinster. Laue Sommerluft wehte zum Fenster hinein. Nur war es irgendwie zugig geworden. Martin schüttelte den Schlaf ab. Irgendetwas kam ihm beunruhigend vor. Er erhob sich, lauschte nach draußen, lauschte in die Wohnung. Draußen war nur das leise Rascheln der Bäume an der Aurach zu hören. Aber irgendetwas war unten. Leise erhob er sich, schlich zur Treppe, verfluchte innerlich die knarzenden Dielen und überlegte, ob er gleich mit lautem Getöse oder doch lieber auf Samtpfoten nach unten gehen sollte.

Letztlich war es egal. Das Wohnzimmer war menschenleer, nur der Vorhang schlug im leichten Wind gegen die Terrassentür. Auf dem Fußboden lag, inmitten unzähliger Scherben, ein Ziegelstein.

Wenigstens war es nicht die neue Isolierglasscheibe.

*

„Nein, keine Botschaft. Ich habe überhaupt keine Ahnung, wer mir da etwas mitteilen will, und was überhaupt."

Martin hatte das Bedürfnis, seine leicht panische Stimmung, die sich bis zum Morgen nicht ganz gelegt hatte, mit jemandem zu teilen. Claras Stimme am anderen Ende der Leitung vermutete:

„Und wenn es einfach nur ein dummer Streich ist? Besoffene Jugendliche?"

Martin schüttelte den Kopf, was Clara natürlich nicht sehen konnte. Auch wenn er es gerne geglaubt hätte, konnte er sich selber nicht davon überzeugen.

„Dazu würden sie doch nicht extra über den Zaun in meinen Garten steigen. Dazu wäre jede andere Scheibe in der Straße genauso gut. Und außerdem: Warum zweimal bei mir?"

Clara musste zugeben, dass das gezielt Martin zu gelten schien. Sie mutmaßten noch ein wenig und erörterten die Frage, ob Martin erneut Anzeige erstatten sollte. Er entschied sich dagegen, ohne eigentlich genau zu wissen, warum.

Als nächstes rief er den Glaser an. Der sagte zu, gegen Mittag zu kommen. Martin sah auf die Uhr: drei Stunden. Er setzte sich in den Sessel und starrte auf das Loch in der Scheibe, als müsste er jetzt die Öffnung bewachen.
Was für ein Quatsch. Aber einfach gehen und alles offen stehenlassen konnte er auch nicht. Und zum Arbeiten fehlte ihm verständlicherweise die Konzentration.
So kreisten seine Gedanken um die Frage, wer ihn um alles in der Welt völlig grundlos terrorisierte. Wie weit würde der Täter gehen? Oder waren es sogar mehrere? Vielleicht wollten sie ihn zunächst einschüchtern, so wie man es aus Filmen von den Mafiabanden kennt, die dem Opfer einen blutigen Schweinekopf auf den Beifahrersitz legen oder ein abgeschnittenes Ohr per Post zusenden. Aber da wissen die Adressaten wenigstens, was die Täter von ihnen erwarten.
Vielleicht war es ein militanter Fremdenfeind? Jemand, dem es nicht passte, dass ein Preuße (hier bezeichnete man alle außerfränkischen Fremden als Preußen) das Haus einer alteingesessenen Frauenauracherin bewohnte? Unsinn! Jetzt ließ er sich schon von Bernhards blödsinnigen Klischees anstecken.
Und trotzdem. Die Unsicherheit saß ihm in den Gliedern, der Schrecken der Nacht, die wiederholte Attacke (wann würde es wieder so weit sein?), das Gefühl der Verletzlichkeit, die Angst vor der nicht fassbaren Gefahr ...
Sollte er vielleicht doch wieder in den Norden gehen? War es eine Schnapsidee, hier Fuß fassen zu wollen? Aber er hatte sowieso nicht das Geld, wieder zurückzugehen. Sicher, es hatten sich gleich nach seiner Ankunft Kaufinteressenten für das Haus gemeldet – aber ein Verkauf wäre unter dem Strich ein Verlustgeschäft, er würde wieder Miete bezahlen müssen ... das wollte er nicht überstürzen. Ein schuldenfreies Haus würde ihn nie beißen.
Das Haus nicht.

Ein paar Tage vergingen, in denen Martin zum Teil an seinem Kriminalroman schrieb, zum Teil für den Verlag arbeitete. In solchen Pha-

sen konnte er alles andere ausblenden, sogar Clara, und sein Körper konnte sich glücklich schätzen, wenn er tagsüber ab und an ein paar Kühlschrankfunde vorgesetzt bekam. Die Mittagssonne leuchtete heute ab und zu zwischen knuffigen Schäfchenwolken hindurch bis auf den Küchenfußboden. Während er vor der Mikrowelle stand und dem darin kreiselnden Käsetoast zuschaute, keimte die Idee auf, im August zwei Wochen in Frankreich zu verbringen. Den Laptop konnte er mitnehmen, die Bahnfahrt und eine billige Unterkunft würde er erschwingen können. Doch, die Idee war gut. Er könnte nach Arles fahren, mal wieder. Im Grunde war er dort schon so oft gewesen, dass er sich dort heimischer fühlte als in Frauenaurach. Möglicherweise konnte er von dort auch einen Abstecher nach Aix machen, um nach dem Antiquariat in der Rue Fabrot zu suchen. Vielleicht gab es das ja noch, und er konnte irgendetwas in Erfahrung bringen. Und ein wenig steckte auch der Gedanke dahinter, während dieser Zeit keine Zielscheibe für Steinwürfe abzugeben.
Ping.
Der Käsetoast war stehen geblieben. Martin nahm ihn heraus, goss großzügig von der süß-sauer-scharfen, asiatischen Soße darüber, lud sich noch zwei Bananen auf, die im Obstkorb zu verenden drohten und trug den Teller zum Schreibtisch. Während er kaute, nahm die Idee mit Südfrankreich so rasch konkrete Gestalt an, dass er, bevor er zu seiner aktuellen Datei zurückkehrte, rasch ein Browserfenster öffnete und sich über die Bahnverbindungen nach Arles informierte.

8. Kapitel

Beim Frühstück kamen Martin meist die besten Ideen. Da er alleine lebte, konnte er den letzten Träumen und Gedanken der Nacht ohne Ablenkung nachhängen, während er Tee kochte und den Kühlschrank inspizierte. Er konnte im Bad minutenlang darüber nachsinnen, woran ihn das Muster der Fliesen gerade erinnerte oder sich auch, ohne sich jemandem dafür erklären zu müssen, mit der Zahnbürste im Mund nochmal ins Bett legen, weil dort möglicherweise der eben verlorene Gedanke zu finden war.

Heute bedurfte es keiner Konzentrationshilfen. Seit Martin die Augen aufgeschlagen hatte, waren seine Gedanken auf ein Ziel zugesteuert: das Geheimnis der alten Bücher. Wie es sich für fixe Ideen gehört, kam auch diese auf verschlungenen Pfaden, bevor sie sich zäh eingenistet hatte: Die Wipfel der Fichte vor dem Schlafzimmerfenster brachten ihn auf die Frage, wie alt diese Bäume wohl sein mochten. Ohne dafür eine vernünftige Antwort gefunden zu haben, hangelte sich Martins Hirn von der Vorstellung eines Stammquerschnitts mit Jahresringen zur Dendrochronologie, also der Altersbestimmung von z.B. in Bauwerken verarbeiteten Hölzern anhand von Jahresringmustern. In Hildesheim hatte man vor einigen Jahren ein mittelalterliches Fachwerkhaus – das „Knochenhauer-Amtshaus" – aus altem Holz wieder erbaut, mit alten Methoden, ohne Schrauben und Nägel. Er sah vor seinem geistigen Auge den Zunftmeister der Knochenhauer mit Listen, Schreibfeder, Silbermünzen und Büchern an einem Eichentisch sitzen, im Schein eines Öllämpchens. Alles per Hand, wie ein Kopist im Kloster, der Bücher abschrieb, bis Gutenberg die beweglichen Lettern erfunden hatte. Die einer Umfrage eines Fernsehsenders zufolge bedeutendste Erfindung der Menschheit – dem konnte Martin nur beipflichten. Denn plötzlich war es möglich, Bücher in fast unbegrenzter Menge herzustellen, zumindest, solange es Papier gab. Trotzdem, sinnierte Martin weiter, sollte es noch lange dauern, bis Bücher wirklich zur für jeden erschwinglichen Massenware wurden. Bücher, die nicht lange vorher das Privileg weniger waren, vor allem der Klosterbibliotheken. Und so fanden sich seine Gedanken bei den beiden wahrscheinlich höchst wertvollen Werken in seinem Wohnzimmer.
Sicher wäre es möglich, herauszubekommen, bis wann es die fragliche Klosterbibliothek gegeben hatte. Aber die eigentliche Frage blieb: Wie waren sie in den Besitz seiner Großtante gekommen? Vielleicht konnte ihm ja jemand aus dem Dorf weiterhelfen? Komisch, dass er daran noch nicht gedacht hatte. Im Gegensatz zu ihm mussten die Leute hier Tante Lene ja gekannt haben. Vielleicht fand er ja jemanden, der ihr näher stand und mehr über sie wusste.

*

Paul Wedler war in seinem gleichförmigen Tagesablauf nicht leicht aus der Ruhe zu bringen. Meist arbeitete er stumm ab, was er sich

morgens vorgenommen hatte oder was zur täglichen Routine gehörte. Viele an seiner Stelle wären stolz darauf gewesen, wenn sie die großen und kleinen Arbeiten im Haushalt, Reparaturen am Haus und die Gartenarbeit trotz so hohen Alters noch ganz alleine bewältigten. Nicht Paul Wedler. Was er tat, war ihm einfach selbstverständlich, er dachte nicht groß darüber nach, und weil er nur wenig mit den Leuten redete, gab es auch nur selten Gelegenheit, ihn darauf aufmerksam zu machen.
Heute war es allerdings anders. Die Zeitung hatte er kaum gelesen, immer wieder hatte er den Faden verloren und schließlich aufgegeben. Mit stummer Unruhe räumte er das Frühstücksgeschirr ab, lief nervös zwischen der Küche und dem Wohnzimmer hin und her, wo seine Frau sich erschöpft auf das Sofa gelegt hatte. Die Situation überforderte ihn.
Bisher war Marga einfach von Jahr zu Jahr langsamer geworden, konnte weniger heben, stieg langsamer die Treppen hoch, brauchte für alles mehr Zeit. Paul hatte ihr nach und nach die meisten Tätigkeiten abgenommen, und manches wurde einfach nicht mehr oder nur noch selten geputzt.
Heute aber war es anders. Marga wollte kaum aufstehen, sie klagte nicht über Schmerzen, aber ihr Blick war unruhig. Sie sprach kaum, stöhnte immer wieder, wirkte abwesend. Paul glaubte, sie habe Fieber, aber er hätte nicht gewusst, ob sie ein Fieberthermometer besaßen und wo es sich befand. Er wurde durch diese Situation völlig verunsichert, er konnte nicht damit umgehen und wusste nicht, wie er angemessen reagieren sollte.
„Soll ich ... einen Arzt anrufen?“, fragte er, leise, zögernd. Er hatte lange überlegt, ob man in so einer Situation einen Arzt ruft. Er konnte sich nicht erinnern, wann er zuletzt einen Arzt besucht hatte und wusste schon gar nicht, ob der dann einfach so nach Hause käme. Und ob man ihn rufen könne, wenn man im Grunde gar nicht weiß, warum.
Marga schaute ihn müde an, sagte aber nichts.
Paul wiederholte nach einigem Zögern seine Frage.
„Ich weiß auch nicht ... ich denke ... ich weiß nicht.“ Sie schüttelte den Kopf.
So viel Unsicherheit warf Paul endgültig aus dem Gleis. Das gab es nicht! Marga war körperlich schwach, aber sie wusste immer, was zu tun war. Oft sagte sie nichts, wenn sie merkte, dass Paul seinen

eigenen Kopf hatte. Aber sie dachte sich dann immer ihren Teil, sie wusste immer, was sie wollte, was richtig war. Paul hatte das immer gemerkt, und erst jetzt wurde ihm klar, wie sehr ihn diese Gewissheit stützte. Marga wusste immer, was zu tun war. Er stand unsicher im Zimmer und fragte leise einfach nochmals.
„Also ... ich rufe jetzt einen Arzt, ja?"
Schließlich nickte Marga stumm.
„Wen kann ich denn da anrufen? Den in der Klostermühlgasse? Wie heißt der gleich?"
„Dr. Meltzer. Die Nummer hängt über dem Telefon."
Paul nickte und ging zum Telefon. Er hatte Glück. Die junge Sprechstundenhilfe am anderen Ende der Leitung war freundlich und sprach ruhig und verständnisvoll mit ihm. Sie hörte sich an, was Paul ihr schilderte, fragte ein paar Dinge nach, hielt kurz Rücksprache mit dem Arzt und versprach dann, der Doktor werde in zehn Minuten kommen. Paul gab ihr die Adresse und legte auf. Erst als er den Hörer des für heutige Verhältnisse antiken Apparats auf die Gabel zurücklegte, merkte er, dass seine Hände zitterten.
Er ging zurück ins Wohnzimmer und überlegte, was er tun sollte. Unbeholfen kniete er neben seiner Frau auf den Teppich und legte seine Hand auf ihren Arm.
„Dr. Meltzer kommt gleich." Er hatte das Gefühl, leise sprechen zu müssen.
Marga nickte. Plötzlich griff sie seine Hand und sah ihn an.
„Paul!" flüsterte sie. „Ich muss dir etwas sagen!"
„Später. Warten wir, was der Arzt sagt. Erst musst du wieder ... gesund werden."
Irgendwie kam er sich komisch vor, als er das sagte. Er hatte das Gefühl, sich und Marga mit diesem Satz zu belügen. Manchmal hatte er sich gefragt, wie es denn wäre, wenn der Tod käme. Er hatte es sich immer ganz anders vorgestellt, aber plötzlich war er sich sicher, dass der Tag gekommen war. Er sah Marga in die Augen. Sie ahnte es. Nein, sie wusste es. Und er wusste, dass sie es wusste.
Sie schüttelte langsam den Kopf. Mühsam flüsterte sie:
„Nicht später ... hör mir zu ..."
Sie winkte ihn zu sich heran, um nicht so laut sprechen zu müssen. Irritiert näherte Wedler sein Ohr an ihr Gesicht.
„Paul, hör mir zu ... es geht um Deinen Vater, Deine Mutter hatte es mir erzählt ... ich hätte es Dir vielleicht schon früher sagen sol-

len, aber sie wollte nicht, dass Du schlecht über ihn denkst. In der Nacht, damals, als er ... als er starb, da hatte er etwas gefunden."
Sie schaute ihn plötzlich eindringlich an, bevor sie fortfuhr:
„Er wollte doch nur das Beste für seine Familie. Aber er hat es nicht gestohlen, das darfst Du nicht glauben. Deswegen hat Deine Mutter mir das Versprechen abgenommen, dass ich es Dir nicht erzähle. Aber heute gibt es niemanden mehr, der die Wahrheit kennt, jetzt sollst Du es wissen ..."

*

Martin kannte durchaus seine finanzielle Lage, und er wusste um den diesbezüglichen Unterschied zwischen einem daheim von ihm selbst gebrühten Tee und einem Café au lait mit Bedienung. Aber erstens war er mehr als die meisten Menschen bereit, für gutes Essen und Trinken sowie ein passendes Ambiente dabei Geld auszugeben, zweitens fühlte er sich hier wohl und tauschte gerne für ein paar Stunden seinen Arbeitsplatz zuhause gegen die sommerliche Atmosphäre im Dorf. So hatte er heute morgen seinen Laptop eingesteckt und sich an einen der Tische vor der Bäckerei Backstein gesetzt, um seinen Nordseekrimi sich dort weiterentwickeln zu lassen. „Sich weiterentwickeln" im wahrsten Sinne des Wortes, denn oft entschied es sich erst beim Schreiben, wohin die Handlung driftete. Im zweiten Band hatte Martin sogar erst während der Arbeit am letzten Kapitel die geniale Idee gehabt, wer statt der ursprünglich geplanten Person der Mörder gewesen sein sollte.
Eine freundliche Angestellte der Bäckerei brachte ihm eben seinen Kaffee und ein Stück Bienenstich. Martin nickte ihr dankend zu. Es hätte sicher für die Arbeit an der Tastatur viel zweckmäßigere Gebäckstücke gegeben, aber die kamen nicht an Backsteins Bienenstich heran. Wie immer aß er ihn von unten. Das war nicht eben kultiviert, ließ aber das Beste, die süße Mandelkruste, „für zum Schluss".
Viel los war nicht an diesem Morgen. Begannen nicht heute sogar die bayerischen Sommerferien? Zwei Jungen kamen irgendwann mit dem Fahrrad an, schoben sich cool beim Betreten der Bäckerei die Sonnenbrillen auf die Stirn und kamen kurze Zeit später kauend und mit gefüllten Tüten beladen wieder heraus. Eine Frau schob ihr mit Paketen überladenes Rad heran, grüßte Martin unbekannterweise

kopfnickend und nestelte die Spanngummis vom Rad, die die sperrige Last gesichert hatten. Außer mit Brot und Kuchen versorgte die Bäckerei den Ort auch mit Zeitschriften, ein paar Lebensmitteln und den Dienstleistungen einer kleinen Postfiliale. Martin schaute kurz in die Luft, las den Schriftzug „Bäckerei Backstein" und fragte sich zum wiederholten Male, ob dieser Name eher originell und werbewirksam oder eine Bürde war. Aber wahrscheinlich machte sich hier im Ort schon lange keiner mehr Gedanken darüber, wie es eben mit allen Dingen ist, an die man seit Jahren gewöhnt ist.
Später würde er erzählen können, dass große Teile seines vierten Ostfrieslandkrimis im „Backstein" entstanden sind. Schriftstellerische Tätigkeit im Café hatte ja durchaus Tradition: Was für Prévert, de Beauvoir, Hemingway, Gide und Sartre das „Café de Flore" oder die „Deux Magots" in Paris waren, war für ihn das „Backstein". Hinsichtlich seiner Bedeutung für die Weltliteratur, musste er sich eingestehen, war der Vergleich durchaus passend. Dafür kostete aber hier der Cappuccino auch keine sieben Euro.
Wie lange es hier schon eine Bäckerei geben mochte?
Vielleicht gab es auch mal eine Klosterbäckerei?
Martin hatte noch nie von so einer Einrichtung gehört, aber irgendwoher mussten die Ordensfrauen ja ihr Backwerk bezogen haben. Und die Hostien, natürlich.
Was taten die Nonnen eigentlich den ganzen Tag? Martin musste erkennen, dass er vom Klosteralltag nicht viel wusste. Bete und arbeite, aber was? In Ecos „Name der Rose" gab es einen Cellerar für die Küche, einen Botanicus, einen Glasermeister, ... und vor allem viele, die im Scriptorium saßen und Bücher abschrieben oder illustrierten. Hatte man das hier auch gemacht? Und wie lange noch nach der Erfindung des Buchdrucks? Die Mönche bei Eco waren ja überhaupt Benediktiner und nicht Dominikanerinnen. Vielleicht machte das einen Unterschied.
Schon wieder geriet Martin gedanklich zu seinen alten Büchern. Woher um alles in der Welt hatte Tante Lene diese Preziosen? Plötzlich durchfuhr ihn die Erkenntnis, sein geheimnisvoller Angreifer könnte es eben auf diese wertvollen Bücher abgesehen haben! Eigentlich nicht unlogisch: Wieviele Leute im Dorf hatten im Laufe der Jahrzehnte Lenes Wohnzimmer betreten? Sie alle könnten die Bücher gekannt haben. Andererseits musste sich Martin fragen, warum derjenige sie nicht schon längst an sich gebracht hatte. Gab

es am Ende noch mehr davon? Vielleicht sogar irgendwo in seinem Hause? Und die beiden Bände wären nur ein Abglanz eines größeren Bücherschatzes. Wo konnte der geblieben sein? Er musste einfach jemanden finden, der Tante Lene persönlich gekannt hatte. Wie sollte er das anstellen?

Vielleicht gab es hier einen Seniorenkreis, dem sie angehört hatte? Auch der Pfarrer könnte etwas wissen – selbst wenn sie nicht in die Kirche gegangen sein sollte, hatte er sie schließlich beerdigt. Und Willi könnte er fragen. Bei dem Gedanken war ihm nicht übermäßig wohl, aber immerhin war er ihr Nachbar gewesen. Das waren schon drei Ansatzpunkte.

Er klappte entschlossen den Laptop zu und zog sein Handy aus der Tasche. Gab es einen Weg, an eine der Telefonnummern zu kommen, ohne den gemütlichen Platz und den erst halb getrunkenen Kaffee aufgeben zu müssen? Wahrscheinlich wäre es sogar möglich gewesen, mit dem Handy im Internet zu suchen, aber Martin hatte sich nie darum gekümmert, wie das geht. Er klickte sein Rufnummernverzeichnis durch. Roth! Erwin Roth, die fleischgewordene Dorfchronik. Der könnte etwas wissen.

Gefühlte Minuten lang tutete das Freizeichen – offenbar war Roth nicht zu Hause.

Und einen Anrufbeantworter hatte er auch nicht.

Martin trank den Kaffee aus und steckte den Laptop in den Rucksack zurück. Zweiter Versuch. Gleich um die Ecke musste das Pfarramt sein.

„Herr Thormann ... Ja, ich erinnere mich. Sie sind der Großneffe von Frau Reim? Dann bewohnen Sie jetzt also das Häuschen? Da sage ich erst einmal: Willkommen in Frauenaurach. Leider teilt uns die Meldestelle immer erst recht spät mit, wenn jemand neu zuzieht."

„Ich hätte ja auch selber mal mein Gesicht vorbeitragen können. Bisher war ich meist ganz gut beschäftigt, aber immerhin hatte ich schon Gelegenheit, Ihre schöne Kirche zu besichtigen."

Pfarrer Wolf hatte sich sofort Zeit genommen und Martin in die Amtsstube gebeten. Die Sonne schien warm durch die kleinen Sprossenfenster auf die modernen, hellen Büromöbel, die einen eigenartigen Kontrast zu dem viele hundert Jahre alten Pfarrhaus aus Sandstein und Fachwerk bildeten. Martin kam gleich zur Sache, fragte nach Freunden oder Bekannten seiner Großtante, erwähnte

aber nicht die Bücher und somit den wahren Grund seines Interesses.
„Ihre Großtante war zwar evangelisch und gehörte zu unserer Gemeinde, ist aber ...“ hier suchte der Pfarrer nach einer passenden Formulierung, „... hat aber am Gemeindeleben nur wenig teilgenommen.“
„Eine Karteileiche, sozusagen?“
„Das haben jetzt Sie gesagt.“
„Aber Sie haben die Beisetzung gemacht?“
„Als Frau Reim starb, waren uns keine Angehörigen bekannt. Sie selber hatte schon vor drei Jahren ein Testament und Geld für die Beerdigung bei einem Notar hinterlegt. Sie wollte keine große Feier, so war es eine ganz kleine Gesellschaft, vor allem Nachbarn.“
„Ja, zur Testamentseröffnung war auch nur ein kleiner Kreis geladen, mit meinen Eltern und meinem Onkel waren wir offenbar die einzigen lebenden Verwandten. Es war anscheinend ihr Wunsch, dass wir erst nach der Beerdigung informiert werden. Sonst wäre ich natürlich gekommen.“
Es war Martin in diesem Moment etwas peinlich, dass er durch den Verzicht seiner Eltern und seines Onkels zwar Haupterbe seiner Großtante war, aber nicht bei ihrer Beerdigung zugegen gewesen. So schob er nach:
„Meine Großtante legte wenig Wert auf Kontakte zu uns. Wir haben sie immer wieder eingeladen, aber sie wollte nicht verreisen ... und dass wir mal kommen, schien sie auch nicht sehr zu begeistern.“
Das gab es zwar nicht ganz korrekt wieder, denn der familiäre Kontakt war durchaus im stillschweigenden Einverständnis spärlich gewesen, aber Martin hoffte, dass Tante Lene in Frauenaurach keine kompromittierenden Gerüchte über ihre ostfriesische Verwandtschaft verbreitet hatte. Er fragte weiter:
„Wissen Sie, wer sonst noch näheren Kontakt zu ihr hatte?“
„Sie könnten mal bei Frau Pyrner fragen, der Leiterin des Seniorenkreises. Die Nummer finden Sie im Gemeindebrief.“

Auf dem Rückweg nahm Martin in der Metzgerei noch ein paar geräucherte Bratwürste mit, damit sein Kühlschrank nicht irgendwann eine Sinnkrise bekam. Auf dem kurzen Weg den Wagnersberg hinauf zu seinem Haus rekapitulierte er dann noch einmal das kurze Telefonat, das er gleich nach Verlassen des Pfarramtes mit Frau Pyrner geführt hatte. Die Dame war etwas einsilbig gewesen. Martin vermutete, dass sie einem fremden Anrufer gegenüber nicht gerne Auskünfte über ihre Senioren geben wollte. Verständlich. Vielleicht wäre ein persönlicher Besuch doch zweckmäßiger gewesen – oder genauso ergebnislos, denn immerhin konnte Martin in Erfahrung bringen, dass Frau Reim zwar durchaus bekannt war, aber nur sehr selten im Seniorenkreis aufgetaucht war. Und nein, über andere Kontakte könne sie auch nichts sagen.

Die Bilanz der ersten drei Versuche war nicht berauschend. Widerwillig gestand sich Martin ein, dass nun seine Hoffnungen auf Willi ruhten. Bevor er es sich anders überlegen konnte, drückte er mutig auf den Klingelknopf.

Während er wartete, musterte er die Kräutertöpfe, die dekorativ auf der Holzbank vor dem Haus standen und die Blätter hängen ließen. Schwierig zu sagen, ob es sich um Petersilie, Basilikum und Salbei gehandelt hatte. Salbei kriegt man eigentlich nicht so schnell klein. Einzig der Rosmarin stand noch aufrecht. Er drückte nochmals auf die Klingel.

Niemand zu Hause! Auch hier würde er heute über Tante Lene nichts herausfinden. Eben wollte er sich abwenden und wieder gehen, als ein roter Sportwagen hinter ihm hielt. Eine jener riesigen Sonnenbrillen, die vor langer Zeit schon mal modern gewesen waren (und denen Martin keine Träne nachgeweint hatte) stieg aus. Hinter den dunklen Gläsern fragte eine Frau:

„Wollen Sie zu meinen Eltern?“

Martin wandte sich um. Bevor er etwas antworten konnte, bekam er die Antwort auf seine unausgesprochene Frage:

„Ich bin die Tochter, hallo! Wenn Sie zu den Horns wollen, die sind im Urlaub.“

Ihre Stimme klang eine Spur affektiert, gelangweilt.

„Thormann, guten Tag. Grüß Gott. Ich wohne nebenan.“

„Ach, Sie sind das! Mein Vater hat schon von Ihnen erzählt!“

Martin erkannte hinter der Brille ein Lächeln. Anscheinend hatte Willi zumindest nicht schlecht über ihn geredet.

„Dann kommen Sie wahrscheinlich zum Blumengießen?“ Martin wies auf die Töpfe vor dem Haus.

„Ja, ich weiß, ich hätte schon vor ein paar Tagen kommen sollen. Aber Sie wissen ja, wie das ist.“

Martin wusste zwar nicht, wie das ist, sagte aber nichts dazu.

„Ich wusste gar nicht, dass Ihre Eltern verreist sind. Aber vielleicht kann ich, wenn Ihnen das hilft, ab und zu nach den Kräutertöpfen und dem Garten sehen."
Sie schien erst zu zögern, nahm das Angebot dann aber doch dankend an.
„Eigentlich wollte ich Ihren Vater ja fragen, ob er mir etwas über meine Großtante erzählen kann. Das mag seltsam klingen ... Ich habe zwar ihr Haus geerbt, weiß aber fast nichts über sie."
„Mein Vater kann Ihnen sicher das eine oder andere erzählen, schließlich wohnt er hier schon seit dreißig Jahren und hat Ihre Großtante natürlich gekannt."
„Ohne Ihre Zeit über Gebühr strapazieren zu wollen ... wissen Sie denn etwas über sie? Sie haben als Willis ... als Herrn Horns Tochter doch sicher auch einmal hier gelebt."
Die Frau schwieg einen Moment und schaute nachdenklich an Martin vorbei.
„Das ist zwar richtig ... es ist nur schon eine Weile her. Sie kannten sie gar nicht?"
„Ich habe sie als Kind ein paar Mal gesehen, aber das war nicht hier in Frauenaurach, und ich kann mich praktisch nicht an sie erinnern."
„Sie lebte ziemlich zurückgezogen. Also, sie hatte schon Kontakt zu anderen Leuten, aber ich könnte mich an niemanden konkret erinnern. Was wollen Sie denn wissen?"
„Das kann ich gar nicht genau sagen. Eigentlich alles ... also irgendetwas, das mir hilft, mir vorzustellen, was sie für ein Mensch war."
Horns Tochter dachte kurz nach.
„Sie grüßte immer sehr freundlich, goss auch die Blumen, wenn wir im Urlaub waren ... aber es war immer ... wie soll ich sagen, es war irgendwie immer der Gartenzaun dazwischen, wenn Sie verstehen, was ich meine."
Martin verstand das durchaus, er fand diese Metapher gar nicht schlecht.
„Im Schuppen fand ich eine Honigschleuder und alte Bienenkästen", half er weiter, „könnten die ihr gehört haben?"
„Ja, richtig. Sie hatte lange Zeit einige Bienenvölker. Den Honig hat sie direkt verkauft. Nach der Ernte hing immer ein Schild am Zaun. Aber ich glaube, das hat sie schon vor einigen Jahren aufgegeben."
„Davon hat sie doch nicht leben können, oder?"
„Früher hat sie in der Metzgerei gearbeitet, aber sie war natürlich

schon seit vielen Jahren in Rente."

„Wissen Sie, ob sie ab und zu verreist ist? Vielleicht nach Frankreich?"

Die Frage schien sie zu irritieren.

„Frankreich? Ins Ausland? Also ... ich kann das nicht sicher sagen, und ich bin ja auch schon eine Weile nicht mehr hier ... aber ich kann es mir einfach nicht vorstellen. Frau Reim – also, Ihre Tante – war einfach nicht der Typ für große Reisen. Ich weiß nicht, wie ich das sagen soll, sie war durchaus interessiert daran, was in der Welt vorging. Ich glaube, sie hatte viele Bildbände über alle möglichen fernen Länder. Daraus hat sie uns Kindern manchmal etwas gezeigt, wenn wir im Garten waren. Ich glaube, das war ihre Art, uns auf freundliche Weise manchmal etwas ruhiger zu kriegen." Sie schmunzelte bei der Erinnerung.

„Aber wie gesagt, das weiß mein Vater wahrscheinlich besser."

„Ich werde ihn mal fragen, wenn er zurück ist. Vielen Dank auf jeden Fall, Sie haben mir auch schon weitergeholfen."

„Keine Ursache. Am 17. August kommt er wieder. Bis dahin versuche ich erst einmal, die Blumen wiederzubeleben."

*

Paul Wedler saß zu dieser Zeit am Küchentisch und hatte sein Gesicht in den Händen vergraben. Außer dem leisen Sekundentakt der Wanduhr war es still. Totenstill. Dr. Meltzer war zwar umgehend gekommen, hatte aber nichts mehr für Marga Wedler tun können. Eine Nachbarin hatte mitbekommen, was geschehen war und versprochen, sich in den ersten Tagen um Wedler zu kümmern. Was in dem alten Mann, der völlig apathisch dasaß, jetzt vorgehen mochte, blieb aber auch ihr verborgen.

9. Kapitel

7. August 2006

Endlich riss die graue Wolkendecke auf, und die Sonne sandte ein paar freundliche Strahlen auf die Felder. Im Grunde konnte Martin das Wetter hier egal sein, schließlich würde er noch für einige Stunden ein Dach über dem Kopf haben und erst sehr viel weiter im Süden aussteigen. Aber langsam hatte ihn die Angst beschlichen, das trübe Wetter, das Mittelfranken seit vier Tagen fest im Griff hatte, könnte sich bis in die Provence erstrecken.

Mit dem Anblick der leuchtend goldenen Weizenfelder, die einen wunderbaren Kontrast zu den finsteren, nach Osten abziehenden Wolken bildeten, taute seine Laune deutlich auf. Wie lange war er nicht mehr hier gewesen! Die kleinen Provinzbahnhöfe, die mit ihren Kalksteinmauern und den blauweißen Emailleschildern aus der Garrigue ragten, riefen in ihm alte Erinnerungen wach. Der typische Geruch der Eisenbahnwagen, der omnipräsente Schriftzug „SNCF", die abgerundeten Klapptische auf der Rückseite der knautschigen Kunstledersitze ... wahrscheinlich, sinnierte Martin, gehören Erinnerungen an Bahnfahrten zu den eindrücklichsten überhaupt. Weniger an das jeweilige Ziel als vielmehr an die Fahrt selber. Schließlich hat man dabei viele Stunden Zeit, auch die feinen Dreckränder an der hinterletzten Schraube des Fensterrahmens zu studieren, sich Form und Schriftzug der Hinweisschilder einzuprägen und über den Sinn viel zu schmaler Gepäcknetze zu meditieren. Nichts lenkt den Reisenden dabei ab, Falten im Kunstleder oder Muster im Sitzbezug eingehend zu betrachten. Wer, der ein gewisses Alter hat und im Land der Bundesbahn aufgewachsen ist, kennt nicht noch den Text „*E pericoloso sporgersi*" und kann ihn mühelos ins Französische („*Ne pas se pencher au dehors*") und Englische („*Do not lean out*") übersetzen? Freilich – seitdem der Reisende die Fenster nicht mehr öffnen kann und auf Gedeih und Verderb dem Diktat der Klimaanlage ausgeliefert ist, hat das Verbot, sich aus dem Fenster zu lehnen, ausgedient, sind die Schilder verschwunden. Etwas länger hatte „*L'usage du WC est interdit pendant l'arrêt du train en gare*" überlebt (ebenfalls in vier Sprachen, aber eigenartigerweise war Martin nur der französische Wortlaut im Gedächtnis geblieben), bis die Technik der geschlossenen Abwassersysteme auch in den Nahverkehrszügen angekommen war und dem Toilettenbenutzer nach dem Spülen das eindrucksvolle Schauspiel kraft- und geräuschvoller Absaugung bot, wo man früher einfach per Fußtaste eine schwarze Klappe öffnete, um unter einem gähnenden, etwas bedrohlichen Loch Schwellen und Gleisschotter dahinrasen sehen zu können. Für Zweifel am Sinn der erwähnten Anweisung, die Benutzung im Bahnhof zu unterlassen, blieb da kein Raum.

Die Fahrkartenkontrolle riss Martin aus seinen erbaulichen nostalgischen Überlegungen.

Der Mann im dienstlichen Blau warf einen halben Blick auf Martins bereits von der Kollegen Stempelzangen traktierte Fahrkarte, brummte in Subkontrabasslage ein gleichgültiges „merci, M'sieur" und hangelte sich weiter durch den Waggon.

Während Martin sein Reisedokument wieder in die Tasche schob, erwachte der Wunsch nach einem Kaffee. Der Gedanke, seine Sachen völlig unbeaufsichtigt zurückzulassen, behagte ihm dabei zwar nicht sehr, andererseits: Wer besäße schon die Dreistigkeit, sich coram publico über fremdes Gepäck herzumachen?

Er sah die junge Frau, die den gegenüberliegenden Fensterplatz innehatte. Er schätzte sie auf Anfang, Mitte zwanzig, Studentin. Obschon in ein dickes Buch vertieft – Martin konnte den Titel nicht erkennen – konnte es nicht schaden, wenn er ihr das Gesicht des Eigentümers bewusst machte, für den Fall, dass tatsächlich jemand bei seinen Sachen zugriffe.

Mademoiselle schenkte Martin ein freundliches Lächeln, versicherte ihm, er könne unbesorgt gehen, falls – mit einem schelmischen Lächeln, auf das Martin nicht gefasst war – er ihr gleich auch einen mitbrächte. Schwarz.

Als er, schwankend ob der kurvenreichen Strecke um die Ausläufer der Alpen, mit zwei Pappbechern wiederkam, hatte Mademoiselle bereits das Buch weggelegt und den Tisch heruntergeklappt. Obgleich sie nicht unsympathisch wirkte, hatte Martin jetzt überhaupt keine Lust auf Konversation. Er servierte den Becher, verzichtete mit freundlicher Selbstverständlichkeit auf das Geld und zog, bevor sich ein Gesprächsfaden entwickeln konnte, Laptop und Ohrstöpsel aus dem Rucksack.

Während Mouloudji „Barbara" sang, fuhr der Zug in den Bahnhof von Bourg-en-Bresse ein. Der allen französischen Bahnsteigansagen gemeinsame, synthetisch klingende Glöckchenjingle legte sich über

Jacques Préverts Chanson, und zwischen „*Bourg-en-Bresse, Bourg-en-Bresse – trois minutes d'arrêt …*" mischte sich auch noch der Klingelton von Martins Handy.
Clara.
Sie meldete sich aus Antwerpen, war ganz aus dem Häuschen. Sie schwärmte von einem irre tollen Museum, das sie gerade besucht hatte und in dem offenbar das gesamte Inventar eines Verlagshauses aus dem 16. Jahrhundert – vom Lektorat bis zur Buchbinderei unter einem Dach, für die damalige Zeit unüblich – erhalten ist, mit allen Druckpressen, Bleilettern, Korrekturfahnen, einer riesigen Bibliothek … Clara war vor Begeisterung völlig aufgedreht. Sie saß nun auf einer Parkbank in der Nähe und redete wie ein Wasserfall. Martin musste grinsen, auf der anderen Seite konnte er sie aber verstehen, so etwas hätte ihn auch beeindruckt. Schließlich hatte sie sich halbwegs gefangen und ließ Martin zu Wort kommen, der nun seinerseits berichtete, dass er auf dem Weg in die Provence sei.
„Ach deshalb geht bei dir zuhause keiner ans Telefon! Ich hatte es gestern schon mal probiert. Wie kam es zu dem spontanen Entschluss?"
„Nun ja, Backstein macht Betriebsferien – was sollte ich da noch daheimbleiben?"
„Wer bitte macht was?"
Martin erklärte es und Clara lachte, aber im Grunde lag in diesem Satz das Sommerlochgefühl, das für Martin den Ausschlag gegeben hatte, auch sein Bündel zu schnüren. Dass er auch dem unbehaglichen Gefühl angesichts nächtlicher Steinwürfe entfloh, wollte er selbst sich nicht recht eingestehen.
Er erzählte kurz von seinen vergeblichen Versuchen, Bekannte seiner Großtante aufzutreiben.
„Das klingt ja schon fast geheimnisvoll. Was mag sie den ganzen Tag gemacht haben? Okay, Haushalt, Bienen, Job bei der Metzgerei – aber später, als Rentnerin?"
„Wahrscheinlich ist es gar nicht so geheimnisvoll. Wenn ich mir meine Eltern anschaue, bin ich mir auch nicht sicher, was die Leute der Nachbarschaft über ihren Alltag zu erzählen wüssten … Wenn sie ins Theater oder ins Konzert gegangen wäre, Museen besucht oder viel gelesen, das hätte ja keiner so richtig mitbekommen müssen."
Sein Blick traf mitten im Satz den seiner Mitreisenden und er fühlte sich plötzlich peinlich beobachtet. Sie ähnelte entfernt Veroni-

ca Ferres. War sie seinem Gespräch gefolgt? Unsinn!, pfiff er sich zurück: Schließlich telefonierte er ja auf deutsch – wieviele Franzosen verstehen das schon? Doch so ein unbehagliches Gefühl ist der Ratio nicht immer zugänglich. Er war nie der Typ, der laut und ungeniert mitten auf dem Marktplatz alle Welt an seinen Telefonaten teilhaben ließ. Nur hatte er hier keine Wahl. Clara ließ ihn nicht weiter darüber nachdenken.

„Vielleicht ist sie ja dann doch in Frankreich gewesen, nur ohne dass sich jemand daran erinnert."

„Kann natürlich sein, aber die Tochter meines Nachbarn war sich ziemlich sicher, dass das nicht zu ihr gepasst hätte. Sie klang sehr überzeugt. Manchmal kann man ja nicht genau sagen warum, und sich trotzdem seiner Sache sehr sicher sein".

Clara lachte: „Martin, der Familienprofiler!"

„Lach nicht! Ich finde es eben interessant, nicht zuletzt, weil ich gerne wüsste, wo diese Bücher hergekommen sind. Ich werde auf jeden Fall mal schauen, ob es dieses Antiquariat in Aix noch gibt."

„Halt mich auf dem Laufenden!"

„Klar doch! Viel Spaß dann noch in Flandern!"

Sie verabschiedeten sich, während der Zug wieder sanft anfuhr. Erst jetzt merkte Martin, dass er gar nicht wusste, ob Clara nun mit oder ohne Pieter verreist war. Und bei dem Gedanken an Pieter war er plötzlich ganz froh, dass Clara nicht seinen romantisch verklärten Gesichtsausdruck am Ende des Telefonats hatte sehen können. Und bei diesem Gedanken wiederum schaute er vorsichtig nach rechts, aber zu seiner Erleichterung hatte Veronica Ferres nur Augen für ihr Buch.

Viele Stunden später verließ Martin mit Koffer und Rucksack den Zug. Seine kaffeetrinkende Reisegefährtin hatte sich bereits in Valence mit freundlichem Lächeln verabschiedet.

Der erste Schritt aus dem vollklimatisierten Wagen auf den Bahnsteig von Arles war, als beträte er einen Backofen. Obgleich die Sonne bereits an Kraft verloren hatte, strahlten Asphalt und Mauern der ganzen Stadt die gesammelte, stickige Wärme des Tages ab. Martin ließ erst einmal die betriebsamen Massen sich verlaufen, dann atmete er tief durch und schritt gemütlich – schließlich hatte er nun Ferien – in Richtung Ausgang. Sein Hotel lag auf der anderen Seite der Innenstadt, er kannte es bereits von früheren Besuchen. Die

unromantische Lage außerhalb des touristisch interessanten Stadtkerns, die Entfernung zum Bahnhof, die – zurückhaltend formuliert – karge Ausstattung bis hin zum nach wie vor traditionell französischen Frühstück machten es zur wohl preisgünstigsten Unterkunft der Stadt. Martin störte sich weder an den Etagenduschen und -toiletten, noch dem Nachkriegsmobiliar, der fadenscheinigen Bettwäsche oder dem Waschbecken (immerhin!) aus de Gaulles Zeiten und freute sich daher enorm, dass das Haus bis ins 21. Jahrhundert überlebt und seinen nostalgischen Charakter bewahrt hatte.
Die Wirtin begrüßte ihn wie einen alten Stammgast, und Martin fragte sich, ob sie sich wirklich noch an ihn erinnern konnte, ob sie einfach erfreut war, einen Gast zu haben oder ob sie aufgrund eines perfekt geführten Melderegisters auf Anhieb seine letzte Eintragung von vor fünf Jahren aufgefunden hatte. Die letzte Vermutung verwies Martin gleich wieder in das Reich der Fabel. Wahrscheinlich lebte Madame Dubois von den zugedrückten Augen der lokalen Gewerbeaufsicht und der großen Entfernung nach Brüssel.

Nachdem er sein Gepäck abgelegt hatte, machte er sich zu einem abendlichen Rundgang in die Stadt auf. Zu essen gab es in seiner „Auberge“ außer der morgendlichen *brioche* zum Kaffee nichts, was vielleicht auch eine stillschweigende Konzession an die Lebensmittelbehörden der Stadt Arles war.
In touristischen Hochburgen, zu denen die quasi in und auf römischen Ruinen errichtete Camarguemetropole gehört, ist es kein Problem, auch zu später Stunde noch eine *baguette*, ein Stück Brie und eine Flasche Wein zu bekommen, dazu erstand Martin ein paar Äpfel. Morgen war Markt, und da würde er sich mit allem Weiteren versorgen können.
Er schlenderte die Rue des Arènes entlang und erreichte die Place du Forum. Den Platz gab es schon in der Antike, damals boten hier die Händler der Stadt Arelate ihre Waren in lateinischer Sprache feil, wovon neben dem Namen des Platzes heute noch ein System von unterirdischen Lagerräumen zeugte. Seit einem Jahrhundert wachte die Bronzestatue von Frédéric Mistral mit majestätischer Gelassenheit über die Arlésiens – oder Arlatens, wie die Provençalen sagen würden –, die unter Platanen saßen, einen Pastis oder ein *pichet blanc* vor sich auf dem kleinen runden Tisch und in engagierte Debatten über die Meldungen – einstmals – des Pe-

tit Provençal, heute des Midi Libre oder des Figaro vertieft. Martin registrierte mit Freude, dass der während des 20. Jahrhunderts mehr und mehr den Charakter des Platzes bestimmende Autoverkehr inzwischen wieder etwas ausgebremst worden war und die Atmosphäre zum abendlichen Sitzen lud. Sogar das „Café la Nuit", bekannt von Vincent van Goghs berühmtem Gemälde, war weitgehend originalgetreu wieder erstanden. Entferntes Motorengeknatter, Stimmengewirr, klapperndes Besteck. Die Geräusche verhallten im Abendhimmel zwischen den natriumdampfgelb angestrahlten Muschelkalkfassaden. Ab und zu wehte der Duft von Rosmarin und Knoblauch von den Tellern, die von emsigen Kellnern vorbeigetragen wurden, in die Nase, dann wieder – ganz profan – ein Hauch Müllkübel oder die Wolke aus dem Auspuff einer altersschwachen Vespa, die sich aber glücklicherweise schnell wieder entfernte. Personal mit weißem Hemd ging von Tisch zu Tisch, registrierte die Bestellungen mit südlicher Gelassenheit, tauschte dabei die Aschenbecher aus, wischte einmal über die Bistrotische und verkörperte unangefochtene, absolutistische Souveränität über seinen jeweiligen Herrschaftsbereich.
Martin setzte sich unter die gelbe Markise und bestellte einen Pastis und einen *petit café.*

*

Eigentlich wollte er die erste Woche seines Aufenthalts damit verbringen, seine Lieblingsplätze der Stadt zu besuchen und vor der jeweiligen Kulisse ganz zwanglos ein paar Stunden an seinem Roman weiterzuschreiben. Das Wetter war perfekt, ein warmer Wind verhinderte den großen Hitzestau, und das nächste Wolkenfeld lag – laut *météo* – in irgendeinem Tiefdruckgebiet über England. Ein wohlausgewogener Wechsel zwischen *café*, *eau minérale*, ab und zu einem Apfel und die Aussicht auf ein nettes Restaurant am Abend brachte ihn bei diesem Wetter rundum zufrieden durch den Tag.
Die ersten Seiten entstanden daher im Schatten der Alyscamps, des antiken Gräberfeldes, gemütlich auf einem steinernen Sarkophagdeckel sitzend.
Als zweite Station, nach Besichtigung des Théatre Romain, setzte er sich tags darauf auf eine Bank am Kiosque du Jardin. Die Parkanlage unter der Montée Vauban bot durch ihre vielen alten Bäume Ruhe

und Schatten mit Blick auf die Touristen, die zwischen Olivenbäumchen in Pflanzkübeln und im Schatten von Coca-Cola-Schirmen saßen, Postkarten schrieben und versuchten, ihre mit Eis am Stiel herumtobenden Kinder im Auge zu behalten. Das gelbe Reklameschild der Firma „Kodak“ stammte wohl noch aus Zeiten der analogen Filme. Ob es die dort noch zu kaufen gab? Weiter unten, in Sicht-, aber kaum Hörweite dieser Oase schob sich der Verkehr über den glühenden Boulevard des Lices. Eine wunderbare Atmosphäre, die es Martin manchmal schwer machte, in den rauhen Kosmos der ostfriesischen Morde einzutauchen, in glaubwürdigen Worten die salzige Luft des Meeres einzufangen und darüber nachzusinnen, wer nun die noch immer im Seewasserbad bei Dornumersiel treibende Leiche auffinden sollte.

Für den dritten Tag hatte sich Martin schon das Musée Réattu ausersehen. Doch beim Frühstück überkam ihn der spontane Entschluss, den Zug nach Aix zu nehmen und das Antiquariat Dubreuil & Fils zu suchen.

*

Der Schlüssel in Martins Haustürschloss drehte sich. Laut, fröhlich und falsch pfeifend kam Rolf herein, legte den Inhalt des Briefkastens auf einen mittlerweile ansehnlichen Stapel auf dem Wohnzimmertisch, füllte die kleine Gießkanne und machte die Runde von Topfpflanze zu Topfpflanze. Martin hatte dem grünen Daumen seines Freundes etwas misstraut, aber Rolf wäre wahrscheinlich beleidigt gewesen, wenn sein Angebot, sich um das Haus zu kümmern, zurückgewiesen worden wäre. Auch auf Willis Kräutertöpfe würde er ein Auge werfen. Klar doch. Eine ernsthafte Alternative hätte Martin ja auch nicht gehabt, so schärfte er Rolf ein, der Orchidee und den Kakteen wirklich nur ganz wenig Wasser zu geben und hatte ihm dann letztlich dankbar die Zweitschlüssel übergeben. Dankbar auch deswegen, weil sich Martin der völlig irrationalen Hoffnung hingab, dass ein waschechter Franke wie Rolf in seinem Haus ein wirkungsvolles Bollwerk gegen weitere fremdenfeindliche Anschläge während seiner Reise darstellen würde.
Als die Zimmerpflanzen erledigt waren, öffnete Rolf die Terrassentür und wässerte großzügig die mittlerweile ziemlich drögen Olean-

derkübel. Vor Verlassen des Hauses füllte er die Gießkannne wieder, stiebitzte einen Bonbon aus der Schale im Wohnzimmer und verschloss dann sorgfältig die Tür.

*

Am Bahnhof von Aix konnte man gratis einen einfachen Stadtplan der Innenstadt bekommen, mit dessen Hilfe Martin schnell die Rue Fabrot ausfindig machte. Aix war längst nicht so beschaulich-provinziell wie Arles, was nicht nur an der unterschiedlichen Größe lag, sondern auch an dem hohen Anteil der das Stadtbild prägenden Studenten. Martin war zwar immer wieder gerne hier, aber nach einem Tag des Flanierens reichte es ihm dann auch.
Heute hatte er allerdings ein festes Ziel, weshalb er zügig ausschritt. So unsicher die Fährte auch schien, er war zuversichtlich, mit seiner Suche endlich ein Stück weiter zu kommen. Von dem weitläufigen, runden Platz aus, der in einer französischen Stadt einfach nur nach Général de Gaulle benannt sein kann, führte ihn der nicht minder großzügig angelegte Cours Mirabeau ins eigentliche Zentrum. Martin hielt sich im Schatten der Alleebäume auf der linken Straßenseite zwischen Postkartenständern, Menütafeln, Restaurantmöbeln und Souvenirständen und las gewissenhaft die blauen Emailleschilder der abzweigenden schmalen Gassen.
Rue Nazareth.
Rue Clemenceau.
Rue Fabrot.

10. Kapitel

Martins Herz klopfte. Er bog in die kleine Gasse ein, aufgeregter, als er es sich eingestehen mochte. Ein gusseiserner Poller mit grünem, bereits etwas ramponiertem Lack sperrte die wenigen Autofahrer aus, die es sich zugetraut hätten, die schmale Straße zu befahren. Nicht überall stand eine Nummer an den alten Häusern. Hier eine verrostete Vier. Martin scannte die Fassaden auf dieser Straßenseite und ging weiter. Sechs. Acht. Zehn...

Noch bevor Martin einen Hinweis auf die Nummer 12 fand, stürzte seine Hoffnung wie ein Kartenhaus in sich zusammen. „Aix en couleurs". Das schmale Haus beherbergte ein modernes Atelier mit einer kleinen Galerie.

Putain!

An der Tür klebte ein handgeschriebener Zettel „*ouvert*". Darunter informierte ein Schild „Atelier Frédéric Lemoine". Martin atmete tief durch, trat dann aber ein. Vielleicht ließ sich ja irgendetwas in Erfahrung bringen, wenn er schon mal hier war.

Halogenspots ergänzten das von der schmalen Straße sicher nur selten hereinscheinende Sonnenlicht und ließen die Leinwände erstrahlen, die rundherum aufgehängt waren oder auf Staffeleien standen. Martin sah neben ein paar im Farbenrausch schwelgenden, abstrakten Bildern einige neoimpressionistische Ansichten von Aix. Genau genommen konnten viele der Bilder auch irgendetwas zeigen, aber der Name des Ateliers legte nahe, dass es sich um Häuserzeilen, Plätze und Straßen dieser Stadt handeln sollte. Manches fand Martin gar nicht schlecht – ohne dass er von Kunst mehr verstand als die in seinen Augen wichtigste Entscheidung „gefällt mir – gefällt mir nicht". Die Bilder zeigten das stets üppig von Straßengrün geschmückte Stadtbild durchwegs in sattem Sonnenlicht, so wie es der Tourist, sicher die wichtigste Zielgruppe, erlebte oder zumindest erleben wollte. Je länger Martin die Bilder betrachtete, umso weniger bemerkenswert fand er sie, was auch an der Masse ähnlicher Motive gelegen haben mochte. Und umso interessanter fand er mit der Zeit die abstrakten Leinwände.

„Was sehen Sie?" fragte ihn ein grauer Kittel mit bunt bekleckerten Händen, der plötzlich neben ihm stand. Martin fühlte sich überrumpelt und überfordert.

„Bonjour, Monsieur. Ich ... weiß nicht recht. Muss man etwas darin sehen?"

„Kinder entdecken immer etwas. So, wie sie in einer Wolke oder in der Form einer Pfütze eine Katze oder eine Lokomotive sehen."

„Hm. Wahrscheinlich fehlt mir dann die kindliche Phantasie ... was sehen Sie denn?"

Der Mann grinste.

„Wenn ich es Ihnen sage, sehen Sie nichts Eigenes mehr. Das liegt an unserem Gehirn. Wenn es einmal glaubt, etwas sehen zu müssen,

kann es nicht mehr daraus ausbrechen. Deshalb – vielleicht haben Sie es bemerkt – haben meine Bilder auch keinen Titel."
„Vielleicht brauchen ja Erwachsene einfach länger, um in einem Bild etwas zu sehen. Mir genügt es vorläufig, wenn es mir gefällt."
„Das ist ja auch nicht schlecht. Und wenn Sie dem Bild Zeit geben, wird es Ihnen sicher auch etwas erzählen."
Der Mann war Martin auf Anhieb sympathisch, ohne dass er hätte sagen können, warum.
„Dazu müsste ich es allerdings kaufen – und das wird leider an meinem Geldbeutel scheitern."
Der Mann schien das nicht tragisch zu finden, wahrscheinlich war er das auch gewöhnt.
„Oh, das ist nicht schlimm. Nehmen Sie eine Postkarte davon mit" – er wies auf einen Ständer auf der anderen Seite des Raumes – „und hängen Sie sie zuhause an den Kühlschrank. Und wenn Sie Kinder zu Besuch haben, zeigen Sie sie ihnen. Sie werden erstaunt sein."
Martin schmunzelte. Er suchte sich ein paar Karten aus und bezahlte sie.
„Sie malen aber nicht nur abstrakt, oder sind die anderen Bilder gar nicht von Ihnen?"
„O doch, doch ..."
Der Meister trat an Martin heran und sagte mit verschmitztem Grinsen: „Aber die meisten Kunden sind eben nicht Kinder, sondern erwachsene Touristen. Und die wollen ein Souvenir, bei dem sie nicht so lange hinschauen müssen."
Martin musste lachen.
„Eigentlich habe ich eine ganz andere Frage. Wissen Sie etwas über das Antiquariat, das es hier einmal gegeben hat?"
„Ein Antiquariat? Davon weiß ich nichts. Hier in der Rue Fabrot? Es gibt eines in der Mazarine, vielleicht meinen Sie das?"
„Nein, es war definitiv hier. 12, Rue Fabrot. Haben sich die Hausnummern irgendwann einmal geändert?"
„Nicht soweit ich mich erinnere. Aber ich bin auch erst vor zehn Jahren aus Salon nach Aix gekommen, als ich das Atelier hier gemietet habe. Mag natürlich sein, dass hier vorher ein Antiquariat war."
„Wer könnte das denn noch wissen?"
„Am besten weiß es sicher Mme Giraud, der das Haus gehört."
„Wo kann ich die Dame finden?"
„Mme Giraud ist nur selten in Aix, sie ist mit ihrem Mann vor drei

Jahren nach Arles gezogen. Ich kann Ihnen die Adresse geben."
Das war mal eine gute Nachricht. Dieser weitere Versuch würde zumindest keine lange Anfahrt bedeuten.
Beschwingt von diesem neuen Hinweis auf seiner Schnitzeljagd und der interessanten Begegnung mit M. Lemoin trat er auf die Straße. Obwohl er es nun eilig hatte, nach Arles zu kommen, entschied er sich erst einmal für einen *café* am Cours Mirabeau und einen kleinen Stadtrundgang. Wenn er schon mal hier war. Und falls sich auch in Arles keine weitere Spur auftreiben lassen sollte, wäre sein Besuch in Aix nicht ganz umsonst gewesen.

*

Als die Sonne schräg auf die Häuserreihen fiel, wurde der Kontrast zwischen den glatt verputzten Häusern und den rauhen Bruchsteinfassaden besonders deutlich. Aber auch sonst glich keines der Gebäude dem anderen, und trotzdem war jedes von ihnen gleichermaßen so typisch mediterran wie das ganze Ensemble. Ordentlich gestrichene, farbige Fensterläden neben grauen, angerosteten Klapplamellen aus Blech. Kleine Blumentöpfe setzten am einen oder anderen Fenster farbige Akzente im staubfarbenen Gesamtbild. Die Fenster der Erdgeschosse waren oft vergittert, ohne dass es deshalb abweisend oder festungsartig ausgesehen hätte.
Viele Wände zeigten eine bewegte Baugeschichte, wo neue Fensteröffnungen oder Torbögen irgendwann hineingebrochen und alte dafür zugemauert worden waren, ohne dass sie deshalb jemand eines frischen Putzes für wert erachtet hätte. In den meisten Mauerritzen lag Staub, in vielen krochen Insekten. Eine Fliege landete im kleinen Schatten des aufgerissenen Putzes, irgendwo lauerte eine Spinne auf Beute und ab und zu wieselte eine Eidechse herum. Ende der kleinen urbanen, unbemerkten Nahrungskette. Das Ende einer ganz anderen Nahrungskette erahnte man zur Mittagszeit, wenn aus den offenen Fenstern Stimmen in den blauen Himmel flohen, Geschirr klapperte und der Duft nach gebratenem Fisch und Meeresfrüchten, Braten mit Rosmarin und Knoblauch oder – ganz profan – Bratfett die staubigen Gerüche vertrieb, in die sich nicht selten auch der eines von der Sonne ausgebrüteten Müllsacks mischte. Über den Häuptern meist strahlend blauer Himmel, durchkreuzt von frei über die Straße gezogenen und ungetarnt auf Putz verlegten Leitungen, die

den alten Häusern nachträglich Telefonanschluss und Elektrizität gebracht hatten.
Martin hatte sein Klingeln in der Ferne des oberen Stockwerks gehört, wo eines der Fenster ein Stückchen offen stand.
Nichts tat sich.
Die ersten Passanten erweckten die Straße gerade aus der Siesta nach der größten Mittagshitze.
Er drückte nochmals den Messingknopf neben dem lapidaren Schild „Giraud". Eine Katze kam die Gasse entlang, äugte in eine Toreinfahrt und trottete gelangweilt weiter.
Als er eben aufgeben wollte, klapperte ein Schlüsselbund hinter ihm. Eine Frau von vielleicht 35 Jahren mit einer jener jüngst wieder modern gewordenen Retro-Sonnenbrillen, dunkelbraunen, glatten Haaren und zwei Plastiktüten voller Einkäufe näherte sich der Haustür. Hinter ihr trottete ein kleiner Junge, offenbar ihr Sohn, mit einer weiteren Tüte in der Hand.
„Pardon, Sie sind Mme Giraud?"
Da sie eineinhalb Köpfe kleiner war als er, musste sie ihren fragenden Blick zu ihm hinaufschicken.
„Thormann, Martin Thormann", beeilte er sich nachzusetzen und hoffte, der deutsche Name, obgleich er ihn möglichst französisch artikulierte, würde sie nicht gleich abschrecken. „Verzeihen Sie die Störung, ich habe eine wichtige Frage, in der Sie mir wahrscheinlich weiterhelfen können."
Martin fragte sich, wie er der Frau, die mit Kind und Einkauf sicher besseres zu tun hatte, als deutschen Touristen seltsame Fragen zu beantworten, in kurzen Worten klar machen konnte, was er wollte und warum.
„Worum geht es?", fragte sie kurz und bündig, nicht unfreundlich, aber skeptisch, misstrauisch, während sie die Schlüssel wie Perlen eines Rosenkranzes durch die Finger gleiten ließ, bis sie auf den passenden stieß. Sie hatte jenen südfranzösischen Akzent, der die Nähe des Okzitanischen spürbar werden ließ. Martin schalt sich im Stillen, er hätte sich vorher überlegen sollen, wie er sein Anliegen kurz und knackig auf den Punkt bringen könnte. Er entschied sich nach zweikommavier Sekunden des Nachdenkens für:
„Ich suche jemanden, der etwas über das Antiquariat Dubreuil in Aix weiß."
Wenn sie erstaunt war, ließ sie es sich nicht anmerken.

„Das gibt es nicht mehr, schon seit zehn Jahren." Das hieß immerhin, es hatte existiert. Bingo! Offenbar glaubte Mme Giraud, damit die Angelegenheit erledigt zu haben, denn sie griff nach dem passenden Schlüssel und steckte ihn in das Türschloss. Martin beeilte sich zu erklären:
„Ich weiß, ich war gestern dort. M. Lemoin gab mir Ihre Adresse. Wissen Sie, was aus dem Besitzer des Antiquariats geworden ist? Wissen Sie, wo ich ihn finden kann?"
Mme Giraud schaute nun doch etwas zugänglicher. Ihr Sohn wurde unruhig, sichtlich gelangweilt und zupfte an ihrem Rock, sagte aber nichts. Seine Mutter wandte sich ihm kurz zu – *oui, Philippe; attends, chéri* – , bevor sie antwortete:
„Das Antiquariat gehörte meinem Großvater, Adolphe Dubreuil. Nach seinem Tod gab es keinen Nachfolger mehr."
„Verstehe. Ich habe vor ein paar Wochen ein altes Buch geerbt, in dem ich einen Stempel Ihres Antiquariats gefunden habe. Weil das Buch ... also, aus persönlichen Gründen interessiert es mich sehr, wie es nach Aix gekommen ist und von hier aus in meine Familie."
Die Frau schüttelte mit einem nachsichtigen Lächeln den Kopf.
„Ich glaube nicht, dass ich Ihnen da helfen kann. Das Antiquariat hatte mein Urgroßvater 1902 gegründet, mein Großvater hat es kurz nach dem Krieg übernommen – selbst wenn er noch leben würde, glaube ich nicht, dass man feststellen könnte, wann er irgendein Buch verkauft hat und an wen."
Martin dachte fieberhaft nach, wie er aus dieser Sackgasse kommen könnte und was er Mme Giraud sinnvollerweise noch fragen könnte. Sie schien das zu merken.
„Haben Sie das Buch hier? Vielleicht fällt mir irgendetwas daran auf."
„Leider nein. Dummerweise habe ich es in Deutschland gelassen."
Er hätte sich dafür in den Hintern beißen können. Der Gedanke, wenigstens ein paar Fotokopien mitzunehmen, wäre angesichts seiner Nachforschungen eigentlich selbstverständlich gewesen.
„Ich erinnere mich nur noch an den altmodischen Stempel „Dubreuil et fils, 12, Rue Fabrot, Aix-en-Pce", und den Preis von 1500.- FF."
Das war Martin jetzt schneller entschlüpft als geplant. Eigentlich wollte er, ohne genau zu wissen warum, nicht damit herausrücken, dass es sich um ein wertvolleres Buch gehandelt hatte. Umso überraschter war er von Mme Girauds Reaktion.

„Oh, dann ist das schon sehr lange her. Das *„et fils“* führte mein Großvater schon seit dem Tode seines Vaters nicht mehr im Namen weiter.“
„Dann verstanden sie sich wohl nicht gut?“ platzte Martin impulsiver als taktvoll heraus. Der Junge verlor die Lust am Warten zur Gänze und nörgelte etwas vor sich hin. Martin hatte Verständnis, wollte aber unbedingt möglichst viel erfahren. Er versuchte, den Blick des Jungen zu erhaschen und ihn freundlich anzulächeln.
Mme Giraud antwortete kurz:
„Nein. Deshalb nehme ich an, dass das Buch vor 1961 angekauft wurde. Auch der Preis von 1500.- FF deutet darauf hin, das müssen ja noch alte Francs gewesen sein.“
Auf diesen Gedanken war Martin ja noch gar nicht gekommen. Andererseits war es nicht sehr wahrscheinlich, dass ein Antiquar nicht den wahren Wert solch einer bibliophilen Kostbarkeit erahnt haben sollte. Aber immerhin kam Mme Giraud dadurch nicht auf die Idee, es könne um materielle Werte gehen.
„Aber wann das Buch weiterverkauft wurde, lässt sich nicht eingrenzen?“
Mme Giraud schüttelte den Kopf.
„Das kann mit diesem Stempel und dem alten Preis auch noch jahrzehntelang im Regal gestanden haben. Ich habe mir das alles auch nicht näher angeschaut, als wir den Laden verkauft haben.“
Ohne wirkliche Hoffnung auf weitere Spuren fragte Martin:
„Verkauft? An wen?“
„Mein Großvater starb 1996, und weil sich niemand in unserer Familie für die Bücher interessierte, haben wir alles an einen Antiquar in Nîmes verkauft. Wahrscheinlich viel zu billig, aber wir waren, offen gestanden, zum Schluss nur noch froh, den ganzen Kram los zu sein. Die letzten paar Kisten, die wir ein Jahr später noch im Keller gefunden haben, hat mein Bruder hier auf dem Flohmarkt verscherbelt.“
Sie lachte bei der Erinnerung.
Martin nickte.
„Vielen Dank, Sie haben mir ein ganzes Stück weitergeholfen. Wahrscheinlich lässt sich die alte Geschichte einfach nicht mehr wirklich rekonstrieren. Wenn Ihnen noch etwas einfällt,“ – und bei dieser spontanen Idee kam sich Martin vor wie ein Kommissar im Krimi – „wäre es nett, wenn Sie mich anriefen. Oder natürlich auch per Mail.

Ich bin auch noch ein paar Tage hier in Arles."
Sie sah kurz auf die Karte, die Martin ihr gegeben hatte und steckte sie ein.
„Sie sind Deutscher, sehe ich?"
Martin war nicht auf diese Bemerkung gefasst, er hatte angenommen, das sei durch seinen Namen sowieso klar gewesen.
„Sie sprechen sehr gut Französisch, M. Martin."
Mit gegenseitigem Lächeln verabschiedeten sie sich. Genervt erleichtert schaute ihn diesmal auch Philippe an und bot Martin die Chance, ihm einen freundlichen Blick zu schenken.
Die Tür fiel ins Schloss. Martin rekapitulierte, was er nun erfahren hatte. Irgendjemand hatte hier – oder vielmehr: in Aix – tatsächlich vor 1961 die Bücher verkauft. Wahrscheinlich deutlich früher, denn der Antiquar hätte sicher nicht 1500.- alte Francs der Inflationszeit als Preis angesetzt. Irgendwann zwischen damals und 1996 dann musste jemand die Bücher gekauft und wieder nach Deutschland gebracht haben.
Viel war das nicht, aber dafür wenig.
Vielleicht hatte Clara noch einen Geistesblitz, schließlich war sie Fachfrau für alten Kram. Er zog sein Handy aus der Tasche und wählte sie an.
„Hi Martin!", klang es ihm entgegen.
„Woher ... ach ja, ich bin eingespeichert. Hallo Clara! Alles klara bei dir? Hast du einen Moment?"
„Alle Zeit der Welt, ich sitze im Zug nach Brugge. Groeningemuseum. Was gibt es denn?"
„Die erste Spur der Bücher! Na ja, nicht gerade sensationell, aber immerhin ... und das wollte ich dir gleich erzählen."
Martin gab einen kurzen Überblick über die Erkenntnisse der letzten Stunden.
„Aber wer die Bücher verkauft und wer sie später gekauft hat, weiß auch keiner mehr?"
„Immerhin wissen wir jetzt aber, dass die Bücher wohl vor 1996 nach Deutschland zurückgekommen sind."
„Wenn es nicht noch einen Besitzer zwischendrin gab."
„Möglich. Es gibt aber kein weiteres Exlibris und keinen anderen Hinweis darauf."
„Dann spricht einiges dafür, dass irgendjemand die Bücher gekauft und deiner Tante gegeben hat. Spätestens 1996. Nein, es kann auch

1997 gewesen sein. Sie könnten ja noch in einer der Flohmarktkisten gewesen sein."
„Stimmt. Aber auf das eine Jahr hin oder her kommt es wohl nicht an. Wie kriegen wir nun raus, wer der Käufer war? Oder wir sind auf dem ganz falschen Dampfer, und Tante Lene war tatsächlich irgendwann selber in Südfrankreich. Leider können wir sie das nicht mehr ..." Martin stockte mitten im Satz. Während des Gesprächs war er ein paar Schritte die Straße entlang gegangen. Dabei war sein Blick an einer Papeterie hängengeblieben, die eben wieder nach der Mittagspause ihre Pforten öffnete.
„Martin? Was ist?"
Martin antwortete nicht. In seinem Gehirn ratterte es.
„Martin, bist du noch da?"
„Warte ... ich hab's! Ich hab's! Clara, ich glaube, ich hab die Lösung. Das muss ich überprüfen. Ich rufe dich wieder an. Ciao, bella!"
Hastig beendete er das Gespräch, um gleich darauf eine andere Nummer einzutippen. Er verwählte sich zweimal, bekam dann aber die gewünschte Verbindung. Am anderen Ende der Leitung meldete sich eine ältere Männerstimme.
„Thormann."

*

Das Schloss war offen. Der Mann stieß einen erleichterten Seufzer aus, als sich die alte Tür quietschend öffnen ließ. Ein zweiter Seufzer galt dem finsteren, spinnendurchwebten Haufen alten Krams, der – nicht einmal unordentlich – den Raum in Gänze erfüllte. Der Mann trat zögernd ein, drehte krachend den Bakelitschalter und schaute sich im Schein der funzeligen Deckenleuchte um, warf einen letzten Blick über die Schulter zurück in den Garten, ob er denn auch unbeobachtet sei und begann dann, den Raum zu durchsuchen. Immer wieder schaute er sich nervös um, öffnete die Türen der alten Schränke und verschloss sie sorgfältig wieder. Bei jedem kleinen Geräusch zuckte er schuldbewusst zusammen. Natürlich durfte er hier nicht sein, das war ihm klar. Aber irgendwie, sagte er sich immer wieder, versuchte er sich einzureden, hatte er doch ein Recht dazu.

*

An diesem Abend war Martin erfüllt von dem Triumphgefühl, eine harte Nuss geknackt zu haben. Eine halbe zumindest. Kann man halbe Nüsse knacken? Egal. Er wusste nun mit Sicherheit, wann und auf welchem Weg die Bücher zu Tante Lene gelangt waren. Aus erster Hand. Wahrscheinlich konnte er vorerst nicht mehr erwarten. Er spazierte durch die einsamen Straßen und landete an den *arènes*. An der angestrahlten Kalksteinfassade des Amphitheaters sah er empor in den schwarzblauen Nachthimmel. Unter den finsteren Öffnungen der umlaufenden Arkaden hingen Plakatwände, die für die Stierkämpfe anlässlich des traditionellen Reisfestes warben.
Martin entschied sich, die Rue Augustin Tardieu auf der Suche nach einem netten Restaurant abzugehen. Seine Urlaubskasse war zwar bereits bedrohlich dahingeschmolzen, aber der heutige Tag musste einfach würdig begangen werden. Als er an der Place Voltaire ein sympathisches Lokal gefunden hatte und an einem etwas abseits gelegenen Tisch im Schein der Lichterketten hinter einem *pichet rouge* auf sein Essen wartete, fiel ihm ein, dass er jetzt Clara anrufen könnte. So sehr er das Alleinereisen liebte, die Unabhängigkeit, den Raum für Spontaneität und sprunghafte Entscheidungen, die Einsamkeit mit seinen Gedanken und der südfranzösischen Welt, so sehr freute er sich jetzt darauf, seinen Triumph mit Clara zu teilen.
Clara war schon in ihrem Pensionszimmer, wohin sie sich mit einer Kanne Tee zum Lesen zurückgezogen hatte.
„Wo bist du denn abgestiegen? Serviert dir der Zimmerservice Tee?"
Clara lachte so schallend, dass Martin glaubte, es müsse bis zum Nachbartisch hörbar sein.
„Nein, nein ... die Wirtin, die dieses einzige Zimmer vermietet, hat mir einen angeboten, weil sie ohnehin gerade Wasser heiß machte."
„Toll! Im Grunde könnte mir das in meiner nostalgischen Absteige auch passieren, nur hätte ich Angst vor dem, was mir dann als Tee serviert wird."
„In dieser Hinsicht kann ich nicht klagen. Flandern kennt durchaus mehr Getränke als nur Bier. Aber jetzt erzähl mal, was war denn vorhin, als du so plötzlich weg warst?"
„Heureka, sage ich bloß! Pass auf: Gerade als ich mit dir telefonierte, öffnete vor meiner Nase eine *papeterie* nach der Mittagspause wieder. Naja, der Typ schob seine Postkartenständer auf die Straße, und einen davon direkt vor meine Nase. Und in dem Moment sehe ich vor mir das Bild mit dem Portal von St. Trophime!"

„Muss mir das etwas sagen?“
„St. Trophime ist eine wunderschöne, romanische Kirche hier in Arles, mit Kreuzgang und jeder Menge sehenswerter Bildhauerei, ein wahrer Traum. Aber das war es nicht. Ich erkannte das Foto, die Postkarte. Es war noch genau dieselbe wie 1997.“
„Warst du da in Arles? Ich verstehe offengestanden nur Bahnhof ...“
„Warte! Genau diese Karte fand ich neulich, als du bei mir warst, durch Zufall im Küchenschrank, in einer Keksdose, wo Tante Lene ein paar alte Postkarten gesammelt hatte. Ich habe den Stapel beiläufig durchgeblättert, während der Tee zog. Dabei sah ich eben diese Kirche, konnte mich aber nicht erinnern, woher ich sie kannte. Was in diesem Moment ja auch völlig egal war. Aber geschrieben hatte sie – und jetzt halte dich fest – mein Onkel Jakob, im Jahre 1997!“
„Das heißt, dein Onkel war 1997 in Arles ...“
„Und war damit für mich sofort der Hauptverdächtige in der Frage, wer die Bücher just in diesem Jahr von dort mitgebracht haben könnte.“
„Also doch die Flohmarktkiste!“
„Die Flohmarktkiste. Ich habe sofort Onkel Jakob angerufen. Er erinnerte sich noch gut an den Urlaub in der Provence mit Tante Jette, die dann zwei Monate später plötzlich gestorben ist. Und jetzt kommt‘s: Onkel Jakob war im August genau hier in Arles, spazierte über den Flohmarkt und fand in einer Kiste zwei Bücher, irgendwie älter als die anderen, weshalb er sie näher anschaute. In beiden stand vorne das Wort „Frauenaurach“, der Ort in Mittelfranken, wo seine Tante Lene wohnte. Und da er sich ohnehin auf dem Rückweg für einen kurzen Besuch bei ihr angekündigt hatte, nahm er die Bücher als originelles Mitbringsel mit. Er merkte zwar, dass sie ein gewisses Alter haben mussten, war sich aber über ihren tatsächlichen Wert nicht im Klaren – zumal der Verkäufer sie, wie den Rest der Kiste, für ein paar Francs verhökerte.“
„Und über den Namen Frauenaurach hat er sich auch nicht weiter gewundert?“
„Ich glaube, er hat das für einen Zufall gehalten. Jedenfalls hat er sich keine weiteren Gedanken darüber gemacht. Das erste Rätsel wäre gelöst.“
„Na, dann hat sich die Reise ja gelohnt!“
„Ungeklärt ist damit nur noch die Frage, wie die Bücher nach Aix gekommen sind.“

Sie tauschten ein paar vage Theorien dazu aus. Clara steuerte die Idee bei, sie könnten nach 1945 als Kriegsbeute von einem französischen Soldaten mitgebracht worden sein. Zeitlich käme das ja in etwa hin. Wie dieser in ihren Besitz gekommen ist, müsste noch geklärt werden. Vielleicht weiß ja noch ein älterer Frauenauracher etwas von einem französischen Soldaten zu jener Zeit.
Andererseits waren die Franzosen nach Martins dürftigen Geschichtskenntnissen nie in Mittelfranken. Und überdies hätten Bücher einer Frauenauracher Klosterbibliothek auch schon vorher ein paar hundert Jahre lang Zeit gehabt, anderweitig nach Südfrankreich zu gelangen. Gegen so eine Geschichte mit vielen Eigentümern und Stationen sprach allerdings wiederum der unversehrte Zustand und das Fehlen jeglicher Vorbesitzerspuren.
Sie waren sich einig, dass dem Jagdinstinkt noch einiges zu tun blieb, plauderten noch ein wenig über das Wetter in Flandern und in der Provence und verabschiedeten sich dann.

Kurz darauf erschien ein herrlich gebratenes Stück Rinderfilet, mit einem knusprig gerösteten Rosmarinzweig dekoriert, Kartoffeln und einer provenzalischen Gemüsemischung. Ein Fest für alle Sinne, das Martin umso mehr genoss, als das, was er am Vorabend serviert bekommen hatte, kulinarisch keiner Erwähnung wert gewesen war.

Die nächsten Kapitel des Nordseekrimis sollten im Schatten des Kreuzganges von St. Trophime entstehen. Martin hatte sich gemütlich zwischen den in Ehren verwitternden romanischen Säulchen niedergelassen, war aber noch nicht einmal so weit gekommen, dass er den Laptop aufgeklappt hätte. Die Sonne beschien die ruhige Szenerie des quadratischen Innenhofs und malte die Silhouetten der Kapitelle auf den steinernen Boden, über den einst meditierende Mönche geschritten waren. Martin schaute versonnen auf die Figuren über ihm, apokalyptische Fratzen, verschlungene Ornamente, Drachen, archaische Darstellungen biblischer Geschichten. Ein Ohrenkneifer lief zwischen den Beinen eines Monsters, wechselte im Labyrinth der Strukturen mehrmals die Richtung und verkroch sich schließlich in einem Riss. Clara hätte wahrscheinlich seinen wissenschaftlichen Namen gewusst.
Clara.

Wenn er nicht gerade die Spur der alten Bücher verfolgte, schweiften seine Gedanken dauernd zu ihr. Eine Taube flog über das Himmelsgeviert und landete auf einer Dachkante. Von den Geräuschen der Stadt drang nicht viel bis hier hinein. Wie schön wäre es jetzt, mit Clara hier zu sitzen, zu dösen, in den Himmel zu schauen und nach gelassener Betrachtung der steinernen Dämonen, die seit vielen Jahrhunderten aus ihren Kapitellen glotzten, im Schatten der Place du Forum einen Pastis zu trinken. Und in Gedanken versank er in ihren tiefen, blauen Augen ...

Heute, das merkte Martin bald mit bitterem Blick auf seinen Laptop, würde nicht mehr viel entstehen.

*

Arles gehört zu den Städten, die ihre Bewohner und Besucher jede Woche mit zwei Markttagen verwöhnen. So schlenderte Martin, statt seinen Roman im Schatten römischer Ruinen weiterzuspinnen, an diesem Vormittag durch die Gassen der Händler. Die einen boten Haushaltswaren und Elektrogeräte feil, die anderen bunte Tischdecken mit provenzalischen Mustern und schlichte Bettlaken, geschmacklos bedruckte T-Shirts und weiße Frotteesocken. Touristen begeisterte dieser Teil des Marktes nicht sonderlich, doch gerade hier wurde deutlich, dass es sich nicht um vom Fremdenverkehrsamt inszenierte Folklore handelte, sondern noch immer zum etablierten Spektrum der lokalen Versorgung gehörte.

Den wahren Rausch genoss Martin dann aber dort, wo Obst und Gemüse in allen Farben des Regenbogens angeboten wurden. Leuchtend rote Tomaten, die noch quer über die Straße ihren charakteristischen Duft verströmten, glänzend grüne Gurken, Melonen aller Art, weiße und grüne Bohnen, Okraschoten, wie frisch poliert glänzende Auberginen, Zucchini, Zwiebeln, Kartoffeln, Knoblauch, Feigen, Citrusfrüchte, Bananen, duftende Pfirsiche, samtweiche Aprikosen, schwarze Trüffeln unter der Glashaube und Avocados. Ein Stand war auf Kräuter spezialisiert, hier lagen frische Bündel von Minze, Salbei, Thymian, Basilikum, Koriander und noch vieles, was auch Martin nicht einordnen konnte. Die Stände der *boulangers* leuchteten nicht nur goldgelb, man vermeinte bei ihrem Duft nach frischem Brot förmlich die Kruste splittern zu spüren. *Brioches, croissants, pains au chocolat* und die vielen süßen Stücke der *pâtis-*

siers ergänzten die Palette. Ungezählte Stände widmeten sich den Variationen zum Thema Schwein – denn Schinken ist nicht gleich Schinken, ganz zu schweigen von Salami – *porc* oder *sanglier* –, die hart oder weich sein konnte, mit Fenchel, Rotwein, Kräutern, Pfeffer oder Trüffeln verfeinert, groß oder klein, bis hin zu den dünnen *bâtons*, von denen man sich am besten gleich ein paar mehr kaufte, weil sie sich als echtes Suchtmittel im Nullkommanichts einfach so wegaßen. Und wieder gab es Berge von Obst, und immer noch mehr Gemüse. Das Paradies, dachte Martin, konnte kaum mehr Überfluss gekannt haben. Natürlich gab es auch Honig, *miel de garrigue*, für den die Bienen das unverwechselbare Aroma der heißen Buschwälder auf dem karstigen Boden eingefangen hatten, *miel de châtaignes*, den herb-würzigen Kastanienhonig, ferner den von Orangenbäumen und den mit Veilchenduft. Fast schon zu aufdringlich daneben die Hähnchenbraterei, *poulets rôtis*, geruchlich an Dominanz noch übertroffen von der sorgfältig aufgestapelten Auslage mit Lavendelseifen, Lavendelöl und Lavendelsäckchen. Die Provence ist das Land des Lavendels. Geerntet wird, wenn viele der Touristen schon wieder abgereist sind, bis dahin strahlen endlose Felder in kräftigem Lila. Und die Provence ist auch – was viele Besucher nicht wissen – das Land des Reises. Die Gegend deckt ein Viertel des französischen Bedarfs an diesem Getreide. *Riz camarguais*. Reis aus der Camargue. Auf der nebenan feilgebotenen Verpackung sprang ein weißes Wildpferd mit dynamisch wehender Mähne dem Käufer entgegen. An einem der Käsestände, wo man zwischen Laiben und Klötzen, Torten und Kugeln wählen konnte, die im ganzen großen Land aus Kuh-, Schaf- und Ziegenmilch gefertigt wurden, ließ Martin sich ein Stück Baguette mit einer dicken Scheibe Comté belegen. Nicht gerade regional, aber sein Lieblingskäse. Genüsslich kauend schritt er weiter von Stand zu Stand, unter bunten Schirmen und Pavillons. Die *poissonneurs* legen ihre Fische, Muscheln, Meeresfrüchte, Krabben, Langusten und Krebse auf großzügig aufgeschüttete Eisberge, und auf diesen schneeweißen Inseln war die Provence winterlich kalt. Selbst das Thema Olivenöl – obgleich aus stets ein und derselben Pflanze gewonnen – kannte viele Variationen und Provenienzen, aus denen man je nach Gaumenempfinden und Geldbeutel auswählen konnte. Und nicht nur die Weinstände waren daran schuld, dass es überall laut und lebhaft zuging.

Das Kontrastprogramm war am Nachmittag das Musée Réattu. Nicht unbedingt ein Publikumsmagnet, aber gerade deshalb herrschte wohltuende Stille nach dem Trubel, angenehme Kühle im Schatten des alten Gebäudes, einladende Wärme der terrakottafarbenen, sechseckigen Bodenfliesen. Martin kannte es von früher, kam aber immer wieder gerne her und schritt langsam durch die Ausstellungsräume. In einem Saal hörte er ein leises Klicken, immer wieder, unregelmäßig, alle paar Minuten. Wer es nicht kannte, würde lange suchen, woher es kam und irgendwann die Installation aus Edelstahl entdecken. Im Inneren eines flachen Metallzylinders drehte sich – von außen nicht sichtbar – langsam ein Magnet, der immer wieder einzelne der auf der oberen Fläche liegenden, kleinen Metallkugeln um eine Position weiterrollen ließ. Klack. Wohin man auch schaute, es bewegte sich immer woanders. Oder erst dann, wenn man sich eben resigniert abgewendet hatte. Klick. Ein bewachter Milchtopf kocht nie. *Monument dédié à 12.000 billes* nannte sich dieses Kunstobjekt der siebziger Jahre.
Die Exponate boten für jeden etwas, vom bunten, aus Schrott zusammengeschweißten Fisch bis Picasso, Gemaltes und Gemeißeltes. Kurzweil ohne Verpflichtung.
Im Innenhof klappte Martin nach einem Rundgang schließlich seinen Laptop auf, sammelte seine Gedanken mit einem Blick in das blaue Karree über ihm (wobei er beiläufig bemerkte, dass man den Wasserspeiern durch das Maul hindurch in den Himmel sehen konnte) und ließ im Laufe der nächsten zwei inspirierten Stunden Kommissar Johansen erste Fahndungserfolge erzielen.

11. Kapitel

Auf der kleinen Bäckereitüte aus hauchdünnem Papier war unter einem stilisierten Croissant die Anschrift des Geschäfts aufgedruckt. Bis auf ein paar Blätterteigbrösel von enormer Buttrigkeit, die eine dichte Landschaft von Fettflecken hinterlassen hatten, war sie leer. Martin las nachdenklich noch einmal die Zeilen „Boulangerie – Pâtisserie L. Cressot, Rue des Templiers, 13200 Arles“, knüllte die Tüte langsam zusammen und ließ das Kügelchen in den kleinen Müllbehälter neben dem Sitz fallen. Er kannte dieses Gefühl, wenn die Häuser ihr mediterranes Flair verloren, die Landschaft vor dem Fenster immer grüner wurde und die Welt immer deutscher. Meist ging dieses Erlebnis mit aufziehenden Wolken einher, von denen Martin schon fast vergessen hatte, dass es sie gab und dass aus ihnen kühler Nieselregen fallen konnte. Ganz so schlimm war es diesmal nicht, aber stets begleitete ihn ein Hauch Trübsal auf dem Weg von Frankreich zurück.

Strasbourg war so etwas wie ein Grenzbahnhof. Seit man die imaginäre Linie zwischen den Ländern ohne jegliche Kontrolle überquerte, stellte sich für Martin das Grenzgefühl am letzten Bahnhof vor dem Rhein ein. Noch einmal der blechern-elektronische Akkord, noch einmal die synthetische Frauenstimme vom Band: „Strasbourg, Strasbourg – cinq minutes d‘arrêt ...“. Beim nächsten Halt in Kehl würde es wieder die gelb markierten Quadrate auf dem Bahnsteig geben, in deren Mitte sich die Raucher brav auf dem aufgemalten Zigarettenlogo aufbauen, um ihrer reglementierten Lust zu frönen. Ein wenig wie in Raumschiff Enterprise sah das immer aus, wenn Kirk, Spock und Pille sich auf je einem farbigen Feld im Transporterraum plazierten. Scotty, drei Mann zum Beamen.
Martin seufzte tief.
„Du hattest jetzt zwei Wochen Ferien! Was willst du mehr?“, hatte ihn Isolde bei so einer Gelegenheit stets gescholten. „Nochmals zwei Wochen“, hatte er dann geantwortet; obgleich er nicht sicher war, dass diese dann ausreichend wären. Natürlich hatte Isolde recht gehabt, aber er fand, ein wenig Weltschmerz angesichts der Abreise aus seinem provenzalischen Paradies durfte ihm niemand streitig machen.
So ganz besonders auch jetzt, als der letzte in der Kette der Anschlusszüge nach vielen Stunden Erlangen erreichte und die Reise unweigerlich zuende war. Irgendein Bus würde ihn jetzt nach Frauenaurach bringen, dort würde er seine Klamotten in die Waschmaschine stecken und sich mit einem Tee auf die Terrasse in die Abendsonne setzen. Falls es dafür hier nicht schon zu kühl war. Und plötzlich überfiel ihn, zum ersten Mal seit vielen Tagen, wieder die Erinnerung an die Steinwürfe. Ein unangenehmes Gefühl im

Magen bei dem Gedanken, dass er jetzt wieder alleine zuhause sein würde und der geheimnisvolle Täter jederzeit erneut zuschlagen konnte. Während der Zug durch die fränkische Landschaft ratterte, durchdachte Martin die Option, sich eine Alarmanlage zuzulegen. Vielleicht einen Bewegungsmelder im Garten. Aber wenn der Unbekannte es gar nicht auf seine Besitztümer abgesehen hatte, sondern einfach Angst verbreiten wollte, würde das nichts nützen. Im Handumdrehen war ein Stein geworfen, und bevor Martin irgendwie reagieren konnte, wäre der Werfer über alle Berge.

„Sehr geehrte Fahrgäste, in Kürze erreichen wir Erlangen. Planmäßige Ankunft 18:04 Uhr. Sie haben Anschluss zur Regionalbahn nach Bamberg über Baiersdorf und Forchheim um 18:12 Uhr aus Gleis eins sowie zum ICE 1602 nach Berlin Gesundbrunnen über Bamberg, Lichtenfels, Jena, Naumburg, Halle um 18:26 Uhr ebenfalls aus Gleis eins. Bitte beachten Sie auch die Lautsprecherdurchsagen am Bahnsteig ...“

Die selbst ihm schon etwas vertraute Silhouette der Stadt mit ihren Kirchtürmen und dem Kamin der Stadtwerke zog vorbei, der Zug bremste nun deutlich ab. Die Fahrgäste erhoben sich, fischten ihre Reisetaschen aus den Gepäcknetzen oder nahmen die Einkäufe von der Shoppingtour im benachbarten Nürnberg zur Hand. Im Nu drängten sich die Reisenden im schmalen Gang, um dann bis zur Ankunft im Bahnhof wieder zur zähen Masse zu gelieren. Wer zuerst aufspringt, kommt als erster in Erlangen an, ätzte Martin im Stillen. Doch auch er konnte sich dem Herdentrieb nicht ganz entziehen und erkaufte sich sein diszipliniertes Sitzenbleiben mit wachsender Nervosität. Wahrscheinlich waren da irgendwelche Instinkte mit im Spiel. Doch für die Analyse verhaltensbiologischer Phänomene reichte seine naturwissenschaftliche Schulbildung nicht aus.

Die Räder kreischten, wie es sich für einen anständigen Zug gehört, auf den letzten Metern. Die Fahrgäste an der Tür drückten nervös auf den Türöffner, obwohl sie im Grunde wussten, dass sich nichts tun würde, solange der Kranz aus LEDs nicht grün aufleuchtete. Wahrscheinlich der gleiche Instinkt, der Fußgänger dazu bringt, wild auf die Taste zu hämmern, ohne dass die Ampel deswegen schneller auf Grün schaltet.

Zischend öffnete sich schließlich die Tür, die ungedämpften Geräusche der Stadt traten aufdringlich ein.

Der Schritt nach draußen, auf den Bahnsteig. Die letzte sinnlose, verzweifelte Hoffnung, die heiße Luft der Camargue möge ihn empfangen, zerrann. Erlangen hatte ihn wieder.

„Martin!"

Erst beim wiederholten Mal filterte Martins Hirn seinen Namen aus der Wuhling – hier, vermutete er, würde man eher sagen: dem *Gwerch* – der durcheinanderstehenden, sich ein- und aussteigend aneinander vorbeidrängenden Reisenden.

„Martin! Hier!"

Hinter ein paar Köpfen sah er eine winkende Hand, kurz darauf einen blonden, lachenden Kopf, der auch die letzten Zweifel zerstreute, dass der Ruf ihm gegolten hatte. Clara quetschte sich durch die Massen und fiel Martin lachend in die Arme.

„Das ist ja mal eine Überraschung! Das ... das macht mir ja meine ganze schöne Heimkehrdepression zunichte!", witzelte er, um seine Rührung zu überspielen.

„Das ist mir jetzt aber unangenehm ... Aber zu der hast du noch genug Zeit – ich muss heute abend noch zu meinem Arbeitskreistreffen nach Bamberg."

Immerhin reichte die Zeit bis dahin aus, dass Clara Martin nach Hause chauffierte. Und eine Fahrt im 2CV war ein würdiger Schlusspunkt für eine Frankreichreise.

Clara verabschiedete sich, ihres Termins wegen etwas in Eile, schon vor der Haustür. Martin bedankte sich vielmals, kramte seinen Hausschlüssel heraus, warf einen kurzen Blick auf den Gehsteig, wo aufgesprayte Markierungen und am Rand abgestellte Absperrelemente Straßenbauarbeiten ankündigten und schloss auf. Eine Sekunde lang durchzuckte ihn die Furcht, er könnte hinter der Tür auf ein Meer aus Glasscherben stoßen. Komisch, dass ihm die Steinwürfe gerade jetzt wieder einfielen. Ob der große Unbekannte wieder zugeschlagen hatte? Zeit genug hätte er gehabt. Plötzlich kam ihm die Annahme, Rolfs sporadische Besuche könnten den Täter von seinem Vorhaben abbringen, reichlich töricht vor. Zögernd, fast etwas ängstlich trat Martin ein, stellte leise, als könne er jetzt noch jemanden aufscheuchen, sein Gepäck ab und durchschritt die Zimmer im Erdgeschoss. Heimliches Aufatmen. Alles in schönster Ordnung. Die Luft roch ein wenig abgestanden. Die Fenster hatten es überlebt, die Pflanzen auch, ein Stapel Post lag säuberlich aufeinandergetürmt auf dem Tisch. Ein rascher Blick darauf gab ihm

Gewissheit, dass er nichts wirklich Dringendes verpasst hatte. Zur letzten Beruhigung ging er noch die Räume im Obergeschoss ab. Ein Feldherr nach der erfolgreichen Rückeroberung. Auch hier war alles, wie er es verlassen hatte. Was sollte auch sein, schalt er sich jetzt – doch das war leicht gesagt, wenn man schon wusste, dass eben nichts war.

Er setzte heißes Wasser auf und fragte sich, warum man das so sagte, denn schließlich setzte er kaltes Wasser auf, aber vielleicht sagte man das ja auch gar nicht. Diese Unsicherheit in sprachlichen Fragen bestärkte ihn darin, dass sein schriftstellerischer Geist dringend der Anregung durch einen Tee bedurfte. Er holte Kanne und Tasse aus dem Schrank, stutzte einen Moment – irgendetwas war komisch, aber was? –, ertappte sich bei dem kalauernden Gedanken, dass er nun zwangsläufig nicht alle Tassen im Schrank hätte, füllte ein gutes Maß Onno's in den Teebeutel und warf im Badezimmer die erste Ladung Wäsche in die Maschine. Zurück in der Küche suchte er das Milchkännchen – stutzte abermals, ein wenig länger – irgendetwas kam ihm seltsam vor –, fuhr dann aber in seinem Werk fort – und öffnete einen abgelaufenen Becher Sahne, dessen Inhalt während der vergangenen zwei Wochen freundlicherweise nicht aus Langeweile sauer geworden war.
Während blaues Pulver lautlos durch die Sanduhr rieselte, ließ sich Martin die Geschichte der Bücher nochmals durch den Kopf gehen. Warum in die Ferne schweifen? Das Wichtigste hätte er auch mit einem einfachen Telefonat bei Onkel Jakob jederzeit erfahren können. Aber es war wie mit dem Ei des Kolumbus: Das Problem lag nicht in der Durchführung, sondern in der Idee dazu. Er schüttelte lachend den Kopf bei dem Gedanken an die Postkarte aus Arles. Was für ein unglaublicher Zufall!
Der Sand rieselte ohne Hast weiter und würde sich auch durch ungeduldige Blicke nicht schneller durch die kleine Öffnung zwängen. Martin zog die Schachtel mit den Postkarten aus dem Schrank. Wieder komisch. Er war sich sicher, dass er die Karten beim letzten Mal mit der Bildseite nach oben zurückgelegt hatte, so, wie er sie vorgefunden hatte. Aber er musste sich wohl irren. Er blätterte sie durch und zog Onkel Jakobs Schrift heraus.
Irrte er sich wirklich? Hatte er nicht eben auch gestutzt? Nochmals öffnete er den Schrank und war sich eigenartigerweise sehr sicher,

dass das Porzellan nicht so stand, wie er es eingeräumt hatte. Kann sich in seiner Abwesenheit hier jemand zu schaffen gemacht haben? Aber wer außer Rolf hatte den Schlüssel? Abermals blickte Martin in die Runde, still, als könnte ein ungebetener Besucher noch immer hinter einer Tür lauern. Beklemmung bemächtigte sich seiner für einen Moment.
Entschlossen, sich nicht von Ahnungen ins Bockshorn jagen zu lassen, legte er eine CD mit Beethovens Klavierkonzert Nr. 5 ein und spürte bereits bei den ersten Klängen, wie das Gefühl der beklemmenden Einsamkeit mit der Stille vertrieben wurde. Vielleicht hoffte er es aber auch nur.
Erneut wandte er sich der Schachtel mit den Postkarten zu.
Hier war sie. St. Trophime, 1997. Martin las die Urlaubsgrüße aus vergangener Zeit mit ganz anderen Augen als neulich. Ob sich vielleicht noch andere erhellende Dokumente in der Schachtel befanden? Martin nahm sie mit dem Tee zusammen ins Wohnzimmer mit. Die oberen Karten kannte er. Venedig, Matterhorn, Malediven, Arles. Weiter unten lagen ein paar weitaus ältere, die ihm beim ersten Durchblättern gar nicht aufgefallen waren. Eine schwarzweiße Postkarte mit einer Stadtansicht, die er nicht einordnen konnte. Der Poststempel war bis auf die Jahreszahl 1944 kaum leserlich, möglicherweise bedeuteten die Buchstaben „Bamberg". Der Text war in der damals noch üblichen Kurrentschrift geschrieben, obwohl deren Verwendung offiziell seit dem Schriftenerlass durch Reichsleiter Martin Bormann ein paar Jahre zuvor nicht mehr erwünscht war. Das Schriftbild war makellos, die Buchstaben allerdings winzig klein, sodass Martin einige Mühe beim Entziffern hatte:

„Liebe Lene,
mach Dir keine Sorgen um Dein Schwesterchen. Wir haben hier eine kleine Stube mit Ofen und genug zu essen. Morgen will mir Herr Matuschek von nebenan sogar noch ein Bettchen vorbeibringen, dann kehrt der Wohlstand ein. (...) Peter hat aus Frankreich geschrieben, er wäre so gerne noch bei uns geblieben ..."
Unterzeichnet war die Karte „*Deine Hanna*".

Unter einer violetten 6-Reichspfennig-Marke mit einem stahlhart blickenden Führerprofil las Martin die Adresse:

Frl. Helene Reim
13a Frauenaurach über Erlangen
Kriegenbrunner-Weg

Martin drehte die Karte nachdenklich zwischen den Fingern hin und her, trank ab und zu einen Schluck Tee und grübelte, bis er fürchtete, es könnten seinem Kopf schwarze Rauchwölkchen entsteigen. Das passte alles nicht zusammen. Hannah war Lenes Tante, sie war bereits 1913 mit ihrem Mann Albert Thormann nach Norddeutschland gegangen. Wie sollte sie nach Bamberg gekommen sein, und warum sollte sie dort eine kleine Stube bewohnen? Ein Verwandtschaftsbesuch? Martin überlegte, wie wahrscheinlich es war, dass jemand 1944 einfach so quer durch Deutschland eine Reise unternahm. Durfte man das in den Zeiten der Kriegswirtschaft überhaupt? Und warum war sie dann nicht zu ihrer Nichte nach Frauenaurach gefahren?
Und was war das mit dem „Schwesterchen“? Hatte Lenes Mutter die Karte geschrieben? Martin erinnerte sich dunkel, dass Tante Lene tatsächlich noch eine Schwester gehabt hatte, ohne aber über sie wirklich etwas zu wissen.
Erst jetzt fiel ihm auf, dass sich die Schreiberin der Karte ohne „h“ am Ende schrieb. Hannah Thormann, dessen war er sich sicher, hätte ihren eigenen Namen nicht falsch geschrieben. Auch der restliche Text wies keine Fehler auf, die diesen Verdacht gerechtfertigt hätten. Eine ganz andere Hanna? So selten war der Name ja auch nicht.
Er blätterte die restlichen Briefe und Postkarten durch, ob sich vielleicht noch ein weiterer Hinweis fand.
Fehlanzeige.
Er trank seinen Tee aus und grübelte weiter. Er hatte mit dem Haus auch sämtliche Besitztümer seiner Großtante geerbt. Das meiste davon war zwar in der Altkleidersammlung und auf der Müllhalde gelandet, doch nicht alles aus allen Ecken aller Räume hatte Martin damals leichtfertig wegwerfen wollen. Den Inhalt des Geschirrschranks zum Beispiel hatte er verschont, weshalb auch die Schachtel mit den Postkarten überlebt hatte. Vielleicht gab es ja noch irgendwelche weiteren Entdeckungen?
Im Geiste streifte Martin durch die Räume. Schlafzimmer, Bad und Arbeitszimmer schieden aus. Hier hatten lediglich ein paar leere Möbelstücke überlebt. Im Wohnzimmer gab es die Bücher, Gläser,

Tischwäsche ... aber im Grunde keine Ecke, die Martin nicht kannte und nicht sofort ausschließen konnte. In der Küche gab es den großen Geschirrschrank, in dem Tante Lene auch ihre postalischen Erinnerungen gelagert hatte.
Auch seine eigene Großmutter hatte persönliche Papiere in ihrer Küche aufbewahrt. Er selber, Martin, wäre nie auf diese Idee gekommen, aber möglicherweise gehörte das einfach zu den Eigenheiten jener Generation. Vielleicht war die Küche als ständig und oft einzig beheizter Raum damals auch eher der Lebensmittelpunkt gewesen als heute. Vielleicht hatten wichtige Papiere einfach dort ihren natürlichen Platz, weil sie hier schnell zur Hand waren, mit einem Griff, etwa, wenn man von jetzt auf gleich aus dem Haus musste, in den Luftschutzkeller oder auf die Flucht, wenn der Russe kam. Erfahrungen, die viele Menschen in der Generation seiner Großeltern geprägt haben dürften.
Wie auch immer. Martin begann, die Schubladen und Schrankfächer systematisch zu durchsuchen. Teller, Tassen, billiges Porzellan, Sonntagsgeschirr mit abgenutztem Goldrand, Besteck in Blech und in versilbert, Küchengeräte, Kochbücher. Utensilien, die zum großen Teil schon bei seinem Einzug da waren, ergänzt durch ein paar Dinge aus seinem eigenen Besitz. Der Vorratsschrank schied aus, ihn hatte Martin gleich beim Einzug komplett geleert und mittlerweile teilweise wieder befüllt. Trotzdem schaute er hinein. Kidneybohnen, Mais, Öl, Pizzatomaten, Marmeladengläser, Reis, Mehl, Zucker ... unten die Körbe mit Kartoffeln, Zwiebeln und Knoblauch. Nichts, was älter war als die Erbschaftsurkunde des Hauses. Bei der Gelegenheit kontrollierte Martin gleich den Zustand des Gemüses und sortierte eine schimmelnde Zwiebel aus, die seine Frankreichreise nicht überlebt hatte. Überraschungen anderer Art waren hier nicht zu erwarten.
Herd, Geschirrspüler und Kühlschrank boten keine Lagerräume und waren ohnehin von ihm mitgebracht worden. Der Spültisch war übersichtlich, weder die Mülltrennungslandschaft noch die Putzmittel in seinem Unterschrank konnten Geheimnisse bergen.
Nichts.
Oder doch?
Vor dem Fenster stand eine Eckbank, ein fürchterliches Möbelstück mit Plastikbespannung, das seit den fünfziger Jahren alle Zeitläufte überlebt hatte, und dem Martin nur mangels adäquaten Ersatzes ein

befristetes Bleiberecht eingeräumt hatte. Solche Bänke pflegten Fächer unter den Sitzflächen zu beherbergen.
Und richtig!
Er öffnete die erste Klappe. Nur eine alte, gelb-weiß-karierte, grobe Tischdecke lag flüchtig zusammengeschlagen darunter. Martin hob sie an, doch außer dem Presspappeboden gab es darunter nichts zu sehen. Klappe zwei: nicht einmal eine alte Tischdecke. Klappe drei: auch nichts.
Martin verurteilte die alte Tischdecke bei dieser Gelegenheit zum Tode im Restmülleimer, klappte die Sitzflächen wieder herunter, zog in einem spontanen Entschluss die amtierende Decke wegen schwer erträglicher Hässlichkeit gleich mit vom Tisch und entdeckte dabei die letzte Bastion: Unter der abgewetzten Platte befand sich, wie wohl bei allen derartigen Küchentischen der Welt – warum war er noch nicht eher darauf gekommen? – eine Schublade.
Jetzt erinnerte er sich auch wieder der typischen Handbewegung, mit der seine Großmutter immer das Tischtuch zurückwarf, um aus einer ebensolchen Schublade irgendeinen Kleinkram zu holen, der sonst nirgendwo einen ordentlichen Platz gehabt hätte.
Mit dem Wissen, die letzten Chancen auf hilfreiche Funde gerade auszutesten, zog Martin das Fach langsam, fast feierlich auf. Wahrscheinlich das letzte Stückchen terra incognita in diesem Hause. Gegen seine eigene gespannte Erwartung versuchte er, vernünftige Überlegungen zu setzen: Was hätte seine Oma hier gelagert? Kugelschreiber, Notizblock, Büroklammern, Klebeband, Rabattmarkenheftchen ... auf keinen Fall aber wichtige Dokumente. Egal.
Die Schublade war breit und tief, ließ sich aber leicht herausziehen. Verzapftes Massivholz, Sperrholzboden. Wertarbeit. Das Fach war zur Hälfte gefüllt, und die Füllung entsprach ziemlich genau Martins Erwartungen.
Die Deckenleuchte verbreitete mehr Dunkelheit als Licht. Martin schaltete die Lampe über dem Esstisch an. Dann besah er sich den Inhalt der Schublade.
Sie barg zwei Kugelschreiber, einen Bleistiftstummel, einen Radiergummi, ein paar brüchig gewordene Gummiringe, ein Heftchen Briefmarken, ein Heft mit Kreuzworträtseln, mehrere Zeitungsausschnitte mit Rezepten ... Je weiter er sich nach unten vorarbeitete, umso älter wurden die Schichten. Ein grauer Personalausweis. Martin schlug ihn auf. Auf der ersten Seite schaute ihn seine Großtan-

te etwas irritiert aus der Distanz von mindestens zwanzig Jahren an. Das Ausstellungsdatum passte dazu. Ihre Unterschrift in routinierter, aber akkurater deutscher Kurrentschrift verriet, dass ihre Grundschulbildung lange zurücklag.
Noch ein Rätselheft. Bastei-Verlag. 30 Pfennige. Eine Illustrierte von 1976 mit Strickmustern und allerlei Haushaltstipps in den damaligen Farben. Gruselig. Ein Umschlag mit der Gebrauchsanweisung für eine Kaffeemaschine. Der Abbildung nach ein Modell der 70er Jahre. Sie musste bereits das Zeitliche gesegnet gehabt haben, lange bevor Martin hier eingezogen war.
Noch ein Umschlag, etwas dicker, ziemlich vergilbt. Adresse und Absender waren in dunkelgrauer Maschinenschrift erkennbar:

Frl. Helene Reim
852 Erlangen - Frauenaurach
Mühlgarten 2

Absender war das Finanzamt der Stadt Erlangen, der Umschlag aufgerissen und längst zweckentfremdet. Die Gustav-Heinemann-Briefmarke sicherte Martins Vermutung ab, dass es sich um ein älteres Stück handelte. Martin öffnete die halb abgerissene Lasche und griff hinein.
Sein Puls beschleunigte sich.
Hic sunt leones!
Er setzte sich an den Tisch, zog den Inhalt aus dem Umschlag und breitete sorgfältig einen Stapel alter Fotografien im Licht der Lampe vor sich aus. Sicherheitshalber war er wie ein Archäologe sorgfältig darauf bedacht, die ursprüngliche Reihenfolge nicht zu zerstören, wenngleich diese auch keiner Ordnung zu gehorchen schien.
Fast alle Bilder waren schwarzweiß. Keine zufälligen Schnappschüsse, alles war sorgfältig arrangiert. Bilder einer Zeit, als Fotomaterial teuer war und man sich über jedes Bild vorher Gedanken gemacht hat. Einige zeigten Personen, fast immer vor dem Fotografen posierend und angestrengt zur Kamera blickend. Eine Familie vor dem Haus, in dessen Küche Martin gerade saß. Ein gewaltiger Baum hatte damals im Vorgarten gestanden, vielleicht eine Walnuss. In einem kleinen Bäumchen auf der anderen Seite des Eingangs glaubte Martin die Eibe wiederzuerkennen, die das Haus heute an dieser Stelle überragte. Er blätterte weiter. Eine Festgesellschaft vor grün-

geschmückten Hakenkreuzfahnen, mit Blasmusik und Bierkrügen, unten im Dorf. Den Häusern nach musste es der Herdegenplatz sein. Nur Männer. Einer von ihnen war mit einem Bleistiftkreis markiert. Dann ein Gruppenfoto im Hof, wieder hinter dem Haus. Heute standen dort die Oleander auf der Terrasse, und das Fenster im Hintergrund war durch ein weit größeres ersetzt worden. Ein paar Portraitaufnahmen. Außer dem Namen des Fotoateliers gab es leider keine Beschriftungen.
Ganz unten lagen noch zwei Umschläge.
Die letzten Töne von Beethovens Klavierkonzert verklangen eben. Von ferne grummelte es, erst jetzt fiel Martin auf, dass sich der Sternhimmel bedeckt hatte und Wettergeleucht über den Horizont zuckte. Das Laub der Bäume vor dem Fenster wurde von ersten Böen gekämmt.
Martin öffnete den ersten der beiden Umschläge und zog ein vergilbtes Telegrammformular heraus, auf das schmale Papierstreifen mit einem kurzen, maschinengeschriebenen Text geklebt waren. Adressiert an Helene Reim, Frauenaurach, aufgegeben am 12. Mai 1945 in Winterthur. Schweiz. Angekommen vermutlich wesentlich später. Martin war erstaunt, dass die Reichspost in jenen wirren Tagen ihren Telegrammdienst überhaupt aufrecht erhalten konnte.

LIEBE LENE + SIND IN DER SCHWEIZ + PETER IN FRANKREICH VERMISST + HARDT HAT FRANZ NICHT GETOETET + KOMMEN BALD ZURUECK + GOTT HELFE UNS + HANNA

Wieder Hanna – wer war sie? Und wer war Peter? Was sollte das heißen: Hardt hat Franz nicht getötet? In Martin verdichtete sich die Erinnerung: Das war doch die alte Geschichte aus der Zeitung. Der Tote unter der Aurachbrücke. Hatte seine Familie etwas damit zu tun? Immerhin wusste man offenbar etwas. Aber was? Und wer? Mit dumpfem Poltern fiel draußen der Blumentopf mit dem Rosmarin um. Martin erschrak, warf die Umschläge und Fotos zurück in die Schublade und beeilte sich, die anderen Kräuterpflanzungen vor dem Gewitter zu sichern. Die ersten Tropfen klatschten auf die Platten der Terrasse und verbreiteten jenen eigenartigen Geruch von nassem Staub, den nur ein erster Regen nach längerer Trockenheit erzeugte. Nebeneinander direkt an der Hauswand sollten die Töpfe leidlich sicher sein. Ein Blitz zuckte über den Südwesthimmel. Martin zählte die Sekunden bis zum Donnergrollen mit. Neun. Macht etwa drei Kilometer. Schon als Kind hatte er immer abgezählt, wie weit das Gewitter noch weg war.

Aus dem schwarzen Himmel schnitten ein paar dicke Tropfen durch die schwüle Luft. Martin stand noch einen Moment vor der Terrassentür und genoss die majestätische Stimmung. Immer wieder erleuchtete ein Blitz die riesige Kuppel aus Wolken über ihm. Dabei ließ er sich das Telegramm von Hanna durch den Kopf gehen. Aufgegeben wenige Tage nach Kriegsende. Vielleicht war Hanna irgendwie die Flucht in die Schweiz geglückt und sandte ihr jetzt, wo alles vorbei war, ein Lebenszeichen zur Beruhigung. Aber warum die Zeile „Hardt hat Franz nicht getötet“? Wenn sie sich wirklich auf das Ereignis vom Dezember 1936 bezog, musste sie seit ihrer Flucht etwas besonderes erfahren haben. Die Erkenntnis von Hardts Unschuld muss von so großer Bedeutung gewesen sein, dass sie sie schnellstmöglich an Lene übermittelte.

Wer war noch gleich dieser Hardt? Martin hatte den Namen schon mal gehört, konnte sich aber im Moment nicht an den Zusammenhang erinnern.

Ein erneuter Windstoß rauschte durch das Laub der Bäume. Es grummelte von weiter her am Himmel.

Dann flaute der Wind wieder etwas ab. Die Tropfen fielen seltener. Sollte es das gewesen sein? Der dicken Spätsommerluft hätte eine Dusche gut getan. Willi hatte ihm mal erzählt, die meisten Gewitter zögen an Frauenaurach vorbei. Er schien recht zu behalten.

*

Am nächsten Morgen fiel Martin ein, dass er gestern noch ein Brot kaufen und die Post einwerfen wollte. Er schaute auf die Uhr. Kurz vor elf. Samstag. Wenn er nicht zu sehr trödelte, war der Briefkasten noch nicht geleert. Draußen war alles nass, es musste in der Nacht doch noch geregnet haben, aber im Moment fielen keine Tropfen mehr. Während er über den Fußgängersteg ins Dorf ging, war er mit den Gedanken wieder bei seinen familienhistorischen Nachforschungen und dem ominösen Telegramm aus der Schweiz. Hatte es 1945 ein Postamt in Frauenaurach gegeben? Oder hatte ein Mitarbeiter der Reichspost das Telegramm von Erlangen hierher gebracht? Gab es nach so langer Zeit noch eine Chance, die näheren

Umstände der geheimnisvollen Depesche herauszufinden?
Der Mühlbach rauschte unter dem Betonsteg hindurch, ein verrostetes Gitter fing größere Treibgutstücke ab, bevor sich die Wassermassen in den Schlund der Schiedermühle ergossen. Im Rechen hingen zwischen Blättern und Zweigen kleinere Plastikteile, eine Bierdose und ein schwarz-weißer Leitpfosten fest. Eine Entenfamilie näherte sich vorsichtig und drehte bei, bevor ihr die Strömung gefährlich werden konnte.
Wer war Peter? So wie Hanna ihn in ihrem Telegramm erwähnte, musste er zur Familie gehört oder ihr zumindest nahe gestanden haben. Peter war vermisst. In Frankreich. War das ein Anhaltspunkt?
Martin warf seine Briefe in den Kasten und ging weiter zur Bäckerei Backstein. Auf dem Rückweg sah er die Silhouette der Kirche vor sich und hatte plötzlich eine Idee. Er ging über den Kirchhof, an der Apsis vorbei zum alten Friedhof. Es wäre doch gelacht, wenn ein Ort wie Frauenaurach nicht seiner Helden gedächte ... und bingo! An der Sandsteinmauer, die den Friedhof umgab, waren mehrere marmorne Tafeln um einen schlichten Ort des Gedenkens herum angebracht, die in kleinen Lettern graviert die vielen Namen der Kriegsopfer aufzählten. Martin überflog die Listen und schauderte bei dem Gedanken, wieviele Menschen aus dem damals sicher noch viel kleineren Ort ihr Leben für eine sinnlose und grausame Sache lassen mussten. Die ersten Kriegsjahre ließ er zunächst aus, aber die Listen für 1944 und 1945 machten ohnehin den größten Teil aus. Er filterte die Toten nach dem Vornamen Peter und den Orten in Frankreich. Peter gab es mehrere, aber alle waren sie an der Ostfront geblieben, einer in Italien, einer in Afrika.
Keiner in Frankreich.
Martin dehnte seine Suche auf die Jahre von 1939 bis 1943 aus.
Kein Peter, der in Frankreich gefallen oder vermisst war.
Schade, die Idee war an sich nicht schlecht. Entweder war Peter kein Frauenauracher gewesen oder er hatte den Krieg letztlich doch noch überlebt.

17. Dezember 1936
Der Mann schaute sich nervös um, ob ihn jemand beobachten könnte. Schnell schwang er sich über die Mauer der Sandsteinbrücke und tauchte in ihren Schatten hinab. Er rutschte auf den bereiften Grasbüscheln

ab, strauchelte bis ans Ufer. Schemenhaft konnte er die dort liegende Gestalt wahrnehmen. Einen Moment zögerte er. Langsam gewöhnten sich die vom Licht der Straßenlaternen geblendeten Augen an die Finsternis. Dann näherte er sich langsam, tastete nach der Hand, die kalt im kalten Gras lag. Ein heißer Schreck durchlief ihn. Hatte die Hand gerade gezuckt? Er horchte konzentriert in die Stille. Kein Zweifel: der da lag, röchelte schwach. Der Mann dachte kurz nach, tastete im Dunklen nach einem großen Stein und fasste einen grausamen Entschluss.

Auf dem Rückweg ging Martin noch bei dem kleinen Schreibwarenladen vorbei und erwarb eine Packung Heftklammern. Als er auf der Fußgängerbrücke das Tal überquerte, riss gerade die Wolkendecke im Süden auf und ließ für einen Moment die Sonne golden auf die ehrwürdigen Sandsteinbögen der alten Aurachbrücke scheinen. Nichts erinnerte daran, musste Martin angesichts der Idylle plötzlich denken, dass vor langer Zeit unter einem von ihnen Franz Wedler auf gewaltsame Weise sein Leben beendet hatte. Unter welchem der vier Bögen das gewesen sein mochte?

Martin erreichte die Wilhelm-Tell-Straße und bog nach rechts ab. Als er sein Gartentürchen öffnete, kam ihm ein alter Mann auf dem Weg entgegen. Richtig! Paul Wedler, der Sohn von Franz Wedler. Komischer Zufall, wo er an jenen gerade noch gedacht hatte. Paul Wedler schien Zeit zu haben, er blieb stehen und grüßte Martin freundlich. Dieser entgegnete erstaunt:

„Grüß Gott, Herr Wedler. Ich hätte nicht gedacht, dass Sie mich kennen."

Wedler winkte lächelnd ab. Er sprach leise, aber klar.

„Das hat sich schon rumgesprochen, wer jetzt im Haus von der Lene wohnt... Und außerdem habe ich Sie bei der Beerdigung meiner Frau gesehen."

Martin lächelte ertappt.

„Ja, das war ganz spontan, als ich hörte, dass Ihre Frau verstorben ist... ich hoffe, Ihnen war das recht. Ich bin der Großneffe von Lene Reim."

Wedler nickte, noch bevor Martin dazu kam, den Zusammenhang zu begründen. Anscheinend war das nicht weiter nötig. Er war tatsächlich, als er vom Tod Marga Wedlers gehört hatte, zur Beerdigung gegangen. Wedler hatte immerhin einst mit seiner Großtante unter

dem Dach zusammen gewohnt, das nun ihn selber beherbergte.
Es entstand eine Pause, in der die beiden Männer stumm vor sich hinblickten. Um das Schweigen zu lösen, bot Martin Wedler an, auf einen Kaffee mit zu ihm herein zu kommen. Paul Wedler war im ersten Moment sichtlich nicht darauf gefasst, willigte dann aber, vielleicht zu seiner eigenen Überraschung, gerne ein. Als sie das Wohnzimmer betraten, war Martin sich nicht sicher, ob es eine gute Idee gewesen war, aber letztlich würde Wedler etwas Gesellschaft sicher guttun.
Martin setzte die Kaffeemaschine in Gang und verzichtete der Einfachheit halber darauf, für sich selber einen Tee zu bereiten. Fieberhaft überlegte er, wie er ein zwangloses Gespräch beginnen könnte, doch als er mit dem Tablett aus der Küche kam, nahm ihm Wedler dieses Problem schon ab: „Sie wissen dann sicher, dass wir als Kinder hier gewohnt haben?"
„Ja, allerdings auch erst seit kurzem. Mein Nachbar erzählte es mir. Bevor ich das Haus geerbt habe, wusste ich nicht viel über diesen Zweig meiner Familie und ihre Geschichte."
Wieder war es ihm etwas peinlich, dass er sich nie um seine Großtante gekümmert hatte. Wedler schien aber keinen Gedanken daran zu verschwenden, es schien, als tue es ihm einfach gut, über die alten Zeiten zu sprechen:
„Vor dem Krieg war das. Mein Vater war damals in der Mälzerei. Da hat man nicht viel verdient, aber für das Zimmer hinten im Haus hat es gereicht. Das stand eh leer, weil die Anni keinen Knecht mehr hatte."
Martin war es etwas unangenehm, auf die unwürdige Bleibe angesprochen zu werden, in der die Familie Wedler damals gehaust hatte. Er versuchte, das Gefühl zurückzudrängen.
„Bis wann hat Ihre Familie dort gewohnt?"
„Sommer siebenunddreißig. Da draußen war damals noch der Stall, wo jetzt der Apfelbaum steht. Zwei Schweine hatten die Reims immer. Naja, und Hühner auch, die sind überall umeinandergelaufen. Ich weiß das alles noch, wie wenn's gestern gewesen wär' ..."
Er hatte die Kaffeetasse mit den Händen umfasst, als wollte er sich daran wärmen oder vielleicht auch festhalten, starrte auf den Tisch vor sich und erzählte leise weiter. Martin hörte ihm schweigend zu.
„Als mein Vater neunzehn aus dem Krieg zurückgekommen ist, wollte er wieder in die Brauerei, wo er vorher Geselle war. Aber die

hatten keine Stelle mehr frei. Und dabei hatte er jahrelang in Flandern den Kopf für alle hingehalten... Aber die Krise, hieß es immer, die Krise. Und dann hat die Brauerei eh zugemacht. Dreiundzwanzig. Erst hat der Hardt alle entlassen, dann hat er mit neuen Leuten die Mälzerei weiterbetrieben. Mein Vater hat immer gehofft, er kann wieder anfangen, immer wieder hat er es versucht, aber der Hardt wollte ihn nicht. Der Sauhund. Dabei war mein Vater ein guter Mann."

Plötzlich erinnerte sich Martin wieder an das Telegramm. „*Hardt hat Franz nicht getötet*". Das war es! Hardt war der Besitzer der Mälzerei. Offenbar wurde er verdächtigt, schuld am Tod von Franz Wedler zu sein. Woher wusste Hanna etwas davon? Kannte sie den wirklich Schuldigen? Martin hatte keine Zeit, jetzt näher darüber nachzudenken, Wedler erzählte weiter:

„Dann hat der Vater halt in der Landwirtschaft gearbeitet, einige Jahre, und die Mutter kennengelernt. Zuerst haben sie unterm Dach in der Wirtschaft gewohnt, da wo heute die Metzgerei ist, aber als meine Schwester dann geboren wurde, ging das nicht mehr lange. Da hat uns die Anni dann ihre Knechtestube gegeben. Das war eine gute Frau, die Anni. Sonntags waren wir oft bei ihr zum Essen, und wir Kinder haben sowieso immer irgendwas von ihr gekriegt. Der Heinrich, ihr Mann, war da nicht so ... aber der war ja meist auf Arbeit. Nur mein Vater musste immer noch schauen, wo er blieb.

Erst wie der Hitler die Wehrpflicht eingeführt hat, sind dem Hardt die Leute knapp geworden, und dann hat er den Vater eingestellt. Zum Hungerlohn. Tag und Nacht, in Schichtarbeit. Die haben damals in der Darre das Malz von Hand gewendet, da gabs ja noch keine Maschinen wie heute. Unten mussten sie Feuer schüren. Und oben diese Hitze ... denen ist der Schweiß in Strömen runtergelaufen. Und wehe, wenn dann im Malz Feuchtigkeit geblieben ist, oder wenn die eine Ratte mit in die Säcke gefüllt haben. Die hat's nämlich da auch überall gegeben. Da konnte der alte Hardt ungemütlich werden. Einmal hat er einem Gesellen so eine *Watschn* gegeben, dass der die Leiter runtergefallen ist und sich den Arm gebrochen hat. Und der Hardt hat's ihm noch vom Lohn abgezogen.

Mein Vater war damals in der SPD. Also, vor dreiunddreißig natürlich. Aber auch nachher hat er sich nicht alles bieten lassen. Das war halt ein mutiger Mann ... einmal ist er sogar zum Ortsgruppenleiter hin, zum Krahler, hat sich hingestellt und ihm gesagt, er soll mal da-

für sorgen, dass die Partei sich für die Arbeiter einsetzt, wo sie sich doch Arbeiterpartei nennt.
Der Hardt war da mächtig sauer auf meinen Vater. Und dann hat er ihn eines nachts im Dezember '36 erschlagen."
Wedler stockte an dieser Stelle, als sei ihm selber plötzlich etwas Ungereimtes aufgefallen. Er machte eine kleine Pause, bevor er dann doch fortfuhr:
„Morgens haben sie ihn jedenfalls gefunden, unter der Aurachbrücke, mit eingeschlagenem Schädel. Alle haben gewusst wer's war, alle haben's gewusst ... aber alle haben sie geschwiegen. Dem Hardt konnte natürlich keiner etwas nachweisen. Wollte auch keiner. Mein Vater war ja eh nur ein Sozi, das kam einigen sicher ganz recht, dass er dran glauben musste. Und der Herr Hardt hat seinen Kopf wieder sauber aus der Schlinge gezogen.
Wir standen dann da, ohne Vater, ohne Mann. Meine Mutter, meine kleine Schwester und ich, mit acht Jahren. Die Anni hätt' uns ja auch dann noch behalten. Dabei hat die schon genug Sorgen gehabt, wo ihre große Tochter plötzlich durchgebrannt ist, und keiner wusste, wo sie war. Ja, die Anni hat's auch nicht immer leicht gehabt ... Wir sind im Sommer '37 dann auf den Breuer-Hof gezogen, weil die dort Arbeit für uns hatten."

Die Stimmung war eigenartig. Da saß ein alter Mann aus dem Dorf beim Kaffee mit einem ihm fast unbekannten, neu zugezogenen Nordlicht und erzählte ihm seine Lebensgeschichte. Und Martin hatte nun schon zum vierten Mal, aber diesmal aus erster Hand, die alte Geschichte vom Mord an der Aurach gehört.

Es hätte ihn brennend interessiert, warum Wedler so überzeugt davon war, dass der Mälzereibesitzer seinen Vater erschlagen hatte, aber er hatte das Gefühl, an dieser Geschichte jetzt nicht rütteln zu dürfen. Seine einzige Quelle, die den Tathergang in Zweifel zog, war schließlich nur ein Telegramm aus dem Jahr 1945, deren Absenderin er nicht einmal kannte.

12. Kapitel

Der Herbst machte sich endgültig breit in Frauenaurach. Das, was der Windstoß eben vor dem Küchenfenster vorbeitrieb, waren zweifellos die ersten gelben Blätter. Dass der Kalender den 15. September auswies, lag schlicht daran, dass Martin ihn seit Wochen nicht mehr abgerissen hatte. Morgens, wenn er die Post aus dem Kasten holte, war es in den letzten Tagen empfindlich kalt, und heute früh waren die Latten des Gartenzauns tatsächlich von den ersten Kristallen nächtlichen Raureifs bekrönt. Martin atmete weiße Wölkchen aus, während er fröstelnd die Post auf dem Weg nach drinnen sortierte. Ein paar Rechnungen, Werbung (warum hatte er noch immer keinen Aufkleber auf dem Briefkasten?), ein Umschlag vom Verlag, eine Postkarte von seinem Onkel Jakob.

Onkel Jakob schrieb aus London, von einer Städtereise mit seiner Lebensgefährtin. Martin hatte ihren Namen vergessen. Offenbar war er bester Dinge, grüßte fröhlich und fragte, was denn aus der Büchergeschichte geworden sei.

Richtig! Martin hatte ihm damals gar nicht viel erzählt, aber versprochen, ihn noch ins Bild zu setzen. Er legte die Karte auf den Esstisch und nahm sich vor, das umgehend nachzuholen.

Er selber hatte über der Arbeit an seinem eigenen Krimi und den fremden Manuskripten, die ihm sein finanzielles Auskommen sichern sollten, die Sache etwas in Vergessenheit geraten lassen. Nun erinnerte er sich daran, dass er noch recherchieren wollte, was es mit Hanna aus Bamberg auf sich hatte. Und inzwischen wusste er auch, wo er anfangen würde.

*

16. Dezember 1936

Höchst erregt von seinem Fund stolperte der Mann den finsteren Gang zurück. Seit so vielen Jahren hatte er gewusst, dass sich hier etwas verbergen könnte. Aber erst war der Krieg, dann konnte er hier nicht mehr hinein. Jetzt endlich war es soweit. Und nun das!

Er hatte mit allem gerechnet, aber was er eben gesehen hatte, war schier unglaublich. Noch ein paar Meter. Der Gang war feucht, es roch nach Keller. Der Boden des Ganges war teilweise von einer nassen Sand-

schicht bedeckt, andernorts traten die Sandsteinplatten hervor. Sein Herz raste, als er hektisch atmend wieder den Durchgang zum Lagerraum erreichte. Zitternd vor Aufregung kroch er hindurch und schob den Schrank zurück an seinen Platz. In der Erregung, das fiel ihm erst jetzt auf, war er gar nicht darauf gekommen, mehr mitzunehmen, als er zufällig in der Hand hatte. Egal. Er musste erst einmal zurück, an die Luft, nachdenken. Wie sollte er sich jetzt verhalten? Mit wem konnte er darüber reden? Wen könnte er ins Vertrauen ziehen? Die Sache war einfach eine Nummer zu groß für ihn.
Sein Atem beruhigte sich langsam. Er schloss die Augen, versuchte, seinen Puls unter Kontrolle zu bringen, wischte sich Staub und Schweiß an der Arbeitshose ab und kontrollierte, ob seine ausgestreckten Finger noch zitterten. Klar war nur eines: Endlich hatte die Armut ein Ende. Jetzt würde er anständig für seine Familie sorgen können. Er atmete tief ein und setzte eben an, zur Treppe zu schleichen, die nach oben auf den Hof führte, als er plötzlich spürte, dass er nicht alleine im Raum war.

*

Die Postkarte aus Bamberg war, dessen war sich Martin sicher, von einer Verwandten seiner Großtante Lene geschrieben worden. Und die müsste er eigentlich in den örtlichen Kirchenbüchern finden. Martin hatte im Pfarramt angerufen und zu seinem Erstaunen erfahren, dass er ganz unkompliziert Einsicht in die alten Aufzeichnungen nehmen konnte. Er hatte schon die Klinke in der Hand, die Jacke über dem Arm, als das Telefon klingelte. Er lief ärgerlich grummelnd zurück ins Wohnzimmer.
„Thormann? – – Hallo?“
Niemand antwortete. Nur rasselnder Atem war vom anderen Ende der Leitung zu hören. Verdammt. Was sollte das jetzt wieder? Wollten sie ihn auf diese Weise mürbe machen? Konnte das Drama denn nicht endlich Ende haben? Martin versuchte es nochmals und hoffte, dass seine eigene Panik nicht hörbar wurde:
„Hallo? Wer ist da?“
Die Verbindung wurde unterbrochen.

*

Frau Pröll, die Pfarramtssekretärin, begrüßte ihn freundlich und legte ihm gleich zwei dicke schwarze Kladden auf den runden Tisch. Pfarrer Wolf hatte Martin angekündigt und sie gebeten, ihm die Kirchenbücher ab 1880 herauszusuchen.
Martin dankte, setzte sich und begann, zunächst nach seiner Urgroßtante Anni Eberle zu suchen. Ihre Geburtsdaten und der Name ihres Ehemannes Heinrich Reim waren ihm bekannt. Der erste interessante Eintrag fand sich in dem Band, der die Kasualien ab 1905 aufführte. Glücklicherweise hatte der damals amtierende Pfarrer eine ordentliche Schrift und schrieb zudem in lateinischen Buchstaben. Beides war damals keinesfalls selbstverständlich. Martin fand Annis Hochzeit mit Heinrich Reim im Jahre 1908 und notierte sich die Daten. Ab jetzt hielt er Ausschau nach dem Namen Reim, unter dem vermutlich die Geburten von Lene Reim und ihrer Geschwister zu finden waren.
Hier: 27. Oktober 1909, Geburt von Maximilian Reim ... und wenige Zeilen später der Eintrag: 4. November 1909 getauft und verstorben Maximilian Reim ...
Für einen Moment durchzuckte Martin ein Gefühl, als habe er soeben vom Tod eines persönlich Bekannten erfahren. Lapidare Zeilen, zwischen denen sich unendliche Trauer verbarg.
Er blätterte weiter.
Erst drei Jahre später war der jungen Familie wieder neues Glück beschert: 4. Juni 1912, Taufe von Johanna Reim, Tochter von Anni und Heinrich Reim, geboren 2. Juni, Paten: .... Martin überlas die Namen, die ihm nichts sagten. Dann weiter: 12. April 1915, Taufe von Helene Reim, Tochter von Anni und Heinrich Reim, geboren 9. April. Danach Funkstille. Martin blätterte noch weiter bis 1960, fand aber außer dem kurz aufeinanderfolgenden Tod von Anni und Heinrich Reim Anfang der fünfziger Jahre keine Einträge. Aber das war es! Johanna Reim war Lenes Schwester, und ebenso wie Tante Helene sich zeitlebens nur Lene nannte, hatte sich Johanna auf „Hanna" verkürzt. Ohne h natürlich. Und in der Postkarte meinte sie mit dem „Schwesterchen" sich selber. Anders konnte es nicht gewesen sein.
Was war aus ihr geworden? Wie war sie nach Bamberg gekommen? Die einfachste Erklärung wäre eine Eheschließung. Die sollte sich mit Glück finden lassen. Da sie offenbar nicht in Frauenaurach stattgefunden hatte, musste er wohl in Bamberg recherchieren. Ver-

mutlich gab es in Bamberg mehrere Kirchengemeinden, und deren Bücher musste Martin durchsuchen.
„Haben Sie etwas gefunden?", fragte die Pfarramtssekretärin freundlich, als Martin das Buch aufatmend zuklappte.
„Ich denke, ja. Also, im Grunde weiß ich noch nicht genau, was ich suche – aber ich hoffe, auf möglichst viele Spuren meiner Familie in der Gegend zu stoßen. Offenbar ist die Schwester meiner Großtante irgendwann vor dem Krieg nach Bamberg gezogen. Wenn sie dort geheiratet hat, müsste ich sie ja finden."
„Das wird in Bamberg nicht so schwierig sein, wenn sie evangelisch war."
„Wie soll ich das verstehen?"
„Bamberg ist doch durch und durch katholisch, da müssen Sie sich nur durch wenige kleine Gemeinden fragen. Es sei denn, freilich, Ihre Großtante ist konvertiert."
Martin dankte ihr für den guten Hinweis, ließ sich noch die Telefonnummern der evangelischen Pfarreien in Bamberg geben und verabschiedete sich.

Die Haustür war eben hinter ihm ins Schloss gefallen, da klingelte das Telefon. Im ersten Moment zuckte Martin beim Gedanken an den letzten Anruf zusammen, nahm dann aber doch den Hörer zur Hand. Bereit, dem unbekannten Anrufer lautstark und selbstsicher entgegenzutreten.
„Thormann ..."
Seine Züge entglitten ihm für Sekunden zu einem gequälten bis genervten Gesichtsausdruck, bis Martin sich erinnerte, einmal gelesen zu haben, dass Mimik und Körperhaltung für einen Gesprächspartner am Telefon oft spürbar sind. Mit weit verbindlicherem Gesicht tönte er einen freundlichen Gruß in den Hörer, obwohl er eigentlich nicht glaubte, dass Willi für solche Feinheiten sensibel genug war. Der kam immerhin gleich zur Sache.
„Ii ruf oo wechä denne Gyblbflandsn, wassd scho."
Martin wusste gar nichts. Manchmal wünschte er sich den Kommunikator, der für Captain Kirk im „Raumschiff Enterprise" alle bekannten und unbekannten galaktischen Sprachen simultan verdolmetschte. Notgedrungen wandte er die kleine Lösung an, den sprachlichen Algorithmus, der alle Konsonanten verhärtet. Das kommt der hochdeutschen Form immerhin meist weitaus näher.

Kypelpflanzen. Kübelpflanzen.
„Ah, und du meinst ...?"
„Fei wergli, sunsd dennas diä noh zammfriern."
Das war es! Das „fei" mit großem F. Neulich hatte Martin auf seinen linguistischen Beobachtungen probehalber die These aufgebaut, das Wort könne unmöglich am Satzanfang stehen, käme mithin nie groß geschrieben vor. Hier war der Gegenbeweis. Mühsam konzentrierte er sich wieder auf seinen Gesprächspartner. Der klärte ihn nun auf, dass die Lene ja *gerbbälich* gar nicht in der Lage – „körperlich!" durchzuckte Martin mit Verspätung die Erkenntnis – gewesen sei, im Herbst und im Frühling die großen Oleander von der Terrasse in den Schuppen und retour zu tragen. Das hätten ja bisher immer er, Willi, und der Giecher gemacht. Aber wenn Martin selber mit anpackte, bräuchten sie den Giecher ja nicht unbedingt dazu, *was maansd*?
Martin brauchte einen Moment, um zu verstehen. Das hätte er sich nicht träumen lassen, dass er neben dem Anwesen seiner Großtante mit großer Selbstverständlichkeit auch noch die Nachbarschaftshilfe erben würde. Wahre Dorfgemeinschaft. Er schämte sich etwas seiner genervten Haltung Willi gegenüber und antwortete mit ehrlicherer Freundlichkeit:
„Ja, daran hatte ich noch gar nicht gedacht. Ich meine, dass die Oleander ins Haus müssen. Verstehe ich recht: Ihr habt meiner Tante immer dabei geholfen?"
„Klar. *Is doch ka Ding*. Die Lene war ja auch nicht mehr so jung. Das hätt' doch *aaner allans nedd gschaffd*."
Martin konnte das eigenartige Gefühl nicht einordnen, das ihn beschlich, wenn Willi von seiner Großtante als der „Lene" sprach. Natürlich, eigentlich, warum auch nicht. Sie waren Nachbarn, jahrzehntelang. Sie kannten sich. Sie duzten sich. Er, Martin Thormann, war hier der Neuzugang, der Fremde, und im Grunde kannte er Tante Lene weit weniger als alle anderen Leute in Frauenaurach sie kannten. Wahrscheinlich war das noch untertrieben.
„Das ist ja wirklich sehr nett, dass du daran denkst. Die Dinger sehen so schwer aus, dass ich ehrlich dankbar bin, wenn ich sie nicht alleine tragen muss. Aber zu zweit sollten wir das schon schaffen."
Für das folgende Wochenende waren die ersten heftigen Nachtfröste angekündigt, so verabredeten sie sich für Freitag. Nachtfrost Mitte Oktober. Viel zu früh. Aber was will man dagegen tun?

Ob es nun seiner Verwandtschaft wegen war oder der dörflichen Mentalität entsprungen war: Sie hatten ihn hier freundlich aufgenommen. Willi auf seine Weise, aber auch Rolf als Helfer der ersten Stunde, Erwin Roth und viele andere.
Bisher hatte ihn niemand als Fremden auflaufen lassen.
Rolf hatte ihm einmal gesagt, so wirklich dörflich sei Frauenaurach eigentlich nicht, durch die ganzen Neubaugebiete seien in den letzten Jahrzehnten viele Familien zugezogen. Alles Pendler nach Erlangen. Elektroingenieure, Unimitarbeiter. Trotzdem.
Nur ein Gedanke schlich sich bitter in die Idylle ein: Irgendjemand hatte ihm schon zwei Fensterscheiben eingeworfen. Wahrscheinlich auch in seiner Wohnung nach etwas gesucht. Und dann war da noch der anonyme Anrufer. Wie das ins Bild passte, musste noch geklärt werden.

*

Martin hätte nicht sagen können, wie das Wetter am Donnerstag gewesen war. Erst als die Abendsonne zwischen den orange-grauviolett gestreiften Wolken am Westhimmel sank und sich in den Gläsern des Vitrinenschrankes spiegelte, wurde ihm bewusst, dass er den ganzen Tag im ausgebombten Berlin verbracht hatte. Trümmerfrauen, Schwarzmarkthändler, amerikanische Besatzungssoldaten und staubige Kleidung. Das Bangen um noch nicht heimgekehrte Soldaten, die tägliche Sorge um Brot und wenigstens ein bisschen von irgendwas dazu, Einschusslöcher in den Fassaden und die schleppend wieder anlaufende Normalität einer Art Alltag hatten ihn entführt. Ab und an notierte er eine Kleinigkeit, korrigierte einen Tippfehler, entdeckte einen sprachlichen Bruch. Nichts Großes. Die Geschichte um Friederike, die im Sommer 1945 versuchte, ihren Platz in der neuen Welt nach dem Krieg zu finden, ihre Angst vor der plötzlichen Armut und den Schatten ihrer Vergangenheit, vor den Menschen, die sie von früher her kannten, ihre Zweifel, wem sie vertrauen konnte und das Dilemma, dass sie sich nur würde retten können, wenn sie ihrerseits zu einem kaltblütigen Mord bereit wäre, der für alle Beteiligten tragische und völlig unerwartete Schluss ... das alles war für Martin so real geworden, dass ihm die heile Welt seines abendlichen Wohnzimmers im Jahre 2006 plötzlich richtig

fremd vorkam. Der Autorin war ein sensibler und spannender Roman geglückt, dem Martin eine zahlreiche Leserschar wünschte.
Den Sprung in seine ostfriesische Lokalkrimiwelt würde er heute nicht mehr schaffen, so klappte er den Laptop zu und beschloss nach einem Blick auf die Uhr, noch schnell ein paar Brötchen von Backstein zu holen.
Die Abendsonne zerfloss golden flimmernd über dem Mühlbach. Der künstliche Wasserlauf zweigte oberhalb von Frauenaurach ab, führte an der Mälzerei vorbei und hatte einst das Rad der Schiedermühle angetrieben, bevor sein Wasser wieder in den Fluss zurückkehren durfte. Am Fuße der hohen, fensterlosen Rückwand des Mälzereigebäudes wirkte der Mühlbach ein wenig wie ein Burggraben. Martin musste plötzlich daran denken, was Erwin Roth über den unterirdischen Gang zwischen den Klöstern erzählt hatte. Unter der Aurach hindurch wäre es gar nicht möglich gewesen, den Gang trocken zu halten. Angesichts des tief liegenden Flussbetts konnte Martin das gut nachvollziehen. Aber irgendeinen Fluchttunnel aus dem Kloster werde es schon gegeben haben. Wo mochte er begonnen haben? Wohin mochte er geführt haben? Wahrscheinlich in die andere Richtung, vermutete Martin. Aber hätte man so einen Tunnel nicht irgendwann gefunden? Im Laufe der Jahrhunderte wurde doch immer wieder der Boden aufgegraben. Oder doch nicht? Nördlich der Kirche gab es kaum neuere Gebäude, für die man einen Keller ausgeschachtet haben könnte. Wie tief könnte so ein Gang auch gelegen haben? Sicherlich nicht tiefer als ein Kellergeschoss, dafür hätte es ja gar keinen Grund gegeben.
Er dachte darüber nach, wozu die Ingenieure des Mittelalters fähig gewesen sein mochten. In Südfrankreich hatte er einst einen Stollen gesehen, den man damals zur Entwässerung eines Sumpfgebiets quer durch einen Berg getrieben hatte, über immerhin 1300 Meter. Der Abfluss funktionierte noch heute, eine Meisterleistung. Und stammten die Cryptoportiques in Arles und das Horreum in Narbonne nicht sogar noch aus der Antike? Unterirdische Lagerräume der Händler, die darüber ihre Häuser hatten, kühle Vorratskeller für verderbliche Ware.
Wäre das nicht auch für eine Klosteranlage eine naheliegende Nutzung solcher Räume? Martin stellte sich vor, wie die Bauern ihren Zehnten ablieferten und unter den kontrollierenden Blicken der Nonnen in den Keller verfrachteten. Nicht dass er wirklich eine

Ahnung gehabt hätte, wie die Versorgung des Klosters organisiert gewesen war. Aber zumindest die Klosterbrauerei sollte einen Bierkeller gehabt haben. Martin fragte sich, welche Geheimnisse sich wohl unter dem Asphalt unter seinen Füßen verbergen mochten. Und wie weit sich das Klosterareal erstreckt haben mochte?
Er war mit seiner Tüte „Kornkrustis" in der Hand die Brauhofgasse hinunter gegangen. An ihrem Ende markierten zwei Sandsteinpfeiler die Hofeinfahrt der Mälzerei. Namen und Jahreszahlen informierten den Besucher über die früheren Besitzer des Betriebs. „L. Hardt 1902-1941" lautete eine der neueren Gravuren. Der Schäferhund vor dem älteren Wohnhaus auf der rechten Seite döste ziemlich desinteressiert, aber da er offenbar nicht angebunden war, verzichtete Martin darauf, seine Revierinstinkte auf die Probe zu stellen. Die anderen Gebäude verrieten in ihrer zweckorientierten Schlichtheit nicht ihr Alter. Im hinteren Teil des Hofs stieg der Fahrer eines selbst hier unproportioniert riesig wirkenden LKWs in sein Fahrerhaus und ließ die Maschine an. Ob er Gerste angeliefert oder fertiges Malz abgeholt hatte, vermochte Martin nicht zu erkennen. Der Fahrer und ein weiterer Arbeiter im Blaumann wechselten noch ein paar Worte durch das Fenster, während sich der Diesel warmnagelte. Dann war am Aufbrüllen des Motors zu hören, dass sich das Fahrzeug gleich in Bewegung setzen würde, und Martin trat den Rückzug an.
Vor der Hofeinfahrt führte ein nicht befestigter Weg zwischen Sträuchern und Bäumen hinaus in die Aurachwiesen. Ein kleiner Abendspaziergang würde ihm gut tun.

Als er einige Zeit später wieder im Ort ankam, war es bereits dunkel. Wahrscheinlich hätte es zu ihm nach Hause auch einen kürzeren Rückweg über die Felder gegeben, aber bevor er in seiner Unkenntnis in einen frisch geodelten und nicht beleuchteten Acker stiefelte, zog er es vor, den gleichen Weg zurück zu nehmen.
Auf der Höhe der Gastwirtschaft verabschiedete sich gerade eine größere Gruppe Männer lautstark voneinander. Beim Vorbeigehen sah Martin, dass sie wohl aus der nebenan gelegenen Bar gekommen waren. Und es war unzweifelhaft, dass sie dort mehr getrunken hatten, als gut für sie war.
„Ja wen haben wir denn da?", brüllte eben einer von ihnen. Es klang nicht eben so freundlich, wie der Satz auch gemeint sein könnte. Martin hatte kein Interesse daran, wer damit gemeint war und be-

eilte sich, in die Klostermühlgasse einzubiegen. Eine andere Stimme schob laut und angriffslustig nach:
„Das ist doch der ... der Schriftsteller, der wo in der Lene ihrem Haus wohnt. *Dassd dich ned schämst*!"
Sie wurden laut.
„Erbschleicher, *dreggerder! Schau dassd weiderkummsd*!"
Martin erschrak. Es war ihm klar, wer gemeint war. Er hätte nicht gedacht, dass ihm die Bezeichnung „Schriftsteller" einmal so beleidigend um die Ohren gehauen würde. Die besoffen johlende Meute traf ihn völlig unvorbereitet mitten in seiner Dorfidylle. Bierflaschen schlugen gegeneinander. Eine zerbarst auf dem Pflaster, ohne dass jemand Notiz davon nahm. Kein Zweifel, die waren hackedicht und würden rationalen Argumenten nicht zugänglich sein. Siedendheiß durchzuckte ihn die Erkenntnis, dass jemand aus dieser Truppe – aus welchen Gründen auch immer – seine Fensterscheiben auf dem Gewissen haben musste. Eine Sekunde lang dachte er, es müsste ihn freuen, dass er in dieser Frage jetzt endlich einen Hinweis hatte. Die Bedrohung hatte nun ein Gesicht.
Allerdings waren es gleich viele Gesichter, und er konnte sie nur schemenhaft erkennen und hatte zu nichts weniger Lust, als mit den erregten und benebelten Gestalten zu diskutieren.

Martin wurde es heiß und kalt. Er steckte die Hände in die Taschen, um zu verbergen, dass sie zitterten und eilte, ohne sich umzusehen, an der Truppe vorüber in Richtung Brücke.
Erst nachdem er die Aurach überquert hatte, riskierte er einen Blick zurück. Niemand war ihm gefolgt.

Stressbewältigung bestand für Martin stets darin, Tee zu kochen. Während er in der Küche stand und darauf wartete, dass das Wasser heiß wurde, dachte er nach.
War es unvorsichtig, auf direktem Wege nach Hause zu gehen? Unsinn, schließlich wussten sie ohnehin, wo er wohnte. *„In der Lene ihrem Haus"* nämlich. Und diese Vorstellung hatte nichts wirklich Beruhigendes.

Erbschleicher hatten sie ihn genannt. Das gab doch keinen Sinn. Alle Erbberechtigten waren bei Tante Lenes Testamentseröffnung zugegen gewesen oder hatten ihren Verzicht im Voraus erklärt. Soll-

te sie im Dorf noch Nachkommen gehabt haben, von denen das Nachlassgericht nichts wusste? Aber warum hatten sie sich nicht gemeldet? Schließlich dürfte der Tod seiner Großtante im Dorf kein Geheimnis geblieben sein.
Vielleicht würde er morgen etwas erfahren. Morgen wollte er die Kirchenbücher zweier evangelischer Gemeinden in Bamberg einsehen und weitere Erkenntnisse über seine Familie sammeln. Wenn es noch lebende Verwandte am Ort gäbe, müsste er über kurz oder lang bei seiner Ahnenrecherche darauf stoßen.
Für heute beschloss Martin, entgegen seiner Gewohnheit die Rolläden herunterzulassen. Er liebte es eigentlich, wenn ihn morgens die hereinflutende Morgensonne weckte, aber eine dritte Glaserrechnung wollte er heute nicht riskieren.

*

Es gab, wie Martin mittlerweile wusste, eine solide Infrastruktur in seiner neuen Heimat. Trotzdem lernte er immer wieder neue Dinge kennen. Wie zum Beispiel den Wetter-Ochs. Von dessen Hobby, aus allerlei allgemein zugänglichen, oft aber nur dem Eingeweihten verständlichen Wetterdaten eine einigermaßen zuverlässige Vorhersage für die Region zu erstellen, profitierte der Kreis seiner Wettermail-Abonnenten, zu dem seit zwei Wochen auch Martin Thormann gehörte. Und so erfuhr er brandaktuell beim Frühstück am Freitag, dass der Keil arktischer Kaltluft wider Erwarten von einem Tiefdruckgebiet stark abgebremst worden sei, weshalb nun das Wochenende und voraussichtlich die gesamte kommende Woche von trübem Himmel mit Nieselregen geprägt sei – dafür wäre aber auch die Nachtfrostgefahr vorerst vom Tisch. Einzig der Sonntag verspräche tagsüber ein paar Stunden Sonnenschein, die man für einen Herbstspaziergang nutzen solle.
Martin war ohnehin nicht wohl bei dem Gedanken gewesen, die Oleander bereits jetzt dem Tageslicht zu entziehen und bat Willi, die Sache noch etwas aufzuschieben. Dann rief er Clara an.
„Unverhofft kommt oft!“, tönte er gut gelaunt in den Hörer.
„Treten Sie näher, Herr Unverhofft“, antwortete Clara, in der berechtigten Annahme, dass Martin das Zitat kannte. Sie hörte aus seiner etwas aufgedrehten Spannung heraus, dass er Neuigkeiten zu berichten hatte. In einer Bamberger Kirchengemeinde war er

tatsächlich fündig geworden. Martin aber gedachte die Katze noch nicht aus dem Sack zu lassen. Was sie denn davon hielte, sich mit ihm zu einem sonntäglichen Herbstspaziergang zu treffen? Empfehlung vom Wetter-Ochs. Clara stimmte gerne zu und schlug vor, den Fürther Apfelmarkt zu besuchen.

Der Apfelmarkt in Fürth lockte alljährlich Massen von Sonntagsausflüglern mit einer langen Straße aus bunten Ständen quer durch den Stadtpark der Nachbarstadt. Apfelgelee, Apfelsaft, Apfelschnaps, Apfelkuchen, Apfelwein, Apfelkunst und natürlich Äpfel, Äpfel, Äpfel. Einige Sorten kannte Martin aus dem Supermarkt, viele Namen hatte er noch nie gehört. Gravensteiner, Borsdorfer, Goldparmäne, Weinapfel, unzählige Renetten, Brettacher, Kornäpfel. Mostäpfel und Tafeläpfel, Sorten zum Sofortverzehr und Sorten zum Lagern. Viele karitative Einrichtungen hatten hier einen Stand, der mit phantasievollen Ideen rund um das Thema Apfel für die jeweilige Sache warb.
Der Wetter-Ochs hatte Recht behalten. Clara und Martin hatten das Glück traumhaften Sonnenscheins, der das Laub der Parkbäume gelb und rot zum Leuchten brachte und den ganzen Markt in warmes Herbstlicht tauchte, während ihnen immer wieder der aromatische Duft reifer Äpfel um die Nase wehte. Für fünfzig Cent erwarben sie an einem Stand je eine Goldparmäne, die es zu einem möglichst künstlerisch inspirierten Gebilde abzunagen galt. Die kreativen Kerngehäuse durften die Teilnehmer der originellen Aktion dann – mit dem Namen des Kunstwerks versehen – zu einer Ausstellung hinzufügen.
„Wasch?“, fragte Clara aus ihrem Apfel heraus. Ein Tropfen Saft rann ihr das Handgelenk entlang in den Ärmel. Martin schluckte herunter und wiederholte:
„Die Hanna von der Postkarte hieß Johanna und war wirklich die Schwester meiner Großtante. Ich habe sie im Frauenauracher Kirchenbuch gefunden.“
„Du hattest gar nicht erzählt, dass deine Großtante noch Geschwister hatte.“
„Über die weiß man in meiner Familie auch kaum etwas. Aber diese Hanna war tatsächlich Lenes ältere Schwester und ist irgendwann aus Frauenaurach verschwunden. Durchgebrannt, sagte der alte Wedler. Keiner habe gewusst, wohin. Der Postkarte nach lebte sie

zumindest 1944 in Bamberg und hatte wohl noch Kontakt zu ihrer Schwester. Da die Familie evangelisch war, habe ich mich mit den dortigen in Frage kommenden Gemeinden in Verbindung gesetzt und gestern früh gleich auf Anhieb den Treffer gelandet: Eine Johanna Reim aus Erlangen ehelichte am 3. März 1937 den Erlanger Peter Krahler. Anscheinend hatte Johanna nur „Erlangen“ als Herkunftsort angegeben.“
„Vielleicht stammte ja Peter Krahler aus Erlangen, und sie haben schon vorher dort zusammen gelebt?“
Martin legte sein Gesicht in zweifelnde Falten.
„Möglich. Natürlich... Aber eine Sache bewegt mich seit gestern: Irgendwo habe ich diesen Namen Krahler schon gehört und glaube deshalb, dass auch er aus Frauenaurach kam.“
„Der Name klingt nicht gerade selten.“
„Trotzdem. Vielleicht fällt es mir irgendwann wieder ein. Aber der Clou kommt erst noch: Die Krahlers haben am 14. Juli 1937 ihren Sohn Walter taufen lassen.“
„Na, die hatten es ja eilig! März ... Juli ...“
„Eben. Und das ganze reime ich mir folgendermaßen zusammen: Johanna Reim hat etwas mit Peter Krahler und wird – wohl nicht ganz geplant – schwanger. Ein Unding auf dem Dorf. Die beiden setzen sich nach Bamberg ab und legalisieren dort ihre Beziehung.“
„Hätten sie das nicht auch in Frauenaurach gekonnt?“
„Offenbar gab es Gründe, dass sie sang- und klanglos verschwunden sind. Vielleicht lag es einfach daran, dass eine der Familien dagegen war. Oder beide. Zu ihrer Schwester muss es aber noch Kontakt gegeben haben, wie die Postkarte beweist.“
„Weißt du sonst etwas über den Sohn der Krahlers, Walter?“
Martin zögerte und wiegte sein Haupt. „Nicht direkt ...“
Er erzählte die Episode vom Donnerstag abend. Clara verstand sofort:
„Du meinst, Walter oder einer seiner Nachkommen ist bei der Erbschaft übergangen worden, und deine Jungs aus der Kneipe wissen etwas davon?“
Aus Claras Mund klangen die „Jungs aus der Kneipe“ gleich viel harmloser, als sie Martin am Abend erschienen waren.
„Denkbar wäre es schon, oder?“ Clara nickte.
„Und wer ist der alte Wedler? Woher wusste der, dass Johanna durchgebrannt ist?“

„Paul Wedler ... er ist der Sohn des Mälzereiarbeiters, der 1936 tot an der Aurachbrücke gefunden wurde. Er war damals noch ein Kind. Wedler ist überzeugt, dass der damalige Besitzer der Mälzerei seinen Vater erschlagen habe, aber dazu kann ich nachher auch noch was erzählen."
„Woher kennst du ihn?"
„Das hat sich ganz zufällig ergeben. Seine Familie hatte seinerzeit bei meiner Urgroßtante Anni, also bei Lenes Familie, im Hinterhaus gewohnt. Als ich dann gehört hatte, dass Wedlers Frau gestorben ist, bin ich ganz spontan zur Beerdigung gegangen."
„Einfach so?"
„Einfach so. Und vor ein paar Tagen kam Wedler bei mir am Gartentor vorbei. Wir kamen ins Gespräch, ich habe ihn zum Kaffee hereingebeten ... und dann hat er mir seine Lebensgeschichte erzählt."
„Und das, obwohl du ja quasi ein Fremdling bist."
„Ich glaube, gerade deswegen. Die meisten im Dorf betrachten ihn als etwas nervigen Sonderling. Vielleicht war er froh, jemanden zum Reden gefunden zu haben. Ich glaube, er hat sich auch gefreut, dass ich zur Beerdigung gekommen war."
„Was hat er denn noch so alles erzählt?"
Martin versuchte nun, Wedlers Geschichte aus seinem Hinterkopf zu kramen und sie Clara wiederzugeben. Mitten im Satz hielt er plötzlich inne und schlug sich an die Stirn.
„Krahler! Das ist es!"
Clara sah ihn fragend an.
„Krahler! Wedler hatte den Namen erwähnt. Sein Vater war einmal mit einer Beschwerde zum Krahler gegangen, zum Ortsgruppenleiter. Deshalb kam mir der Name bekannt vor!"
„Dann wäre der Ortsgruppenleiter Peter Krahler mit Johanna nach Bamberg durchgebrannt?"
Martin musste zugeben, dass das nicht so recht passte. Trotzdem nahm er sich vor, der Spur bei Gelegenheit noch nachzugehen.
„Ein anderes Puzzleteilchen fand ich, als ich die Schublade des Küchentischs untersucht habe."
„Die Küchentischschublade? Wie kamst du darauf?"
„Im Grunde habe ich alle Ecken des Hauses durchsucht. Alles, wo ich bisher noch nicht so genau hingeschaut hatte. Ich sagte mir, dass jeder Mensch irgendwo wichtige Bilder, Dokumente, Briefe aufhebt. Bislang war in Tante Lenes Wohnung noch nichts derglei-

chen aufgetaucht. Bisher hatte ich ja auch keinen Anlass, danach zu suchen. Aber in dieser Schublade fand ich dann tatsächlich einen ganzen Haufen uralter Fotos und zwei Umschläge. In einem steckte ein Telegramm, das Johanna Reim drei Tage nach Kriegsende aus der Schweiz geschickt hat."
„Wie kam sie denn dorthin?"
„Keine Ahnung. Aber sie schien darauf gebrannt zu haben, ihrer Schwester ein Lebenszeichen zukommen zu lassen."
„Was schreibt sie?"
„Sie sei in der Schweiz, Peter sei vermisst – jetzt weiß ich auch, dass damit ihr Mann gemeint sein musste – und Hardt habe Franz nicht getötet."
Clara schaute ihn mit großen Augen an.
„Wie bitte?"
„Hardt war der damalige Besitzer der Mälzerei. Wedler hält ihn für schuldig am Tod seines Vaters. Und nun teilt Johanna meiner Großtante mit, er sei unschuldig."
„Was hat deine Großtante damit zu tun?"
Martin zuckte unentschlossen die Schultern.
„Vielleicht, weil sie Franz Wedler kannte, immerhin war sie seine Vermieterin."
„Und woher wusste Johanna so plötzlich, dass Hardt unschuldig war? Zumal sie offenbar weit weg weilte?"
Martin schüttelte langsam den Kopf und hob ratlos die Hände. Zu viele Fragen waren noch offen, zu viele Theorien unbewiesen.
Sie schoben sich hintereinander durch die Menschenmassen, die mittlerweile den Apfelmarkt zum Bersten gefüllt hatten. Am Ende des Weges erblickte Martin das Stadtparkcafé, dessen Außenbestuhlung einlud, das Gespräch bei einem heißen Getränk fortzusetzen.
Nachdem der Kellner zwei dampfende Tassen vor ihnen abgestellt hatte, griff Clara den Faden wieder auf:
„Wir wissen jetzt also, dass Johanna in Bamberg Peter Krahler geheiratet und von ihm ein Kind bekommen hat. Peter Krahler war bei Kriegsende vermisst und Johanna in der Schweiz."
Martin nickte, nahm einen Schluck und ergänzte mit Betonung:
„Krahler wurde in Frankreich vermisst!"
Clara schaute skeptisch.
„Du denkst an die Bücher?"
„Liegt das nicht nahe?"

Clara lachte.
„Deshalb bist du so groß in die Familienforschung eingestiegen?"
„Nicht nur, ich finde das auch an sich interessant. Aber ich hoffe wirklich, auf diesem Wege etwas über die alten Bücher herauszufinden. Und das hier wäre ja tatsächlich eine Spur."
„Frankreich ist groß. Wieviele deutsche Soldaten waren dort – und es ist noch nicht einmal gesagt, dass die Bücher ausgerechnet in jener Zeit dorthin gekommen sind."
„Andererseits deutet alles darauf hin, dass die Bücher direkt – ohne viele Zwischenbesitzer – von Frauenaurach nach Aix gekommen sind. Es würde zumindest passen."
„Könnte es dann nicht auch ein französischer Besatzungssoldat gewesen sein?"
„In Franken waren nach 1945 nur die Amerikaner, das scheidet aus."
Clara blinzelte in die Herbstsonne, dachte einen Moment nach und schlug dann vor:
„Ich kenne in Nürnberg jemanden, der öfters mal in solchen Dingen recherchiert. Den könnte ich mal darauf ansetzen."
„Wie will er das anstellen?"
„Es gibt noch jede Menge Dokumente, die man durchforsten kann. Soldlisten, Gefallenenverzeichnisse, Karteikästen des Roten Kreuzes, Akten zu Kriegsgefangenen, die ganzen Unterlagen der NSDAP ..."
„Darf man da so einfach nach beliebigen Leuten suchen?"
Clara grinste schelmisch.
„Wenn man als Historiker an der richtigen Stelle sitzt und arbeitet ... Man muss das ja nicht an die große Glocke hängen."

Es war gegen vier Uhr nachmittags, als sie sich verabschiedeten. Clara wollte noch ein wenig an einem Bild weiterarbeiten, wofür sie Tageslicht benötigte.
„Ich hoffe, du bist mir nicht böse, dass ich dir den *Lategahn* vorziehe. Aber morgen ist das Licht sicher nicht mehr so gut."
Martin hätte beinahe gesagt, er würde sich auch gerne mit den Nachtstunden begnügen, hielt dann aber im letzten Moment an sich und beteuerte nur, dass das kein Problem sei.
„Umsomehr freut es mich, dass du diesen wunderbaren Herbsttag mit mir geteilt hast."
Kaum war der Satz draußen, da fand er ihn schon fürchterlich kit-

schig. Clara antwortete locker:
„Dann machen wir das doch mal wieder!“
„Gerne! Schön war‘s!“
Sie umarmten sich. Martin hoffte, es würde nicht allzu sehr spürbar, wie intensiv er das Wohlgefühl aufsaugte, als ihre Wange an der seinen vorbeistrich, als ihm die blonden Locken über das Gesicht kitzelten und er ihren zarten Duft in der Nase spürte. Vielleicht einen Moment zu lang hielt er ihre Hand noch fest, schaute ihr in die Augen und schaffte es gerade noch, sich davon loszureißen und nach einem Winken zum Abschied in Trance an den Marktständen entlang in Richtung Bahnhof treiben zu lassen.

13. Kapitel

Am Abend war sein Hirn wieder so klar, dass er den Gedanken an die Mordsache und die Bücher erneut aufnehmen konnte. Ihm war während der Inspektion seines Kühlschranks auf der Suche nach Essbarem noch ein ganz anderer Gedanke gekommen, wo er nachforschen konnte. Eine Stadt wie Erlangen musste ein Stadtarchiv besitzen. Und dort sollten sich doch auch die Unterlagen über die Auflassung und die Besitztümer des Klosters befinden. Ein belegtes Brot in der Hand und mit vollem Mund klappte er den Laptop auf und suchte nach der Internetpräsenz der Stadt Erlangen. Rathaus, Schulen, Kultur, Meldewesen ... zwischen Spielplätzen und Stadtwerken fand er schließlich das Stadtarchiv. Er notierte sich Öffnungszeiten und Telefonnummer. Merkposten für Montag.

*

Die moderne Glastür fiel mit satt im Treppenhaus widerhallendem Schnappen hinter ihm ins Schloss. Alles roch nach Neubau und frischer Farbe. Martin folgte dem Wegweiser zum Lesesaal des Stadtarchivs. Er trat abermals durch eine Glastüre in einen weiten, karg-modernen Vorraum. Auf einer Infotheke lagen ein paar Broschüren, dahinter schien ein Mitarbeiter nur darauf zu warten, dass

jemand kam und seine Dienste benötigte. Martin trat heran, grüßte und fragte mit – wie er fand – einem Archiv angemessen gedämpfter Stimme, ob es hier etwas über das Kloster Frauenaurach gäbe. Und ob man sich das ansehen könne.
Der Herr der Akten lächelte mehr freundlich als nachsichtig und erklärte, Martin müsse erst einmal einen Rechercheantrag stellen.
„Während Sie den ausfüllen – Sie können sich dazu in den Lesesaal setzen – hole ich Ihnen die Findbücher von Frauenaurach."
Martin nahm das umfangreiche Formular entgegen und verschob die Frage, was ein Findbuch sei, auf später.
Der Lesesaal bestand vor allem aus mehreren Reihen leerer Tische und Stühle. Einen Präsenzbestand konnte er nicht entdecken, offenkundig bekam man alle gewünschten Akten einzeln herausgesucht. Das Formular fragte nach Namen, Adresse, dem Grund der Recherche und ob die Absicht bestünde, etwas zu veröffentlichen. Tatsächlich bekam er, als er nach ein paar Minuten mit dem Antrag wieder an der Infotheke erschien, zwei dick gefüllte Leitzordner in die Hand gedrückt.
„Das ist alles zum Kloster?" fragte er. Die Verwaltung lächelte.
„Das sind die Findbücher. Sozusagen das Inhaltsverzeichnis des Archivs. Also, ein kleines Stück davon, nämlich nur das, wo die Archivalien über Frauenaurach verzeichnet sind. Schreiben Sie auf, was Sie benötigen, das suchen wir Ihnen dann bis Dienstag heraus. Sie finden zwischen hier ... und hier" – er schlug mit sicherem Griff den oberen Ordner auf und legte an zwei Stellen Notizzettel als Lesezeichen ein – „die Akten der markgräflichen Klosterverwaltung. Im anderen Buch sind die älteren Stücke aus der Zeit des Klosters zu finden. Da ist aber nicht mehr viel da."
Auch hier zwei Lesezeichen. Martin war entlassen. Er nahm die prallvollen Ordner, setzte sich wieder in den Lesesaal und begann, die staubig riechenden Blätter, teilweise handgeschrieben, teilweise auf grobem, vergilbtem Papier getippt, an den angegebenen Stellen nach vielversprechend klingenden Verweisen zu durchsuchen.

*

Eine Woche später war der Indian Summer endgültig vorbei. Die Temperaturen fielen unter dem Einfluss einer Kaltfront ins Bodenlose, und es ließ sich nicht mehr aufschieben, die Oleander nach

drinnen zu bringen. Martin rief Willi an, und der bot an, sofort herüber zu kommen und das jetzt gleich zu erledigen.
Keine fünfzehn Minuten nach dem Telefonat hoben sie – auf drei! – den ersten Kübel an. Immerhin hatte jemand an die hölzernen Gefäße jeweils vier metallene Griffe geschraubt, was die Sache deutlich erleichterte. Kein Wunder, dass Tante Lene das nicht alleine geschafft hätte. Die Pflanzen wogen mit den Kübeln bestimmt jeweils einen Zentner. Willi wusste auch, wo sie den Winter zu verbringen pflegten: Im vorderen Schuppen war es kühl, dank der angrenzenden bewohnten Räume aber frostfrei. Außerdem ließen die kleinen Fenster genügend Licht herein, um die Wintermonate zu überstehen. Der Wind wirbelte ihnen immer wieder Laub zwischen die Füße; leuchtend rote, gefiederte und fein gesägte Blättchen vom Essigbaum, gelbgrüne Pappelblätter vom Ufer der Aurach, braun und eher unansehnlich das große, ovale Walnusslaub und dazwischen die gelben Blätter des großen Ahorns, auf denen kreisrunde schwarze Flecken einen harten Kontrast bildeten.
Martin hatte sie noch nie gesehen und fragte sich, ob jemand in der Nähe Farbe verkleckert haben konnte.
„*Des is irchnda Bildz*“, kommentierte Willi fachmännisch, atmete tief ein, nickte Martin auf die andere Seite des dritten Oleanders und schickte sich an, den Pflanzkübel anzuheben. Martin griff gleichfalls zu – eins, zwei, drei! – und sie zerrten mit kleinen Schritten das über mannshohe, buschige Gewächs über den Hof zur Tür des Schuppens, um es drinnen erleichtert wieder abzusetzen.
„Einen noch!“, machte Willi ihnen Mut und erzählte vor dem letzten Oleander betont beiläufig, wie sie die Aktion im Frühjahr und Herbst stets zu dritt mit einem Schnaps begossen hätten. Martin gab zu erkennen, dass er den Wink verstanden habe.
Als die Tür zum Schuppen ins Schloss gefallen war, bat er Willi herein und holte zwei Gläser und die Flasche Schlehenbrand, die er neulich im Dorfladen des Nachbarortes erworben hatte. Willi nickte anerkennend.
Sie hoben die Gläser.
„Auf die guten Nachbarn in Frauenaurach!“, sagte Martin.
„Auf deine Tante Lene!“, fügte Willi hinzu. Sie leerten die Gläser. Willi lehnte eine erneute Füllung nicht ab. Schließlich, so erklärte er, müssten sie ja den Schnaps vom Giecher mittrinken, der heute nicht dabei war. Martin beschlich das Gefühl, er hätte den Giecher – wer

immer das war – mit dazuladen sollen.
„Auch auf die Gefahr hin, dass die Frage dumm ist: Wer ist denn der Giecher?“
Willi lachte.
„Der Giecher ist der Karl, der wo unten in der Heerfleckenstraße wohnt, in dem alten Häuschen. Die Lene hat den schon als Kind gekannt.“
„Und wieso ... Giecher?“
Willi zuckte die Schultern.
„*Des waas kanna. Des is hald der Giecher. Der haasd scho imma so.*“
„Vielleicht sollten wir ihn im Frühjahr doch zum Oleandertragen einladen? Was meinst du?“
Willi nickte.
„Der war immer gerne dabei. Das tät‘ ihn freuen.“
„Ich rufe ihn mal an“, versprach Martin.
Dann hatte er eine Eingebung:
„Auch auf die Gefahr, dass die Frage unsinnig klingt: Ist es möglich, dass meine Tante Lene noch Verwandte in Frauenaurach hatte?“
Willi schien erst nicht zu begreifen. Schließlich schüttelte er entschieden den Kopf.
„Unmöglich. Das hätt‘ ich doch gewusst. Ich mein‘, das kann ja kaum sein, das hätte man ja irgendwann in all den Jahren mitgekriegt.“
Martin nickte.
„Ja, das denke ich auch ...“
„Aber – du musst das doch am besten wissen, oder?“
„Ja, natürlich. Die Frage war etwas unüberlegt.“
Willi schob entschieden nach:
„Nein, nein. Die Lene hat hier niemanden gehabt. Ich meine, keine Verwandten. Das hat sie sogar manchmal gesagt: Dass ihre einzigen Verwandten irgendwo da oben leben ... also, da hat sie wohl dich gemeint.“
Martin nickte und schenkte die Gläser nach.
Sie tranken einen letzten Schnaps, dann verabschiedete sich Willi. An der Tür drehte er sich unvermittelt noch mal um.
„Krahler heißt er.“
„Wie bitte?“, Martin erschrak regelrecht.
„Krahler heißt der Giecher richtig. Karl Krahler. Wenn Du ihn im Telefonbuch suchst.“

„Okay, danke ... Krahler also."
Martin war so verwirrt, dass er erst, als die Tür geschlossen war, auf die Idee kam, er hätte Willi fragen können, ob Karl Krahler irgendwie mit dem ehemaligen Ortsgruppenleiter verwandt war. Obwohl – vielleicht wäre die Idee doch nicht so gut gewesen. Aber immerhin stand nun fest, dass es sich lohnen würde, noch weiter in der Vergangenheit zu wühlen.

*

3. Mai 1944
Der Mann mit der braunen Mütze und der alten Lederjacke schaute sich argwöhnisch um, ob ihm auch niemand folgte, dann betrat er den Laden. Da draußen die Sonne blendete, dauerte es einen Moment, bis er sich im Halbdunkel zurechtfand. Der Raum war ringsum mit bis zur Decke gefüllten Regalen verstellt. Lediglich ein kleiner Durchgang zu einem gleichartig aussehenden Hinterzimmer blieb frei. Aus diesem trat schließlich ein älterer Mann in einem grauen Kittel, grüßte leise, als gälte es, die Mittagsruhe zu wahren und schwebte auf dem Teppich geräuschlos an den kleinen Verkaufstisch aus schwerer Eiche in der Mitte des Raumes. Er deutete ein forschendes Lächeln an und fragte den Kunden nach seinen Wünschen.
Anstelle einer Antwort zog dieser ein Päckchen aus der Tasche. Dann fragte er in gebrochenem Französisch:
„Kaufen Sie auch an?"
Der alte Mann zögerte, besah das Päckchen nicht uninteressiert und sagte:
„Was haben Sie denn?"
Der Besucher schob es ihm über den Tisch. Der Alte wickelte es mit langsamen Bewegungen aus und besah sich den Inhalt, ohne sein Urteil durch seine Miene vorzeitig preiszugeben. Die Luft roch ledrig, von hinten zog ein Hauch Kohlsuppe her. Es war kurz vor der Mittagspause.
„Sie sind echt", schob der Mann mit der Mütze nach, erkennbar nervös, sich ungeduldig umblickend. Der Händler reagierte nicht darauf. Er wickelte das Päckchen wieder ein, schob es, um nicht zuviel Interesse zu signalisieren, in die Mitte des Tisches und machte sein Angebot.
„Zweihundertfünfzig."
„Für jedes", stellte der Besucher mit bemüht selbstsicherer Stimme fest.
„Für beide", korrigierte der Alte.

„Vierhundert für beide." Er spürte, wie sich feine Schweißperlen auf der Stirn bildeten, wollte sich aber auch nicht die Blöße geben, sie abzuwischen.
„Dreihundert für beide, und keinen Sous mehr."
Der Mann nickte gequält und ließ sich die alten Scheine ausbezahlen. Er steckte sie sorgfältig ein und verließ den Laden.
Der Alte wartete, bis die Tür hinter seinem Besucher ins Schloss gefallen war, öffnete dann langsam wieder das Päckchen und sah sich seine Erwerbung mit zufriedenem Nicken an.
„Sale boche!", murmelte er eine Beschimpfung auf den Mann, dem er auch in Zivil sofort den deutschen Besatzungssoldaten angesehen hatte. Dreck am Stecken. Desertiert oder Schlimmeres. So einer hatte keine Wahl. Mit dem zufriedenen Gefühl der winzigen Revanche am Feind schrieb er mit Bleistift in den Nachsatz des Buches seinen neuen Preis. Dann zog er Stempel und Stempelkissen aus der Schublade und drückte sorgfältig das ovale Firmenlogo darunter.
„Dubreuil & Fils, Antiquaires, 12, Rue Fabrot, Aix en Pçe".

*

Martin stand in der Küche und versuchte, sich nach zweimaliger Unterbrechung auf die Zubereitung einer warmen Mahlzeit zu konzentrieren. Er kochte im Grunde nicht ungerne, stand aber nun nach drei durchackerten Tagen, die er zu gleichen Teilen seiner Verlagstätigkeit und seinem Roman gewidmet hatte, übermüdet am Herd, um Altlasten des Kühlschranks zu verarbeiten, bevor sie ihm entgegenkriechen würden. Zudem, sagte ihm die Vernunft, war es sinnvoll, von Zeit zu Zeit etwas anderes zu sich zu nehmen als Tee, Tiefkühlpizza, Schokolade und Kekse.
Die erste Unterbrechung dabei war ein Besuch von Rolf gewesen. Dieser hatte sich daran erinnert, dass er seit den Ferien noch immer den Ersatzschlüssel von Martins Wohnung hatte, und den wollte er nun doch zurückbringen. Martin schaffte es, ausreichend geschäftig zu wirken, sodass Rolf es bei der Übergabe bewenden ließ und sich wieder auf sein Rad schwang. Martin stutzte etwas belustigt bei diesem ungewohnten Anblick und fragte sich, ob Rolf seines Führerscheines verlustig gegangen war oder was ihn sonst zur Benutzung eines solch schrottreifen, quietschenden Vehikels bewegt haben mochte. Unter anderen Umständen hätte er die Steilvorlage

zum Lästern nicht ungenutzt vorübergehen lassen, aber in der Küche setzten sich gerade die Spiegeleier an der Pfanne fest.
Martin kam noch rechtzeitig, bevor aus braun schwarz werden konnte. Er schaltete den Herd aus. Der Sekundenzeiger der Küchenuhr schnurrte lautlos seine Runden, wie er es hier wohl schon seit den Fünfziger Jahren ungerührt tat. Plötzlich stutzte Martin. Irgendetwas war eben gerade komisch, dachte er noch, während er den Inhalt der Pfanne auf einen Teller kratzte. Es war das eigenartige Gefühl, dass sich ein wichtiger Gedanke erfolglos ins Bewusstsein zu drängen versuchte. Er versuchte einen Moment lang, den Gedanken zu fassen und griff immer wieder ins Leere. Aber dann verschob er das Grübeln darüber und sichtete die weiteren Kühlwaren.
Kurz darauf hatte das Telefon geläutet. Martin war zwischen dem Ärger über die erneute Störung und einer Woge der Freude hin- und hergerissen, als er Claras Stimme am anderen Ende hörte. Die allerdings war selber in Eile. Sie wollte nur unbedingt ganz schnell wissen, welche Daten Martin aus den Kirchenbüchern über Johanna Reim und ihren Peter Krahler hatte.
Die Aufzeichnungen lagen noch in erreichbarer Nähe auf Martins Schreibtisch.
„Darf ich fragen, wozu du das brauchst?"
„Überraschung!", flötete sie geheimnisvoll, sagte noch schnell „Ciao, bello!", und legte auf.
Mit einem lächelnden Kopfschütteln machte sich Martin daran, einige bereits gummiartig gewordene Möhren kleinzuschnippeln und mit einem Rest Reis in der Pfanne anzubraten. Das Spiegelei und etwas Tandoori Masala obendrauf. Nicht preisverdächtig, urteilte Martin, verbindet aber das leidlich Angenehme mit dem Nützlichen. Clara hatte so schnell wieder aufgelegt, dass er gar keine Gelegenheit hatte, ihr von seinem Fund im Stadtarchiv zu erzählen. Aber das lief ihm nicht weg.
Während er aß, erinnerte er sich plötzlich daran, dass er noch Karl Krahler anrufen wollte. Aber was sollte er ihm sagen? Hallo Herr Krahler, sind Sie eigentlich verwandt mit dem Ortsgruppenleiter desselben Namens, der Mitte der dreißiger Jahre mit Johanna Reim nach Bamberg durchgebrannt ist? Ging ja wohl nicht. Als Martin sich diesen Satz aber mehr zum Spaß durch den Kopf gehen ließ, fiel ihm auf, dass das nicht zusammenpasste. Schon Clara hatte neulich angezweifelt, dass ein Ortsgruppenleiter einfach so mit einem Mäd-

chen von der Bildfläche verschwunden sein sollte. Überdies hätte Karl ja, wenn er denn dessen Sohn war, irgendwann wieder zurückgekehrt sein müssen, und zwar ohne seine Eltern – denn von denen gab es in Frauenaurach auch nach dem Krieg keine Spur mehr. Aber natürlich konnte Karl auch in einem anderen Verwandtschaftsverhältnis zu Peter Krahler stehen. Wie alt war er überhaupt? Es war nicht einmal gesagt, dass er alt genug war, um der Sohn des nationalsozialistischen Ortsfürsten sein zu können.
Wie man es auch drehte und wendete, ein Anruf könnte Klarheit bringen. Martin räumte das Geschirr in die Küche und zog das Telefonbuch aus der kleinen Kommode im Flur.
Als Martin sein Haus zum ersten Mal betreten hatte, war sein Blick gleich auf dieses Schränkchen gefallen. Auf einem runden Deckchen hatte ordentlich ein Gerät gestanden, das den Namen „Fernsprechapparat" noch vollauf verdient hatte, daneben ein Notizblock mit Werbung der ortsansässigen Apotheke und ein Becher mit ein paar Stiften. Ein Stuhl bot den nötigen Komfort für längere Telefonate. Obgleich nicht mehr aus schwarzem Bakelit, war dieses Telefon mit Sicherheit das denkbar älteste Modell gewesen, das mit der modernen Übertragungstechnik zurecht kam. Selbstverständlich noch mit spiralig gewundener Leitung. Und selbstverständlich direkt neben der TAE-Dose an der Wohnungstüre.
Der Apparat hatte bei Martins Einzug einem einfachen, aber modernen schnurlosen Telefon weichen müssen. Eines jener Geräte, deren Hörer so leicht, schmal und glatt gebaut waren, dass man sie sich unmöglich beim Telefonieren zwischen Schulter und Ohr klemmen konnte. Und das sollte ein Fortschritt sein!
Der Standort war aber ebenso geblieben wie das kleine Schränkchen, in dessen Schublade noch immer das Telefonbuch lag.
Korzenietz ... Kurr ... Kraft ...Krahl ... Krahler. Krahl gab es häufig, Krahler nur ein einziges Mal: Krahler, Karl. Das war er. Heerfleckenstraße 1. Martin notierte sich die Nummer und tippte sie dann ein.
Freizeichen.
„Krahler."
Der Mann am anderen Ende atmete geräuschvoll. Die Stimme klang nicht mehr ganz jung.
„Martin Thormann, grüß Gott. Entschuldigen Sie die Störung ... ich bin der Großneffe von Frau Reim."

Keine Antwort. Martin präzisierte:
„Lene Reim, aus dem Mühlgarten."
„Ach, die Lene, ja. Und wer, sagen Sie, sind Sie?"
„Thormann, der Großneffe."
Martin wusste plötzlich auch nicht mehr recht, wie er den Gesprächsfaden weiterspinnen sollte.
„Ich habe das Häuschen von ihr geerbt."
„Ja, das hab ich schon gehört."
„Der Willi – also der Willi Horn – hat mir von Ihnen erzählt."
Martin kam sich blöd vor, Willi einem Fremden gegenüber beim Vornamen zu nennen, nahm aber an, dass Krahler Horn auch nur so nannte.
„Aha, ja, der Willi."
Krahlers Wortkargheit klang weniger reserviert als vielmehr ratlos. Wahrscheinlich war es eine blöde Idee, ihn anzurufen, aber nun musste Martin durch. Die Oleander waren sein einziger Aufhänger.
„Willi hat mir erzählt, dass Sie meiner Großtante immer geholfen haben, die Blumenkübel zu tragen. Ich dachte, ich rufe Sie mal an ..."
Er wollte sich eben, um einen plausiblen Grund für seinen Anruf zu haben, für die jahrelange Hilfe bedanken, merkte aber noch rechtzeitig, wie unsinnig das wäre. Seine Großtante war schließlich ein erwachsener Mensch gewesen, der das mit Sicherheit schon selber getan hatte. Glücklicherweise kam Krahler jetzt etwas in Fahrt.
„*Des bassd scho* ... die Lene hat all die Jahre auch viel für mich getan, wissen Sie."
„Sie kannten sie schon lange?"
Krahler taute etwas auf.
„Ja freilich, die hat ja schon immer da gewohnt. Als Kind bin ich immer rauf zu ihr auf den Hof. Mit den Hühnern spielen, und zwei Schweine haben sie auch gehabt. Und immer hat mir die Anni irgendwas gegeben. Also die Mutter von der Lene. Auch damals, nach dem Krieg, sechsundvierzig. In der schlechten Zeit halt."
„Sie haben damals schon hier gewohnt?"
„Freilich, schon immer. Sie müssen wissen, die Lene und ihre Eltern sind ja so etwas wie meine Familie gewesen."
Martin hätte zu dieser Äußerung gerne noch mehr erfahren. Vor allem aber hatte ihn Krahlers Bemerkung elektrisiert, er habe schon immer in Frauenaurach gewohnt. Wenn das stimmte, konnte er unmöglich der Sohn von Johanna Reim sein, denn die war zumindest

zwischen 1937 und 1944 mit ihrem Sohn in Bamberg und dann irgendwann in der Schweiz. Also gab es noch mehr Krahlers. Martin musste darüber Klarheit haben. Er riskierte die direkte Frage und hoffte, sein Gesprächspartner werde es ihm nicht übel nehmen.
„Haben Sie denn sonst noch Verwandte? Im Telefonbuch fand ich nur Sie mit dem Namen Krahler."
Er dachte nur einen kurzen Moment nach und antwortete dann entschieden:
„Nein, außer mir gibt's keinen mehr."
In seiner Stimme schwang so etwas wie leise Tragik mit. Martin hakte nicht nach. Sie wechselten noch ein paar Worte und Martin bedankte sich – nun tat er es doch, um irgendetwas Nettes zu sagen – für die jahrelange Hilfe.
Nachdem er aufgelegt hatte, starrte er ein paar Minuten die Decke an. In schwedischen Krimis wäre es jetzt an der Zeit, das Team zur Besprechung um eine große Tafel zu versammeln, um einen Stadtplan mit Namenskärtchen, Tatortfotos, Fähnchen und dergleichen mehr zu spicken und so die bisherigen Ermitlungsergebnisse zu visualisieren. Martin beschloss in Ermangelung einer Stellwand und eines Teams, sich bei einem Spaziergang das Hirn zu durchlüften und seine Ergebnisse im Kopf zu ordnen.

*

Vor dem Gartenzaun war mittlerweile im städtischen Auftrag ein tiefer Burggraben entstanden. Unter dem sauber ausgefrästen Straßenbelag hatte der Tagebau von oben nach unten Lagen von Schotter, Sand, sandiger Erde und schließlich einer rötlichen Lehmschicht freigelegt. Die Baustelle war zur Straße hin sauber mit Kunststoffelementen abgeriegelt. Graben und orange-weißes Plastikbollwerk verliehen den angrenzenden Grundstücken das Flair mittelalterlich befestigter Wehranlagen, ein Eindruck, den das gnädigerweise zu Martins Grundstückszugang gleich einer Zugbrücke über den Abgrund gelegte Schalbrett noch verstärkte. Arbeiter konnte Martin – obgleich er Dienstag nachmittag um zwei als normale Arbeitszeit angesehen hätte – keine sehen. Auf dem Weg ins Dorf kam er an ein paar Baumaschinen vorbei, die auf dem kleinen Wiesenstück zwischen Straße und Aurach abgestellt waren.

*

Zwei Wochen gingen ins Land. Ein paar Tiefdruckgebiete nutzten die Zeit, ihren Einfluss auf Mittelfranken auszudehnen, während Martin sich in seine Arbeit vergrub und mehrfach als Lektor mit seinem Autor und als Autor mit seinem Lektor konferierte. Was sich im Laufe der zwei Wochen nicht änderte, war die Baustelle vor seinem Zaun. Da er aber auch bei der herrschenden Witterung keine Lust verspürte, sich in den Garten zu setzen, störte ihn das nur wenig.

Er schob sein Rad über die Zugbrücke und ließ sich die Wilhelm-Tell-Straße bergab rollen. Gegenüber der Metzgerei überquerte er die Aurach auf der Fußgängerbrücke. Die meisten Bäume im Wiesengrund waren schon ziemlich entlaubt, der Wind quirlte die toten Blätter an den Straßenrändern zu Häufchen und gleich darauf wieder durcheinander. Rasch zogen die Wolkenfetzen dahin und verdunkelten immer wieder für Augenblicke die Sonne. Die Luft war so feucht, dass die Straße nicht mehr gänzlich abtrocknen wollte. Martin bog in den Radweg nach Erlangen ein, der neben der Bankfiliale aus dem Ort heraus und unter dem Kanal hindurch führte, um dahinter die Regnitzwiesen zu queren. Auf der anderen Seite des weiten, grünen Tals ging der Vorort Bruck nahtlos in die Stadt Erlangen über.

Bis zum Rathaus waren es etwa sieben Kilometer. Dort lag sein neuer Personalausweis bereit. Mühlgarten 1, 91056 Erlangen, statt Neuer Weg 47 in 26506 Norden. Schwarz auf weiß.

Mit dem druckfrischen Dokument in der Brieftasche fühlte er sich gleich viel heimischer. Als er auf den Rathausplatz trat, sog er einen tiefen Atemzug in die Lungen. Nicht, dass die Luft wirklich anders roch als vorher. Aber irgendwie war es ihm, als habe er eben eine Tür hinter sich endgültig ins Schloss fallen lassen. Er gehörte nun hierher. Amtlich bestätigt. Zumindest mal für die nächsten Jahre. So, als wäre er nun auch steinewerfenden Trunkenbolden gegenüber besser gewappnet.

Der stolze Erlanger Neubürger erledigte ein paar Einkäufe, spazierte durch den herbstlichen Schlossgarten und die Fußgängerzone. In der Fahrstraße entdeckte er ein kleines, gemütliches Café, dessen persischer Inhaber seinen Kaffee selber röstete. Obgleich Martin eher Experte in Sachen Tee war, musste er anerkennen, niemals ei-

nen aromatischeren Kaffee getrunken zu haben. Hier war er sicher nicht zum letzten Mal gewesen.
Als er sich gut gelaunt wieder aufs Rad schwang, dämmerte es bereits, und als er bei Bruck das Regnitztal erreichte, war der Tag hinter dem Horizont versunken. Er schaltete seine Beleuchtung ein, und der Dynamo begann, im Takt der Tritte zu singen.
Feuchter Nebel stieg ihm aus dem Bett der Regnitz entgegen. Ein leicht brackiger Geruch begleitete ihn. Erstaunlich, wie schnell es um diese Zeit kalt wurde, kaum, dass die Sonne weg war.
Er kannte die Strecke bereits. Der Weg bestand aus gegossenen Betonplatten, manche waren schon gebrochen oder gegeneinander verworfen, manche Stelle notdürftig geflickt. Sie führten zwischen Wiesen hindurch, auf denen die Bauern im Sommer Grünfutter mähten und über die ab und zu ein Schäfer seine Herde trieb.
Vom Lärm der Stadt war hier draußen nichts zu hören. Erste Sterne erschienen am dunklen Himmel. Nur das Sirren des Dynamos, das rhythmische Quietschen der Sattelfedern bei jedem Tritt und das Rascheln seiner Jacke begleiteten ihn.
Fast.
Noch irgendetwas anderes quietschte. Aber das kam nicht von seinem Rad, es näherte sich von hinten. Martin sah sich um und erkannte die Umrisse eines unbeleuchteten Radfahrers, der sich von hinten näherte.
Er sah nochmals hin. Mehrere Radfahrer. Und er hörte Stimmen.
Das Quietschen wurde lauter. Ein klapperndes Geräusch, irgendwie ... charakteristisch, kam dazu. Woran erinnerte Martin das nur? In seinem Hinterkopf läutete verzweifelt eine Alarmglocke, ohne dass er hätte sagen können, was an diesen Radfahrern beunruhigend sein sollte. Trotzdem wurde ihm unbehaglich, er trat fester in die Pedale. Der andere zog nach. Einer nur, die Gruppe blieb zurück.
Und mit einem Mal war das Bild vor Martins geistigem Auge klar: Die Nacht, als der erste Stein in sein Fenster flog. Die Scherben in seinem Wohnzimmer, das Loch in der Scheibe, die Nachtluft, die hereinwehte, und genau dieses Quietschen, das sich die Straße hinunter entfernt hatte.
Scheiße! durchzuckte es sein Hirn – der Steinewerfer war hinter ihm. Die ganze Meute von der Kneipe. Kein zweites Rad quietscht so. Und der mit dem Quietschen beschleunigte immer mehr. Natürlich hätte es Martin interessiert, wer das war. Natürlich hätte

er ihn gerne zur Rede gestellt. Aber nicht spät abends unter vier Augen in den Regnitzwiesen. Nicht, wenn der andere, wie es den Anschein hatte, die Konfrontation suchte. Und nicht, wenn seine ganze Gruppe gleich hinterher kam.

Der Weg zur Kanalunterführung, hinter der der Ort begann, war nicht wirklich weit. Aber der andere war hinter ihm und kam rasch näher. Martin brach der Schweiß aus, und das nicht nur der Anstrengung wegen. Er verfluchte seine miese Kondition. Das hatte man davon, wenn man sich den ganzen Tag am Computer mit fremden und eigenen Geschichten befasste. Irgendwo hier musste eine scharfe Rechtskurve kommen. In der Dunkelheit hob sich gerade mal der Himmel dunkelblau vom schwarzen Horizont des Wiesengrunds ab; der Weg war nur im Schein der Fahrradlampe zu sehen, und die funzelte erbärmlich. Er bremste vorsichtshalber ab, um nicht unkontrolliert in den Acker zu rasen. Wo war diese verdammte Kurve? Immer noch nichts, und währenddessen wurde das Quietschen lauter. Plötzlich brach der Weg ab und führte rechts weiter. Martin zog hektisch an beiden Bremshebeln und konnte das Rad gerade noch abfangen, bevor es auf dem herumliegenden Sand völlig wegrutschte. Geschafft, neuer Kurs. Und nun wieder Tempo! Er atmete tief durch, trat mit aller Kraft in die Pedale. Ewig würden seine untrainierten Beine das nicht durchhalten.

Nur keine Panik.

Leicht gesagt.

Er dachte an jenen Abend, als er auf die Gruppe vor der Kneipe gestoßen war. Natürlich war es einer von denen, der ihm jetzt auf den Fersen war. Martin konnte seinen Tacho im Dunklen nicht erkennen. Die wenigen hundert Meter kamen ihm wie eine Ewigkeit vor. Jetzt noch eine Linkskurve. Hier war es einfacher, denn die Beleuchtung der parallel zum Kanal verlaufenden Straße schien bis hier herunter. Diesmal bremste er weniger ab, versuchte, die Kurve im möglichst großen Bogen auszufahren, um nicht unnötig an Tempo zu verlieren. Er schätzte den Vorsprung vor seinem Verfolger auf höchstens zwanzig Meter. Zu schnell. Aber er konnte jetzt nicht bremsen. Die Finger in den Lenker gekrallt, legte er sich in die Kurve, setzte nur kurz mit dem Treten aus, geriet auf den Rand der Wiese. Sofort holperte das Rad über die Grasnarbe, wurde vom unebenen Untergrund geschüttelt. Nach wenigen Metern hatte Martin wieder Beton unter den Reifen. Noch fünf Meter. Das Quietschen

fraß sich in seine Ohren. Er hätte Lust gehabt, laut um Hilfe zu rufen. Aber wer hätte ihn hier gehört? Was hätte es gebracht, davon abgesehen, dass er seinem Verfolger seine Panik auf dem Tablett servierte – und so biss er die Zähne zusammen und bog schwungvoll in den breiten Tunnel ein, der unter dem Kanal hindurchführte.
Die Betonröhre verstärkte und verfremdete jedes Geräusch. Martin glaubte, jetzt die Atemzüge des anderen zu hören. Stumm bewegte er die Lippen und stellte sich vor, er würde den Kerl anschreien. Stattdessen rief es hinter ihm hohl in der Unterführung:
„He! Hast du es eilig oder was?"
Das breite Rechteck aus dunklem Abendhimmel wurde größer und kam näher. Martin schoss aus der Tunnelausfahrt und knallte unversehens mit dem Vorderrad in die Rinne, die bei Hochwasser als Abfluss diente. Verdammt, die hatte er vergessen. Der Stoß traf ihn unvorbereitet in die Arme, sie schmerzten, aber er konnte das Rad halten und einen Sturz eben noch verhindern.
Der andere kannte die tückische Stelle offenbar besser, er bremste ab, kam aber gleichfalls aus dem Tunnel gefahren. Hier klang seine Stimme ganz normal, als er nochmals rief:
„Jetzt bleib halt mal stehen, alter Rennfahrer!"
Das konnte nicht wahr sein.

Rolf.

14. Kapitel

Martin lehnte sein Fahrrad gegen die Hauswand und schloss die Wohnungstür auf. Er hoffte, Rolf würde nicht bemerken, dass seine Hände dabei zitterten.
„Meine Herren, musst du in Gedanken gewesen sein, dass du mich die ganze Zeit nicht bemerkt hast."
Martin entgegenete nichts darauf. Sie gingen hinein. Rolf legte seine Jacke auf die Sessellehne. Martin bog gleich in die Küche ab, um Wasser aufzusetzen. Es gelang ihm nicht wirklich, seine Gedanken zu ordnen.

Rolf hatte Martin beim Einbiegen in die Regnitzwiesen erkannt und versucht, ihn einzuholen. Die andere Gruppe Radfahrer war nur zufällig dahinter und hatte mit Rolf gar nichts zu tun. Das Wasser kochte, Dampfschwaden stiegen auf und kondensierten an den kalten Fliesen. Martin goss den Tee auf. Rückblickend war die ganze Situation einfach banal, seine Angst nur lächerlich.

Rolf verabschiedete sich für seine Verhältnisse zeitig, vielleicht hatte er gemerkt, dass Martin in Gedanken ganz woanders war.
Als die Wohnungstür ins Schloss gefallen war, ließ sich Martin wieder in den Sessel fallen. Langsam gelang es ihm, Ordnung in sein Hirn zu bringen.
Ordnung, murmelte er mehrmals wie ein Mantra vor sich hin. Ordnung. Er atmete tief durch, wurde ruhiger. Dann resümierte er halblaut, als diktiere er einem unsichtbaren Protokollanten:
„Erstens: Das quietschende Rad gehört Rolf. Rolf fuhr damit nach dem Grillabend heim. Rolf fuhr es, als er mir den Schlüssel zurückbrachte. Und er verfolgte mich damit im Regnitzgrund. Alles kein Problem. Aber irgendjemand benutzte es in jener Nacht, als die erste Fensterscheibe eingeworfen wurde. Kann Rolf der Steinewerfer gewesen sein? Kann es sein, dass Rolf zufällig in diesem Moment vorbeifuhr? Kann jemand anders das Rad benutzt haben?"
Im Grunde läge es am nächsten, dass Rolf selber ihm die Scheibe eingeworfen hatte. Eigentlich waren alle anderen Erklärungen an den Haaren herbeigezogen. Aber diese plausible Lösung passte nicht in Martins Weltbild, und außerdem hatte Rolf kein Motiv.
„Zweitens: Das Motiv. Wer immer die Steine in meine Fenster geworfen hat, muss einen Groll gegen mich hegen. Die einzigen im Ort, die mich je offen angefeindet haben, waren die Zechbrüder vor der Kneipe. Warum?
Drittens: Sie haben mich Erbschleicher genannt. Fühlt sich einer von ihnen um sein Erbe betrogen? Das kann dann nur ein Angehöriger von Tante Lene sein, von dem ich bisher nichts wusste. Wer kommt da in Frage?"
Martin schrieb sich eine gelbe Haftnotiz. Das musste geklärt werden.
Und gleich noch einen Zettel: Welche Rolle spielte Rolf in der ganzen Sache?

*

An einem der nächsten Nachmittage rief Clara an. Martin hatte es in den letzten Tagen geschafft, sich ganz auf seine Arbeit zu konzentrieren und die Gedanken nicht ständig um Clara rotieren zu lassen. Kaum hatte er ihre Stimme im Ohr, war es aus damit.
„Große Neuigkeiten“, flötete sie, „hast du etwas Zeit?“
„Für dich immer!“, antwortete er schneller als er nachdenken und sich zurückpfeifen konnte.
„Pass auf: Ich habe deinen Krahler gefunden!“
Martin war irritiert, er dachte an sein Telefonat neulich mit Karl Krahler und verstand im ersten Moment nicht, was Clara meinte.
„Welchen Krahler?“
„Beide. Peter Krahler und Werner Krahler. Es gibt nämlich zwei.“
Langsam dämmerte ihm, was sie meinte.
„Der Ortsgruppenleiter ist also tatsächlich nicht der ...?“
„Der Ortsgruppenleiter hieß Werner Krahler, geboren 1908 in Boxdorf. Das liegt hier bei Nürnberg. Peter Krahler war sein Bruder, er kam vier Jahre später zur Welt, noch im selben Jahr ging die Familie nach Frauenaurach und übernahm dort die damalige Bäckerei Wagenmacher. Werner lernte bei seinem Vater das Bäckerhandwerk und baute mit anderen nebenbei ab 1930 die Frauenauracher Ortsgruppe der NSDAP auf. Sein Bruder Peter arbeitete in der Mälzerei und stand auf der schwarzen Liste der Nazis, weil er mit der SPD liebäugelte.“
Martin war fassungslos.
„Woher um alles in der Welt weißt du das?“
Er konnte Claras strahlendes Siegeslächeln förmlich hören, als sie betont beiläufig erklärte:
„Ach, ich habe mal ein paar nette Kollegen in den Archiven recherchieren lassen. Die Krahler-Akte ist ziemlich ausführlich. Ein Ortsgruppenleiter, dessen Bruder Sozi war ... so etwas wurde genau beobachtet.“
„Und da bist du rangekommen?“
„Wenn man die richtigen Leute kennt ... Pass auf, es geht noch weiter: Im Dezember ‘36 gerät Peter unter Mordverdacht. Der Vorwurf: er habe einen Arbeitskollegen erschlagen.“
„Franz Wedler?“
„Richtig. Tags drauf hält eine Aktennotiz fest, Peter habe für die

fragliche Zeit ein Alibi. Bestätigt durch – halte dich fest – Johanna und Helene Reim."
„Beide?"
„Wenn Johannas Verhältnis zu Peter im Dorf bekannt war, konnte eine weitere Zeugin zur Erhöhung der Glaubwürdigkeit nicht schaden."
„Und das hat die Polizei geschluckt?"
„Zumindest gibt es in der Sache nichts mehr in der Akte. In den Parteiunterlagen gibt es noch die Kopie eines Briefs des Ortsgruppenleiters an die örtliche Polizeistelle. Werner macht nachdrücklich klar, dass eine Verfolgung seines Bruders durch die Behörden nicht im Interesse der Partei läge, zumal es ein hieb- und stichfestes Alibi für die Tatzeit gebe."
„Was für ein Filz!"
„Ein Auszug aus dem Melderegister der Stadt Bamberg belegt, dass Peter mit Johanna Reim kurze Zeit später dort wohnhaft wurde, von wo er 1939 zum Militärdienst eingezogen wurde. Den Wehrmachtsunterlagen zufolge war er erst in Polen dabei, dann in Frankreich und schließlich in Stalingrad."
„Das volle Programm. Hat er überlebt?"
„Er hatte durch einen Sonderauftrag das große Glück, rechtzeitig herauszukommen. Dann hatte er Anfang 1944 Heimaturlaub und wurde auf dem Weg zu seinem neuen Kommando in Lyon fahnenflüchtig. Die Feldjäger haben ihn kurz darauf in Aix-en-Provence aufgegriffen und nach einem der damals üblichen Schnellverfahren erschossen."
Damit war Martin auch klar, warum Peter auf den Tafeln der Weltkriegsopfer nicht geführt wurde. Deserteure galten selbst noch lange nach dem Krieg als ehrlos.
„1944 in Aix ... weißt du, was das heißt?" Martin sprang mit dem Telefon am Ohr auf vor Erregung. Er hatte das Gefühl, sein gesamter Adrenalinvorrat habe sich eben in seinen Kreislauf entleert.
„Langsam, das kann alles Zufall sein." Clara versuchte, sachlich zu bleiben. „Mehr gibt die Akte über Peter Krahler nicht her."
Die Betonung des Vornamens ließ Martin nachfragen:
„Hast du etwa noch etwas anderes?"
„Sein Bruder Werner durfte bis 1942 Ortschef spielen, bevor das Vaterland auch ihn als Reserveoffizier rief. Zuerst leitete er die Ausbildung der Rekruten in der Erlanger Kaserne, dann schob er eine

ruhige Kugel in Italien. Anscheinend hatte er immer gute Verbindungen."
„Was ist aus ihm geworden?"
„Die Vetternwirtschaft hat ihm auch nicht geholfen. Kurz vor Kriegsende ist das Internierungslager, in dem er die toskanische Sonne genoss ..."
„Das steht aber nicht so in den Akten, oder?"
„Lass mir doch etwas dichterische Freiheit ... also, kurz vor dem Ende ist das Lager versehentlich bombardiert worden. Krahler war unter den Opfern."
„Was für eine Geschichte!"
„Ja, was für eine Geschichte ..."
Sie schwiegen einen Moment ins Telefon, bevor Martin sagte:
„Hatte ich dir erzählt, dass ich mit Karl Krahler gesprochen habe?"
„Nein, ist das ein Verwandter?"
„So wie es jetzt aussieht, muss Karl ein Sohn von Werner Krahler sein. Karl erzählte mir, er habe immer in Frauenaurach gelebt. Anscheinend hatte er ein fast familiäres Verhältnis zu Tante Lene und ihren Eltern."
„Wie bist du auf ihn gekommen?"
„Mein Nachbar hat mir erzählt, dass er und Karl seit Jahren meiner Tante bei diesem und jenem geholfen hatten. Dabei fiel zufällig der Name. Viel mehr ist bei dem Gespräch leider auch nicht herausgekommen."
Beide schwiegen eine Weile. Clara nahm den Faden in Südfrankreich wieder auf:
„Gehen wir jetzt mal – nur spaßeshalber – davon aus, dass es tatsächlich kein Zufall war, dass Peter Krahler 1944 in Aix gewesen ist, wo die alten Bücher wieder aufgetaucht sind. Das könnte bedeuten, dass er sie damals dort verkauft hat."
„Aber woher hatte er sie?"
„Das ist es eben. So wie die Bücher aussehen, sind sie seit Klosterzeiten durch nicht viele Besitzerhände gegangen. Konnte Peter Krahler direkt Zugriff auf die Bücher der Klosterbibliothek gehabt haben?"
„Aber wo soll die sein? Das Kloster gibt es seit vielen hundert Jahren nicht mehr, selbst die Gebäude sind bis auf die Kirche abgerissen worden."
„Kann man Krahler denn irgendwie mit dem Kloster in Verbindung

bringen? Er war doch in der Mälzerei beschäftigt ... gehörte die nicht zum Kloster?"
„Zu der Zeit gab es das Kloster schon lange nicht mehr. Das Kloster wurde bereits 1550 aufgelassen. Möglicherweise wurde damals schon gebraut, aber darüber ist mir nichts Genaues bekannt."
„Na gut, das führt nicht weiter."
„Ich denke, man muss vom Kloster her kommen. Wenn es eine Bibliothek gegeben hat, was könnte aus ihr geworden sein? Einen interessanten Hinweis habe ich neulich im Erlanger Stadtarchiv gefunden: Eine Handschrift berichtet über die Aufhebung des Klosters, die letzten Nonnen seien nach dem Tode der Äbtissin Kunigunda von Wallenrod „bey nacht und ohn allen besiz" in den Nürnberger Konvent übersiedelt. Sämtliche bewegliche und unbewegliche Habe ist damals unter die Verwaltung des markgräflichen Klosteramtmannes gestellt worden. Wenn es also eine Klosterbibliothek gegeben hätte, wäre sie in Frauenaurach geblieben."
„Wieso hätte?"
Martin schaute resigniert.
„Weil das Klosteramt minutiös auflistet, welche Güter sie vorgefunden und übernommen haben. Und in der Liste ist nicht von einem einzigen Buch die Rede."
Pause.
„Und wie machen wir jetzt weiter?"
Martin grübelte einen Moment ins Telefon. In seine Ratlosigkeit mischte sich ein Schimmer Freude darüber, dass Clara „wir" gesagt hatte. Offenbar war sie vom Jagdfieber angesteckt. Nach einer Denkpause sagte sie langsam:
„Vielleicht trägt mich jetzt die Phantasie fort, aber ich finde, das hilft uns enorm weiter."
„Wie meinst du das?"
„Überleg mal: Die Bücher beweisen, dass es eine Bibliothek gegeben haben muss. Da zwischen dem Druck zumindest des einen Buches und der Auflassung des Klosters nur wenige Jahre liegen, wird die Bibliothek bis zum Ende der Klosterzeit bestanden haben. Richtig?"
Martin brummte zustimmend.
„Wenn die Bibliothek nicht nach Nürnberg mitgenommen wurde und dem Markgrafen nicht in die Hände gefallen ist, dann muss sie in Frauenaurach geblieben und vermutlich noch an Ort und Stelle sein."

„Aber das Kloster ist völlig abgerissen worden. Es gibt kein Gebäude mehr, in dem irgendetwas versteckt sein könnte."
„Zuerst mal gibt es die Kirche. Dann gibt es noch die Gebäude der Klosterbrauerei, eine Mühle und eine Schmiede. Alles Bauten, die damals schon existierten."
„Aber die sind im Laufe der Jahrhunderte umgebaut und bewohnt worden. Wenn es da einen Raum gäbe, der eine Bibliothek fasst, hätte man den längst gefunden."
„Mag sein. Oder auch nicht ..."
Und das, was Clara jetzt ausführte, klang tatsächlich so faszinierend wie abenteuerlich, war aber nicht gänzlich aus der Luft gegriffen. Zumindest verdiente es, recherchiert zu werden. Und Martin versprach, diese Spur zu verfolgen.

Nachdem sie aufgelegt hatten, blieb Martin noch eine Weile grübelnd im Sessel sitzen und sah durch die Bücherwand hindurch auf das verwirrende Puzzle, das sie nicht zusammenbrachten. Nicht, dass nicht noch viele Teile gefehlt hätten – Martin hatte aber das sichere Gefühl, dass manche Zusammenhänge völlig offen vor ihm lägen und er sie nur zusammenfügen musste.
Aber wie?
Sein Blick wanderte im Geiste von Franz Wedler zu seinen mutmaßlichen Mördern, von seiner Großtante zu ihrer Schwester, von Krahler zu dessen Bruder. Die einen hielten Hardt für schuldig, die anderen behaupteten, es besser zu wissen. Wer hing wirklich mit wem zusammen? Alle Vermutungen gründeten auf Hörensagen, Nebensätzen, einer alten Postkarte und einem Telegramm von 1945. Wer, außer Wedler und Krahler, lebte heute noch, der Zeuge dieser Geschichte war? Welche Rolle spielten die Steinewerfer? Rolfs Rad? Rolf selber?

So kam er nicht weiter. So oft er ein Teil in die Hand nahm, so oft wurde er verwirrt. Kurz entschlossen erhob er sich, nahm das Poster mit van Goghs *Brücke von Langlois* von der Wand und pinnte es mit der weißen Rückseite nach vorne im Querformat wieder hin.
Mit einem dicken Filzstift zog er eine Zeitachse quer über das Blatt und trug die Jahrzehnte des vergangenen Jahrhunderts zur Orientierung ab. Dann holte er die neulich geschriebenen gelben Haftnotizen hervor, ordnete sie chronologisch an, kramte noch einen ganzen

Block davon aus der Schreibtischschublade und begann, die bereits bekannten Ereignisse als Stichworte auf das Poster zu kleben.
Nach einer halben Stunde war der erste Block aufgebraucht. Martin trat einen Schritt zurück, schaute sich sein Werk an und schüttelte den Kopf ob des unübersichtlichen Chaos‘. Er sortierte die Zettelchen um, gruppierte sie neu, markierte Zusammengehöriges farbig und zog Linien zwischen Ereignissen, die miteinander in Zusammenhang standen. Dann suchte er einen zweiten Block heraus.
Als nächstes kam das Telegramm. Martin notierte auf einen gelben Zettel die Jahreszahl 1945, darunter die Stichworte: „Telegramm aus der Schweiz“. Lange starrte er den Zettel an.
Wenn Hanna Lene geschrieben hat, dass Hardt unschuldig sei, müssten sie bisher vom Gegenteil überzeugt gewesen sein. Hanna musste dann irgendwann herausgefunden haben, wer der wirkliche Täter gewesen war. Wahrscheinlich nicht lange vor ihrer Flucht in die Schweiz, denn sonst hätte sie es Lene schon vorher mitgeteilt. Zu wem aus dem Ort hatte sie in dieser Zeit Kontakt? Vermutlich nur zu ihrem Mann. Hatte Peter Krahler ihr erzählt, wer der wirkliche Täter war? Das hätte er schon früher tun können. Wäre es nicht denkbar, dass Hanna herausgefunden hatte, dass Peter selber der Mörder von Franz Wedler war?
Martins Gedanken überschlugen sich plötzlich.
Peter wurde nach Frankreich verlegt und desertierte. Wenn er nicht vorhatte, seine Frau zu verlassen, wollte er sich vielleicht mit ihr in der Schweiz wieder treffen. Das Land war wahrscheinlich die einzige Oase in erreichbarer Nähe, während die gesamte Welt um ihn herum gerade im braunen Sumpf oder in Schutt und Asche unterging. In Aix verkaufte er die Bücher, vielleicht um seine Flucht zu finanzieren, wurde aber aufgegriffen und erschossen.
Woher konnte Peter die Bücher gehabt haben?
Vorausgesetzt, er hatte sie wirklich gehabt.
Standen die Bücher mit dem Mord in Zusammenhang?
War Franz Wedler der Eigentümer? War er der Bücher wegen erschlagen worden? Unwahrscheinlich, denn angesichts seiner knappen Finanzen hätte dieser sie doch längst verkauft. Es sei denn, sie wären gerade erst in seinen Besitz gekommen. Hatte Franz sie seinerseits irgendwo gestohlen? Oder gefunden? Plötzlich purzelten wieder einige der Mosaiksteinchen zu einem klareren Bild zusammen.

Martin hatte während seiner letzten Überlegungen weitere Zettelchen geschrieben und, mit Pfeilen verbunden, an das Poster geklebt.

Er setzte eine Kanne Tee auf und überlegte, wie lange seine schon wieder schwindenden Vorräte noch reichen mochten. Das Päckchen, das ihm im September seine Eltern mit der hintersinnigen Aufschrift „CARE“ geschickt hatten, fühlte sich schon wieder beängstigend leicht an.
Er starrte sinnierend auf den Küchenschrank. Neben den Tassen stand die Keksdose mit den alten Postkarten. Er erinnerte sich an jenen Grillabend, als er für sich und Clara Tee gekocht und dabei die Urlaubsgrüße von Onkel Jakob aus Arles gefunden hatte.
Ganz plastisch stand ihm die Situation plötzlich wieder vor Augen. Das Teewasser sang im Kessel, genau wie damals. Wie in Trance nahm Martin langsam die Dose aus dem Schrank, schaute hinein, nahm die obersten Karten und las sie. Er sah St. Trophime, das herrliche romanische Portal, das er damals nicht erkannt hatte. Dann hatte das Wasser gekocht und er hatte die Karten zurückgelegt. Schnell, aber mit einer gewissen Sorgsamkeit. So, wie sie vorher gelegen hatten, mit dem Bild nach oben.
Auch jetzt kochte das Wasser, aber Martin war in Gedanken an einem anderen Tag.
Er war gerade aus Frankreich zurückgekommen, hatte sich einen Tee gemacht und das nicht greifbare Gefühl gehabt, dass irgendetwas nicht stimmte.
Die Karten hatten mit dem Text nach oben in der Kiste gelegen.
Konnte er sich so sicher sein?
Natürlich war er sich sicher.
Das nervige Pfeifen des Wasserkessels riss ihn aus seinen Gedanken.
Er füllte etwas heißes Wasser in die Kanne, leerte sie wieder und goss den Tee halb auf.
Irgendjemand hatte die Karten herumgedreht. Jemand hatte sie angeschaut und verkehrt herum wieder zurückgelegt.
Jemand war in seiner Wohnung gewesen.
Rolf.
Rolf hatte die Blumen gegossen. Niemand außer ihm hatte je seinen Schlüssel gehabt.
Wieder Rolf. Irgendetwas war da faul.
Stimmte das denn?

Er holte den Kandiszucker aus dem Regal, die Sahne aus dem Kühlschrank und stellte alles zu Tasse und Stövchen auf das Tablett.
Gut möglich auch, dass Tante Lene jemandem ihren Schlüssel gegeben hatte. Einem Nachbarn, zum Blumengießen. Das musste er unbedingt überprüfen.
Viereinhalb Minuten. Er goss den Rest Wasser nach und zog den Tee heraus.

Willi ging beim fünften Klingeln ans Telefon. Es gelang Martin, ohne allzuviel Smalltalk zur Sache zu kommen und möglichst beiläufig die Frage zu platzieren, ob Tante Lene ihm je einen Schlüssel zum Haus gegeben habe. Zum Blumengießen oder so. Die Antwort kam ohne Zögern.
„Naa. Nie.“ Es klang, als dächte er nun selber zum ersten Mal über diese Möglichkeit nach. „Wozu auch? Die Lene war doch nie weg.“
„Verstehe ... aber es hätte ja sein können. Manche hinterlegen ja auch einen Schlüssel bei den Nachbarn, falls sie sich mal aussperren oder so.“
„Ja, ja ... nein, ... also mir hat sie jedenfalls nie einen gegeben. Und ich wüsste auch nicht, wem sonst.“
Diesen unerhörten Fall, dass Tante Lene den Schlüssel statt ihm einem anderen Nachbarn gegeben haben könnte, wischte Martin zu Willis Beruhigung gleich vom Tisch. Er bedankte sich und beendete das Gespräch nach noch ein paar Belanglosigkeiten.

Also doch Rolf?
Und plötzlich fielen ihm auch die Kratzer am Vorhängeschloss des Schuppens wieder ein. Aber Rolf hatte doch einen Schlüssel? Er hätte es nicht nötig gehabt, das Schloss aufzubrechen. Nein – das Schloss war lange vor dem Urlaub beschädigt worden. Gut möglich, dass Rolf bereits früher versucht hatte, sich Zutritt zu Martins Haus zu verschaffen.
Aber das hätte auch jeder andere gewesen sein können. Und was den Schlüssel betraf, gab es sicher eine vernünftige Erklärung.
Gab es die?

Martin war hin- und hergerissen, doch schließlich gelang es ihm, die nagenden Zweifel mit ein paar Tassen Tee erst einmal wegzuspülen und packte stattdessen seinen Laptop aus. Höchste Zeit, dass der

Täter gefasst würde. Kommissar Johansen verfolgte eine heiße Spur. Endlich glaubte er auch zu wissen, warum das Opfer am Sonntagmorgen im dunklen Anzug ausgerechnet im Freibad hingerichtet worden war.

Gegen Mitternacht trank Martin den letzten Schluck kalt gewordenen Tees, atmete tief durch, streckte sich und klappte den Laptop zu. Der Täter war gefasst. Die Rohfassung war vollbracht. Wie zur Bestätigung des Finales verstarb die Flamme des Teelichts und entließ einen sich kräuselnden Rauchfaden in den Raum.
Martin gähnte und merkte erst jetzt, wie müde er war. Er räumte das Tablett ab, löschte das Licht und ging zu Bett.

15. Kapitel

Eine unaufdringliche Mischung aus Knochenleim, Ölfarbe und Terpentin hing in der Luft. Der Raum war groß, vom Tageslicht durch die großen Fenster durchflutet und überdies mit künstlicher Beleuchtung großzügig ausgestattet. Mehrere große und kleine Arbeitsplätze teilten sich den Raum. Wo kein Fenster war, standen Regale und Schränke an der Wand. Alles wirkte viel übersichtlicher und aufgeräumter als Martin es sich vorgestellt hatte. Im Grunde hatte er eigentlich gar keine konkrete Vorstellung, wie eine moderne Restauratorenwerkstatt aussah, aber er hatte geahnt, dass sein Bild des engen, von verhängten Staffeleien, Keilrahmen, verkleisterten Tiegeln, ausgedrückten Farbtuben und hunderten bunt verklebter Pinsel verstellten Ateliers nicht der Realität entsprechen würde. Nicht im Nationalmuseum. Stattdessen sah er kleine Spatel, Wattestäbchen und blitzsaubere Paletten und Fläschchen. Alles war ordentlich, akkurat.
Nur der Geruch passte.
Clara trug einen weißen Kittel, in dem sie auch als Oberärztin hätte durchgehen können.
„Die Brille steht dir gut."

„Danke. Außerhalb dieser Wände brauche ich sie eigentlich nicht. Aber für die Arbeit hier ist es einfach besser. Außerdem kann ich noch diese Uhrmacherlupe daran befestigen."
Sie klappte zur Erklärung die zusätzliche Linse über dem linken Brillenglas kurz herunter und wieder hoch.
„Woran arbeitest du gerade?"
Clara wies auf eine unspektakulär scheinende Tafel aus dunklem Holz, die auf ihrem Tisch lag. Bei näherem Hinsehen erkannte Martin eine in trüben Farben gemalte Madonna im Stil der frühen Renaissance.
„Ein Stück eines Altars, in dem wir unter moderneren Teilen diese alten Fragmente gefunden haben. Die Zuordnung zu einem Künstler steht noch aus, aber wir schätzen die Tafeln auf Ende des 15. Jahrhunderts, möglicherweise aus Italien oder zumindest stark von dort beeinflusst. Wenn der Dreck weg ist, kommen die Farben wieder richtig zum Leuchten."
Martin spürte förmlich Claras Begeisterung. Als sie ihn spontan angerufen und gefragt hatte, ob er nicht vorbeikommen wollte, hatte er sich nicht lange bitten lassen. So bekam er einen Einblick in ihre Wirkungsstätte und versprach sich einen netten Nachmittag in ihrer Gesellschaft.
Martin hatte lange genug Zeit gehabt, sich an den Gedanken zu gewöhnen, dass Clara für ihn nicht erreichbar war. In lichten Momenten war er nicht einmal böse um sein Singledasein, schließlich waren sein sprunghafter Lebenswandel und seine bizarren Arbeitszeiten, während derer er keine Störung vertrug, nicht eben partnerschaftskompatibel oder gar – bewahre! – familientauglich. Trotzdem war es immer wieder um ihn geschehen, wenn er Clara gegenüberstand. So wie jetzt.
„Gehen wir?", fragte sie lächelnd. Sie hatte ihren Arbeitskittel gegen einen dunkelblauen Mantel getauscht, zu dem die blonden Locken einen glänzenden Kontrast bildeten. Clara war ein Stück kleiner als er, so schaute sie ihn von unten mit diesen Augen ... diesen blauen, wunderbaren Augen ... nein, bitte jetzt nicht, dachte Martin, ich mache mich zum Affen! Er riss sich von ihrem Blick los, nickte und würgte etwas, was eine adäquate Antwort hätte sein sollen. Oh Mann!
Als sich die Glastür des Nationalmuseums hinter ihnen schloss, schlug Clara vor:

„Sag mal, wie wäre es, wenn wir einfach zu mir gingen? Wir nehmen etwas vom Bäcker mit und machen den Kaffee selber."
Darauf war Martin nicht vorbereitet. Natürlich, das klang an sich reizvoll. Am Freitag nachmittag würde aber wohl auch Pieter irgendwann aufkreuzen ... und mit ihm wollte er Clara heute nicht teilen.
„Ja, klar, warum nicht. Gerne." Was hätte er anderes sagen sollen?
„Pieter kommt gewiss auch vorbei. Er freut sich sicher, dich kennenzulernen."
Tiefschlag. Die Freude ist ganz einerseits, dachte Martin. Aber vielleicht verspätet er sich ja.
„Na, das ist doch prima." Ungefähr so schön wie Fußpilz. Sein Bemühen, begeistert zu klingen, war nicht wirklich spürbar.

„Ja, hallo Martin, hier ist der Rolf ... kannst mich mal zurückrufen. Ich hab da ein kleines Problem ... meine Mutter kommt morgen zu Besuch, und ich habe da einen Termin verbaselt ... Naja, ruf halt mal an. Danke."
Martin hätte geschmunzelt, wenn er den leidenden Hilferuf gehört hätte.
Der Anrufbeantworter schmunzelte nicht, er zeichnete nur getreulich auf, was Rolf sagte und begann dann, mit stoischer Penetranz in die leere Wohnung zu blinken.

Mit zwei Tüten einer Nürnberger Bäckereikette in der Hand erstiegen Clara und Martin währenddessen die knarzenden Stufen zur dritten Etage. Eiche, etwas ausgetreten in all den Jahren. Leichter Geruch von Bohnerwachs und altem Putz. Treppe und Geländer stammten mit Sicherheit noch aus der Erbauungszeit, Martin schätzte das Haus auf 1910. Stuck mit sparsam angedeuteter Jugendstilornamentik. Modernisierungsbemühungen hatte das Haus wahrscheinlich wenige erlebt, aber alles sah recht sauber und frisch gestrichen aus. Die Wohnungstür war aus dunklem Holz und für damalige Verhältnisse eher schlicht. Die blitzblanken Beschläge aus Messing zeigten dünne Spuren des Putzmittels in den Rillen. Auf dem Klingelschild stand in schnörkelloser, aber sehr eleganter Handschrift „Rienecker". Tusche auf weißem Zeichenkarton. Noblesse oblige. Clara öffnete die Tür und rief hinein:
„Pieter, bist du da?"

Martin sandte ein Stoßgebet zum Himmel. Aber er konnte sich schließlich nicht ewig darum drücken. Er sah in den hohen, schmalen Flur. Ein paar Garderobenhaken aus einem bekannten schwedischen Möbelhaus, eine kleine Kommode aus Urgroßmutters Zeiten, ein dazu passender Spiegel. Ein schmaler Teppichläufer auf eichenem Fischgrätenparkett. Die Türen, die nach links und rechts abgingen, waren original und – wie wohl alle überlebenden Türen aus jener Zeit – in gebrochenem Weiß lackiert.
„Ist alles ein bisschen durcheinander hier ... Erbstücke, Flohmarkt, manches noch vom Vormieter", sagte Clara entschuldigend mit einer Rundumgeste, die zwischen den Wänden kaum Platz hatte und wohl eher den angrenzenden Zimmern galt. „Vieles hier hat eben eine besondere Geschichte, und ich hänge an diesen Stücken."
Martin fand es gemütlich und sagte das auch. Nostalgische Gefühle konnte er immer gut verstehen. Fast entschuldigend sagte Clara: „Irgendwann fliegt hier das eine oder andere sicher raus, aber im Moment drängt es nicht. Wenn man alleine wohnt, muss man sich ja niemandem gegenüber rechtfertigen, oder?"
Martin stutzte.
„Alleine? Ich dachte, Pieter ...?"
Clara lachte herzlich.
„Ja, Pieter, stimmt. Aber der zählt schon deshalb nicht, weil er ständig kommt und geht. Ah, da ist er ja!"
Clara sah in die Küche und winkte hinein.
„Hallo Pieter. Schau mal, das ist Martin, von dem ich dir schon so viel erzählt habe. Martin, das ist Pieter!"
Zaghaft lugte ein kleiner, rotbrauner Kopf am Türstock vorbei. Schließlich schob sich scheu ein kräftig gebauter Kater an der Wand entlang in den Flur und musterte Martin mit großen Augen.

*

„Noch einen Tee?"
„Gerne, danke."
Martin hielt ihr die Tasse hin. Tracy Chapman talkte derweil im Hintergrund about a revolution. Er kam sich unsagbar dämlich vor. Pieter war ein Kater. Noch dazu ein roter. Eine Art Garfield. Nur langsam sinterte die Erkenntnis durch sein Hirn, dass er jetzt überglücklich sein müsste. Aber irgendwie kam das alles zu unerwartet.

„Wie bist du auf die Idee gekommen, ihn Pieter zu nennen?", fragte er, mehr, um überhaupt etwas zu sagen. Clara lächelte über den Rand ihrer Teetasse.

„Erinnerst du dich an den Pieter aus dem Altfranzösisch-Kurs? Der immer allen Studentinnen nachgestiegen ist? Der klebte ja förmlich an mir ... und als ich Pieter, also den Kater, bekam, ... naja, der schaute mich gleich so treudämlich an, drückte sich immer an mich, wich mir nicht von der Seite ... und da hatte er seinen Namen schnell weg."

Auch jetzt strich Pieter – wie um die Geschichte zu bestätigen – ständig um sie her und rollte sich schließlich neben Clara auf dem Sofa zusammen.

„Dummer, dummer Kater!", sagte sie liebevoll und kraulte das rotbraune Fell.

„Dummer, dummer Martin", dachte Martin.

*

Obwohl es nicht mehr ganz früh war, rief Martin noch an diesem Abend bei Rolf zurück. Rolf war nie vor Mitternacht im Bett und kam selten vor neun Uhr aus den Federn.

Er klang erleichtert.

„Mann, du bist meine Rettung. Hast du morgen Zeit?"

Martin atmete tief durch. In seinem Kopf wirbelten die langen Gespräche des gestrigen Abends und der gesamte vergangene Sommer durcheinander. Clara, Pieter, der Grillabend, die alten Bücher, das quietschende Rad, Rolf, die eingeworfenen Fensterscheiben, Clara, Paul Wedler, die alten Fotos, Tante Lene, Hannas Telegramm, Clara, Arles, Onkel Jakob, Karl Krahler, der unterirdische Gang und immer wieder Clara. Er pfiff sich zurück in die Gegenwart.

„Worum geht es denn?" Vorsichtige Gegenfrage.

„Pass auf: Morgen um 14.06 Uhr kommt meine Mutter in Nürnberg am Flughafen an. Könntest du sie da abholen? Ich hab's ihr versprochen." Leidender Tonfall.

„Du hast versprochen, dass ich sie abhole?"

„Nein, ich habe versprochen, dass ich sie abhole."

„Aber du hast keine Zeit?"

Überflüssige Frage.

„Biggi behauptet, ich hätte zugesagt, mit ihr morgen vormittag nach

Bayreuth zu fahren. Eröffnung von irgend so einem Modeoutlet."
Martin hörte förmlich die nach oben verdrehten Augen.
„Hast du?" Eigentlich auch egal.
„Ja. Nein. Ich weiß nicht. Vielleicht. Aber sie ist sich sicher."
Rolf versprach, mit seiner Mutter telefonisch zu klären, wie sie Martin erkennen würde. Bei dem Leidensdruck in Rolfs Stimme konnte Martin schlecht nein sagen, zumal er wirklich für diesen Samstag keine weiteren Pläne hatte.

16. Kapitel

Martin traf zeitig am Nürnberger Flughafen ein. Rolf hatte ihm zu für seine Verhältnisse unchristlich früher Stunde sein Auto vorbeigebracht. Biggi hätte sich sowieso nicht in Rolfs Schaukel gesetzt. Martin war unmotorisiert und gedachte es auch vorläufig zu bleiben. Der öffentliche Nahverkehr und die Radwege im Großraum Nürnberg genügten ihm völlig – nur eben nicht für den Transfer kofferbeladener Gäste vom Flughafen nach Frauenaurach. Auch Rolfs Hausschlüssel bekam er in die Hand gedrückt. Für den unwahrscheinlichen Fall, dass Biggi sich nicht rechtzeitig in Bayreuth losreißen würde. Martin zog es vor, dazu nichts zu sagen.

Der vorwinterlich kalte Wind war schon in Frauenaurach unangenehm, hier auf der freien Ebene des Knoblauchslandes, an dessen Rand der Nürnberger Flughafen lag, zog er durch alle Ritzen der Kleidung. Als sich die Glastüren des Luftfahrtpalastes hinter ihm schlossen, war es schon weitaus angenehmer. In der Ankunftshalle rollten kreuz und quer kleine schwarze Köfferchen über den glänzenden Granitboden brav ihren Besitzern hinterher, als bemühten sie sich, allen damit kundzutun, wie wichtig ihre Herrchen seien. Diese telefonierten mit Knopf im Ohr und geschäftiger Miene möglichst zielstrebigen Schrittes, mit dem Handelsblatt unter dem Arm und einem ToGo-Kaffee in der Hand. Keine Jahreszeit für Urlaubsreisende. Ab und zu säuselte eine Frauenstimme auf deutsch und englisch, dass man unbedingt auf sein Gepäck achten und es nie

unbeaufsichtigt lassen solle. Zwischendrin ein Reiseruf. Herr Dr. Weber werde gebeten, sich am Schalter der Lufthansa zu melden, da eine Nachricht für ihn vorliege. Dann ein letzter Aufruf für die Passagiere des Qantas-Fluges 714 nach Sydney ...
Ab und zu lief eine ratternde Welle durch die Anzeigetafeln. Martin stellte mit Erleichterung fest, dass die Ankunft des Fluges aus Frankfurt bis jetzt planmäßig erwartet wurde.
Er ging zu einem der chromglänzenden Kaffeestände und entschied, die Wartezeit mit einem Croissant und einem doppelten Espresso sinnvoll zu füllen. Eigentlich sollte er die exorbitante Rechnung dafür Rolf als Spesen in Rechnung stellen. Zumal es dem blättrig zerbröselnden Gebäck auch durch seine fettige Wärme nicht gelang, erfolgreich Backfrische zu suggerieren.
Dreizehn Uhr fünfundfünfzig. Espresso leer. Flieger noch nicht da. Martin war zu früh. Als ob Flugzeuge je vor der Zeit kämen. Aber er war sich auch nicht sicher gewesen, wie lange er mit Rolfs Nuckelpinne, einem rostigen Golf III, bis hierher brauchen würde.
Mangels anderer Beschäftigung ließ er seine Gedanken treiben. Eine digitale Anzeige versicherte die Fluggäste der richtigen Uhrzeit und des aktuellen Datums.
3. Dezember 2006.
Vor ziemlich genau einem Jahr war es, als er sich entschlossen hatte, nach Mittelfranken umzusiedeln. Am Nikolaustag war es, als er seiner Vermieterin die Kündigung seiner Wohnung zum 1. Mai gegeben hatte.
Was hatte sich seitdem nicht alles ereignet!

Tante Lene hatte ihm ein Haus und zwei wertvolle Bücher vererbt. Er war von Ostfriesland nach Mittelfranken übergesiedelt. Etliche Verwandte waren hier aufgetaucht, von denen er bisher nichts geahnt hatte. Irgendwie waren einige davon vielleicht in eine 70 Jahre alte Mordgeschichte verwickelt.
Zwei Fensterscheiben hatte man ihm eingeworfen und irgendjemand sah in ihm einen Erbschleicher. Ein Unbekannter musste versucht haben, bei ihm im Schuppen das Schloss zu knacken, und jemand hatte in seiner Wohnung die alten Fotos durchsucht. Vielleicht Rolf. Vielleicht aber auch nicht, und vielleicht bildete sich Martin das alles überhaupt nur ein.
„Herr Thormann?“

Martin schreckte aus seinen Tagträumen auf. Vor ihm stand eine kleine Frau mit Rollkoffer. Martin schätzte sie auf Ende vierzig. Ein dicker, langer Zopf schien eine beachtliche rotbraune Mähne zu bändigen. Ihr dunkler Teint ließ sie fast indianisch wirken, vielleicht lag das auch mit an der Kleidung, die sich irgendwo zwischen Retro, Öko und Hippie ansiedeln ließ. War das selbstgenäht? Flohmarkt? Für beides schien die Frau nicht jung genug. Vielleicht waren es einfach Originale aus jener Zeit. Nur der schrille CAT-Slingpack-Cityrucksack und die Brille mit dem schlichten, modischen Drahtgestell verrieten, dass die Zeit auch für sie nicht ganz stehengeblieben war. Obgleich sie Martin zu jung schien, um Rolfs Mutter zu sein, fragte er zurück:
„Sie sind Frau Küffner? Verzeihung, ich war ganz in Gedanken."
Sie schien es ihm nicht übel zu nehmen.
„Vielen Dank, dass Sie mich hier aufsammeln. Was hat mein Sohn denn so Wichtiges vor, dass er Sie schickt?"
„Wenn ich es recht verstanden habe, stand er bei seiner Freundin im Wort, eine ... wichtige Veranstaltung zu besuchen."
„Seine Freundin? Ist das noch diese ... naja, ist ja seine Sache. Sie sind mit dem Wagen da?"
Martin war nicht böse, das Thema nicht weiter erörtern zu müssen, nahm Frau Küffner den Koffer ab und lotste sie zum Ausgang.
„Lohnt es sich denn, für die Strecke von Frankfurt hierher das Flugzeug zu nehmen?"
Frau Küffner lachte.
„Sicher nicht. Aber ich bin dort ja nur umgestiegen. Ich komme aus Dublin."
„Sie leben in Dublin?"
„Seit fünf Jahren. Mein Mann ist Ire."
„Ich wusste gar nicht, dass Rolf irische Wurzeln hat."
„Hat er auch nicht. Rolfs Vater kam aus dem gleichen Nest, in dem Rolf jetzt zufällig eine Wohnung gefunden hat. Aber das ist eine alte Geschichte."
Alte Geschichten interessierten Martin immer brennend, aber er konnte nicht weiter fragen, ohne unhöflich zu sein. Martin betätigte mehrmals gefühlvoll Zündschlüssel und Gaspedal und erreichte schließlich, dass der Motor, wenn auch mit wenig vertrauenerweckenden Geräuschen, am Laufen blieb.

Erst an der Autobahnausfahrt nahm er den Gesprächsfaden wieder auf:
„Dann waren Sie wohl schon mal hier in Frauenaurach?"
„Ja, schon ... aber das ist ewig her. Wie gesagt, Rolfs Vater kam von hier. Wir waren damals zu Besuch, 1974 muss das gewesen sein. Ich erinnere mich noch gut an die alte Frau Reim, wir haben uns noch jahrelang Briefe geschrieben ..."
Martin hätte beinahe das Steuer verrissen. Das konnte doch nicht wahr sein!
„Wie bitte? Sagten Sie Reim?"
„Doch, doch, Lene Reim. Warum? Kennen Sie sie? Sie sind ja ganz zittrig, mein Gott, fahren Sie mal nicht in den Graben!"
Martin bog von der ER6 in die Pappenheimer Straße ein und bremste vor dem Ortsschild an einer Parkbucht.
„Seien Sie mir nicht böse, aber das müssen Sie mir jetzt bitte genau erzählen."

Als sie endlich ankamen, waren Rolf und Biggi tatsächlich schon aus Bayreuth zurück. Genau genommen hatte sich Biggi gleich wieder vom Acker gemacht. Martin lehnte die Einladung, zum Kaffee zu bleiben, dankend ab. Er musste erst einmal die Geschichte verarbeiten, die er während der letzten Viertelstunde gehört hatte. Die Geschichte, die Rolf mit Krahler verband, die Geschichte, was sich in jener Nacht 1936 tatsächlich ereignet hatte, die Geschichte, die seine Großtante Lene einst Rolfs Mutter erzählt hatte.

Der Fußweg von Rolfs Wohnung zurück in den Mühlgarten reichte gerade aus, um die neuen Erkenntnisse einigermaßen einzuordnen. Die Aufregung, die sich Martins bemächtigt hatte, wirkte noch weiter nach. Zunächst versuchte er, das Poster mit den gelben Haftnotizen auf den neuesten Stand zu bringen. Dann betrachtete er es lange grübelnd. Sollte er Paul Wedler darauf ansprechen? Hatte er nicht ein Recht darauf, es zu erfahren? Oder würde die Nachricht nur unnötig alte Wunden aufreißen?

Kapitel 17

Martin beugte sich über den alten Plan. Mauern, Linien, Fenster, Zahlen in feiner, altmodischer Schrift. Feine Tuschelinien auf Pergament, gezeichnet für Jahrhunderte. Das Kirchenarchiv. Natürlich, hier hätte er schon lange nachschauen sollen! Dass alles so einfach war ... Clara stand neben ihm (er hatte sie gar nicht hereinkommen hören) und lachte aus vollem Herzen:
„So einfach war die Lösung! Und sie lag die ganze Zeit vor uns!"
Martin lächelte gequält. Klar, hier war die Lösung. Des Pudels Kern. Der Plan der Kirche. Die dicken Mauern. Man musste nur Außen- und Innenmauern vermessen und prüfen, wo der Plan falsch gezeichnet war. Dort war der Hohlraum, dort lag der Schatz der Nonnen. Aber damit war ihm noch nicht klar, wie der Rest zusammenhing. Es ist doch ganz einfach, lachte Clara immer wieder. Ganz einfach. Aber konnte er sich die Blöße geben, einzugestehen, dass er einfach nicht erkannte, wie alles zusammenhing?
„Clara, nun hör doch mal!", versuchte es Martin immer wieder, „Wir müssen noch die ganze Kirche vermessen, bis wir auch nur den Hohlraum gefunden haben."
„Ach, mein armer Pieter ... siehst du denn immer noch nicht die Lösung? *Manus supra idolum age primum et septimum de quatuor* ... Komm, ich zeig's dir!" Clara trug den roten Kater, ohne Martin, der sich irritiert nach dem Spiegel umschaute und ihn nicht finden konnte, eines Blickes zu würdigen, zu ihrem Fahrrad, setzte das Tier in den Korb am Lenker und stieg auf. Martin rannte hinterher.
„Warte auf mich!", rief er, doch Clara trat lachend in die Pedale und ließ sich den Berg hinabrollen. Mit einem Hechtsprung erreichte Martin den Gepäckständer und klammerte sich daran fest. Gut, dass er die Inliner hatte. Mit aller Konzentration bemühte er sich, die Spur auf der rasenden Fahrt bergab zu halten. Fast wurde er aus der Kurve geschleudert, als Clara in den Weg über die Aurach einbog. Das Rad quietschte und ächzte. Clara schaute sich um und sah Martin.
„Ach du machst diesen Krach hier? Wolltest du nicht die Brücke vermessen? Schau, dort hinten hat der Tote gelegen!"
Sie wies auf die Bögen der Aurachbrücke, auf der jetzt Rolf stand, winkte und laut rief:

„He! Was macht ihr mit meinem Rad?“
Clara lachte nur irre und blickte Martin tief in die Augen: „Rolf hat auch nichts verstanden. Das ist mein Rad! Und mein Schatz!“ Triumph in ihrer Stimme.
Ein Schreck durchfuhr Martin. Plötzlich war ihm klar: Clara hatte seine Scheiben eingeworfen. Sie hatte von Anfang an das Geheimnis gekannt. Und sie trat wieder in die Pedale und brauste über die Brücke. Das Rad quietschte, und jetzt erinnerte sich Martin auch, woher er dieses Quietschen kannte. In diesem Moment rief Clara wie irre: „Ich hole jetzt den Schatz aus deiner Küchenschublade, und dann fahre ich mit Pieter in die Provence!“
Erst jetzt fiel Martin auf, dass das Quietschen ganz regelmäßig weiter ertönte, obwohl das Rad an der Kirchenmauer längst gestoppt hatte. Verzweifelt wühlte er sich durch Claras Jacke, an der er sich eben noch festgekrallt hatte und die sich vor ihm jetzt immer dicker auftürmte und ihre Stimme immer dumpfer werden ließ, während das Fahrrad im Stand erbarmungslos rhythmisch weiterpiepste. Endlich gelang es ihm, sich aus der Bettdecke zu befreien, schlug auf den Wecker und brachte ihn zum Schweigen.
Sieben Uhr.
Erschöpft ließ sich Martin auf das Kopfkissen zurücksinken.

*

Die Entscheidung, ob er Wedler kontaktieren sollte, wurde Martin auf dem Rückweg vom Bäcker abgenommen. Der alte Mann stand an der Fußgängerbrücke über die Aurach und zupfte versonnen kleine Stücke von einem Brötchen. Drei Meter unter ihm preschten bei jedem fallenden Fitzelchen zwei Stockentenpaare um die Wette, spritzten aufgeregt flatternd auf das kaum sichtbare Ziel zu, um gleich darauf wieder in lauernder Spannung unter der Brücke enge Kreise im Wasser zu ziehen.
Wedler sah auf und grüßte. Martin konnte es, so wie Wedler ihn anschaute, nicht bei einem kurzen Gruß belassen, ohne unfreundlich zu wirken. Seit Wedler ihm beim Kaffee seine Geschichte erzählt hatte, fühlte sich Martin dem Alten auch in gewisser Weise verbunden. Er machte ein paar Bemerkungen über hungrige Enten und fragte dann mit durchaus ehrlicher Anteilnahme, wie er, Wedler, denn jetzt alleine zurechtkomme.

Wedler schien erst nach den passenden Worten zu suchen, schaute etwas melancholisch auf die Silhouette der Mälzerei auf der anderen Seite des Tals.

„Wir waren fast fünfzig Jahre verheiratet, wissen Sie? Das ist eine lange Zeit ... Wenn man so viele Jahre alles teilt, alles gemeinsam macht, dann fällt es schwer, sein Leben im Alter noch alleine in die Hand zu nehmen. Ich merke das jetzt erst. Ich meine jetzt gar nicht die täglichen Arbeiten, das konnte meine Frau eh schon lange nicht mehr. Es ist mehr ... ich weiß nicht, die Einsamkeit. Es ist etwas anderes, ob ich für uns beide Frühstück mache und dann abwasche oder nur für mich. Ich kann das nicht recht erklären. Vielleicht verstehen Sie, was ich meine."

Martin nickte. Selbst er musste sich umgewöhnen, als er plötzlich nach vier Jahren ohne Isolde lebte. Und dabei war sein Tag noch gut mit Aufgaben gefüllt, das Gefühl drückender Stille beschränkte sich auf wenige Stunden in der Woche. Und er hatte seine Entscheidung bewusst getroffen.

Wie schwer musste das aber erst für den alten Mann nach fünf gemeinsam gelebten Jahrzehnten sein!

„Kommen Sie doch mal wieder auf einen Kaffee bei mir vorbei, wenn Ihnen die Decke auf den Kopf fällt."

Martin sagte das betont locker dahin, er wollte nicht den Eindruck erwecken, die Einladung nur aus mitmenschlichem Pflichtgefühl ausgesprochen zu haben. Die Botschaft schien auch angekommen zu sein. Der Alte lächelte fast erleichtert.

„Das mache ich, danke. Und dann quatsche ich Ihnen noch etwas die Ohren voll."

„Gerne. Als Zuwanderer ist es für mich schön, alte und neue Geschichten meiner neuen Heimat kennen zu lernen."

„Jetzt kommt aber erst mal meine Schwester aus Crailsheim zu Besuch. Die Sachen von meiner Frau aussortieren, Sie wissen schon. Da geht sie mir zur Hand, das ist für einen alleine arg viel. Nun ja, und ganz leicht fällt es auch nicht."

Martin erinnerte sich vage, dass Willi irgendwann Pauls Schwester erwähnt hatte. Aber Genaueres hätte er nicht mehr zu sagen gewusst. Offenbar lebte sie noch. Möglich, dass sie schon vor langer Zeit aus Frauenaurach weggezogen war. Wedler schien sich auf diesen Besuch zu freuen, er plauderte bereitwillig weiter und zerzupfte dabei die Reste des Entenbrotes:

„Zwei Wochen bleibt die Anna, also meine Schwester. Ich weiß gar nicht mehr, wann sie zuletzt hier war. Ihr Mann, der Georg, wollte immer nicht. Der Georg und die Marga, die konnten nicht miteinander. Tja, und nun sind sie beide tot.“
Wedler schüttelte bei dem Gedanken lachend den Kopf und stutzte dann plötzlich, als ihm das Groteske seines Amusements klar wurde. Martin half ihm aus der Verlegenheit, indem er sich mit Hinweis auf seine Termine entschuldigte und wieder auf den Weg machte.
Erst dann fiel ihm ein, dass er Wedler eigentlich etwas hatte erzählen wollen. Das hatte er ganz vergessen. Aber vielleicht war es doch ganz gut so.

Nach dem Frühstück wartete eine längere Lektorenkonferenz auf ihn. Mit schlechtem Gewissen dachte er daran, dass er sich in den letzten Wochen sträflich wenig mit seinem Lektorat beschäftigt und dafür bis tief in die Nacht am vierten Band um Kommissar Johansen gearbeitet hatte. Zwischendrin hatte er ohne nennenswerten Erfolg über dem Rätsel der alten Bücher gegrübelt und viel mit Clara telefoniert. Seit er sich von dem Gedanken erholt hatte, dass er einen ganzen Sommer lang auf einen roten Kater eifersüchtig gewesen war, trieb ihn die Frage um, wie er sich ihr gegenüber nun verhalten sollte. Bisher hatte ihm der Anstand verboten, wovor er jetzt zu seinem eigenen Erstaunen zurückschreckte. Einfacher war das Leben dadurch auch nicht geworden.
Seinem Broterwerb hatte das Chaos seiner Gefühle nicht wirklich gut getan.
Mit entsprechend mulmigem Gefühl baute er Laptop und Webcam auf, legte seine Unterlagen und Schreibzeug bereit, ging online und loggte sich in den Mitarbeiterbereich der Verlagsseite ein. Auch jetzt kreisten seine Gedanken mehr um Clara und die eigene Nordseestory als um fremde Autoren. Seine Rohfassung stand, und nun hoffte er inständig, es würden sich keine großen logischen Brüche in der Handlung mehr auftun, die eine umfangreichere Überarbeitung der Geschichte erforderlich machten. Manchmal wird man ja total betriebsblind, wenn man die eigene Geschichte gefühlte dreihundert mal gelesen hat und nicht merkt, was von Anfang an nicht gepasst hat.
Nacheinander trafen die Kollegen ein und erschienen in kleinen Fenstern auf Martins Bildschirm. Um neun Uhr fünfzehn begannen

sie mit der Arbeit. Sammlung der Tagesordnung, Zusammenfassung der besprechungswürdigen Manuskripte. Diskussionen. Gegen elf legten sie eine Kaffeepause ein. Manche verschwanden im off, zwei setzten sich kurz darauf mit Kaffeetasse wieder ins Bild. Heumann zündete sich eine Zigarette an und blies grinsend den Rauch in die Webcam. Frau Dr. Doris Buchmann, – nomen est omen – Leiterin der Lektoratsabteilung, bekam ihre Tasse mit etwas Gebäck von einer jungen Mitarbeiterin serviert. Martin sah sie nur kurz ins Bild treten. Sie war recht hübsch, soweit er das auf die Schnelle beurteilen konnte. Die Mitarbeiterin, nicht die Buchmann. Weitaus saloper gekleidet als die Chefin. Sicher eine Praktikantin.
Wie um diesen Service zu rechtfertigen, arbeitete Frau Buchmann während der Kaffeepause ein paar Schriftstücke ab. Unterschriften, flüchtige Blicke, Randnotizen. Aktendeckel zuklappen, das nächste Schriftstück. Martin kannte dieses Ritual. Zu stereotyp, um echt zu sein. Er schüttelte ungeniert spöttisch den Kopf. Die fleischgewordene Autorität nahm das kaffeepausierende Fußvolk in diesen zehn Minuten ohnehin nicht zur Kenntnis.
Pünktlich um elf Uhr fünfzehn ging es weiter. Um elf Uhr zwanzig erntete Grothmann einen kritischen Blick, weil er erst jetzt wieder am Tisch erschien. Martin kannte auch das. Es gehörte zum festen Ritus. Grothmann demonstrierte damit seine Bedeutung.
Um dreizehn Uhr hatte man sich im Wesentlichen geeinigt, was wann ins Programm aufgenommen werden sollte. Martin hatte den Berlinroman aus den Nachkriegstagen gegen die Skepsis der Chefin durchgesetzt. Zwiesel hatte ihn unterstützt, Faulhaber Interesse signalisiert, Grothmann war ihm in den Rücken gefallen. Die Story war ihm zu unglaubwürdig. Wenn das Buch floppen sollte, würde Grothmann es genüsslich ausschlachten.
Martin war es egal.
Er dachte einen Moment lang darüber nach, welche Chancen ein von ihm selber unter Pseudonym eingereichtes Manuskript in der Runde hätte. Seine Nordseekrimis erschienen bei einem anderen, kleineren Verlag. Manchmal war er echt froh drum.

Zehn Sekunden, nachdem er den Laptop zugeklappt hatte, klingelte das Telefon. Er zuckte schon in Richtung Hörer, hielt dann aber inne und tat etwas, was ihn enorme Überwindung kostete und sonst gar nicht seine Art war: Er lehnte sich zurück und ließ es klingeln.

Als der Anrufer aufgegeben hatte, genoss er noch einen Moment die Stille, atmete mit ein wenig geheimem Stolz auf seinen Sieg über das Diktat der Telekommunikation durch, zog sich dann die warme Jacke über und spazierte in die Wintersonne hinein.

Die Luft roch nach Schnee, der Winter schien nicht mehr weit. Sein Atem bildete feine Wölkchen, die die schon tief stehende Nachmittagssonne anstrahlte. Auf der Mitte des Fußgängerstegs hielt er inne und sah auf die Bögen der Sandsteinbrücke. Die Bäume waren längst entlaubt, das Grün der Aurachwiesen lag welk von den Nachtfrösten darnieder. Jeden Morgen legte sich jetzt Reif auf das Tal.
Martin musste plötzlich an die alte Mordgeschichte denken. Unter einem dieser Bögen hatte einst Franz Wedler gelegen, mit eingeschlagenem Schädel. Siebzig Jahre war das her. Außer der Zeitung und Wedlers Sohn Paul erinnerte sich kaum noch jemand daran.
Als Martin Thormann vor einem halben Jahr hier angekommen war, ahnte er noch nicht, dass auch seine Familie mit den damaligen Ereignissen zu tun haben könnte. Und irgendeine Rolle spielten dabei zwei alte Bücher, die einst der Frauenauracher Klosterbibliothek gehört hatten und die Martin von seiner Großtante geerbt hatte. Sein detektivischer Instinkt hatte ihn schon auf manche Spur der alten Geschichte geleitet, Clara hatte einige Mosaiksteinchen hinzugefügt, die er selber nie gefunden hätte, und gänzlich unverhofft hatte ihm Rolfs Mutter ein ganzes Kapitel auf dem Silbertablett serviert. Martin spürte, dass er der vollständigen Lösung nahe war und dass alles zu einer großen Geschichte gehörte.
Und er wusste jetzt, dass die Mälzerei dabei eine Rolle spielte.
Hoch am Himmel zogen zwei Störche ihre Kreise. Sollten die nicht schon längst auf dem Weg nach Afrika sein? Richtig, irgendjemand hatte ihm mal erzählt, dass einige der Störche hier im Tal blieben, seit Jahren schon. Wahrscheinlich fühlten sie sich einfach wohl in Frauenaurach. Martin würde auch bleiben. Auch er fühlte sich wohl. Trotz der eingeworfenen Scheiben. Zwar wusste er noch immer nicht sicher, wer eigentlich der Täter war, aber seit der Begegnung mit den pöbelnden Saufkumpanen war die Gefahr nicht mehr so gesichtslos, sie hatte viel von ihrer Bedrohlichkeit verloren. Betrunkene mögen unberechenbar sein, doch im Grunde sind sie mit ihren benebelten Sinnen verletzlich.
Doch, er fühlte sich wohl. Zum Teil lag es sicher auch an Clara.

Ab und an sah er sie, zwischendrin telefonierten sie miteinander. Er war süchtig nach ihr, ihrem Lächeln, ihren blonden Locken, ihrem Lachen, ihren Augen ... auf der anderen Seite musste er sich eingestehen, dass er das Singledasein brauchte, die Unabhängigkeit, das Alleinsein. Er war sich nicht sicher, wie lange er den wohligen Schwebezustand würde aufrecht halten können, aber er genoss ihn und fühlte sich gleichzeitig zerrissen zwischen zwei Welten.

Ein Bus quetschte sich über die schmale Sandsteinbrücke. Die Linie 281 verband Frauenaurach und die dahinterliegenden Dörfer mit der Stadt Erlangen. Die dicken Reifen prasselten über das Kopfsteinpflaster. Auf dem alten Bauwerk wirkte das kastenförmige, moderne Gefährt besonders groß und etwas anachronistisch.

Jedes Leben braucht feste Größen. Dinge, auf die man sich verlassen kann. Dinge, auf die man stolz sein kann. Dinge, die irgendwann erledigt sind. Deren Wert darin besteht, dass man sie bewältigt hat. Wahrscheinlich denkt man nur dann über so etwas nach, wenn man sich dieser Dinge nicht so gewiss ist.

Wie um sich selbst zu versichern, dass es sie gab, beschwor Martin die festen Größen seines Lebens: Er hatte ein Haus, er hatte ein Einkommen. Der Berlinroman wurde in das Verlagsprogramm aufgenommen. Sein eigenes „Mordseebad“ war in Druck und erschien Mitte des Monats. Am 18. Dezember hatte er zwei Lesungen in seiner alten Heimat, an den folgenden Tagen drei weitere in der Umgebung. Überschlagen hatte sich der Verlag nicht gerade. Ostfrieslandkrimis waren wohl auch nicht das typische Weihnachtsgeschenk. Am Zweiundzwanzigsten tourte er über Berlin wieder zurück. Udo hatte ihm eine kleine Autorenlesung in seiner Bücherbude in Schöneberg organisiert. Zum Thema Geld hatte er sich mal wieder bedeckt gehalten.

Sei‘s drum!

Sein vierter Band war fast fertig.

Und nebenbei hatte er viele Rätsel um eine alte Geschichte gelöst.

Aber nicht alle.

Wer konnte noch etwas wissen?

Die letzte Spur, die er bisher noch nicht weiter verfolgt hatte, war die Mälzerei. Ob es dort noch Unterlagen gab, die ihn weiterbrachten? Ob die heutigen Besitzer überhaupt bereit waren, ihm weiterzuhelfen? Einen Versuch war es allemal wert.

Martin drückte sich ein Stück zur Seite, weil eine Mutter mit Kinderwagen über den Steg schob. Sie nickte ihm freundlich zu. Im Westen rieselten die Strahlen der Abendsonne durch die entlaubten Bäume, ein kaltes Gelb, winterlich kraftlos, fahl an der Mauer der Mälzerei und fast verschluckt im Schatten des davor blauschwarz gurgelnden Mühlbachs. Am Ende der Klostermühlgasse verabschiedete sich gerade lautstark eine Gruppe Menschen. Einer von ihnen kam auf den Steg zu. Man sah ihm bereits aus der Ferne an, dass er für die Tageszeit schon bemerkenswert viel getrunken haben musste. Die von roten Äderchen dicke Nase zeugte von regelmäßigem Alkoholkonsum.

Beim Näherkommen erkannte ihn Martin. Eine Welle von Adrenalin durchlief seinen Körper, sein Puls beschleunigte sich. Gerne hätte er sich gezwungen, ruhig zu bleiben. Er versuchte sich einzureden, dass ihm der Mann völlig egal sein konnte. Es klappte nicht. In der abgewetzten Jeansjacke steckte der Typ, der ihn neulich als Erbschleicher beschimpft hatte.

Kurz flackerte in Martin die Idee auf, die Gelegenheit zu nutzen und den Kerl zur Rede zu stellen. Der übermächtige Wunsch, ihn am Kragen zu packen und ihn – in Bud-Spencer-Manier – im hohen Bogen in die Aurach zu befördern. Immerhin hatten ihm er oder seine Freunde zwei satte Rechnungen des lokalen Glasermeisters beschert.

Ohne ein Wort ging Martin auf die Seite, um dem Mann Platz zu machen.

Der sah kurz hoch und schien Martin erst jetzt zu erkennen. Vom plötzlichen Zusammentreffen seinerseits überrascht und mit vom Alkohol gesteigerter Impulsivität zischte er giftig „Arschloch, dreggerds!“.

Martin glaubte, sich verhört zu haben. Eine Welle Wut überkam ihn plötzlich, auf die Akte des primitiven Vandalismus seinen Fenstern gegenüber, auf die Anschläge gegen seine private Idylle, verübt ohne für ihn erkennbaren Grund. Blitzschnell überfiel ihn der Gedanke, die Gelegenheit beim Schopf und den Typen bei der Jacke zu packen, ihm fest in die glasigen Augen zu blicken und mit mühsam bezähmter Wut anzuherrschen:

„Jetzt ist aber mal Schluss damit! Ich habe keine Ahnung, was dir und deinen Freunden an mir nicht passt, aber ich habe keine Lust, mich von euch beleidigen zu lassen. Und im Übrigen bekomme ich von euch noch 780.- Euro für die eingeworfenen Fenster!“

Ihn zu duzen, kam spontan, war sonst nicht Martins Art, erschien ihm aber in diesem Moment passend. Ein überrumpeltes Gesicht, Unsicherheit in seinen Augen. Martin war klar, dass er den erreichten Vorteil eines solchen Überraschungsangriffs sofort nutzen musste, jede Sekunde Pause konnte alles zunichte machen. Keine Zeit zum Gegenangriff lassen. Nachsetzen.

„Hör mal her! Ich will jetzt eine vernünftige Erklärung, warum du die Steine geworfen hast. Hier und jetzt."

Oder so ähnlich.

Hoch gepokert wäre das, natürlich. Nichts bewies, dass ausgerechnet er der Steinewerfer war. Vielleicht würde die Rechnung aufgehen.

Vielleicht. Oder auch nicht.

In der Phantasie war alles einfacher als im wirklichen Leben.

Im wirklichen Leben würde sich Martin so etwas nie trauen. Er war kein Held.

Martin schwieg mit wild klopfendem Herzen, ignorierte das „dreggerde Arschloch" und ließ den Mann vorbei.

*

Letzte Woche hatten die Stühle noch vor der Bäckerei gestanden, wenn auch mit warmen Decken nachgerüstet, inzwischen war die Freiluftsaison unweigerlich vorbei. Martin wäre sich komisch dabei vorgekommen, seinen Laptop an einem der Bistrotische drinnen aufzuklappen, ohne dass er genau hätte sagen können, was den Unterschied machte. Trotzdem kam er heute auf ein spätes Frühstück vorbei und genoss auch ohne Arbeit Kaffee und Hörnchen im Duft nach frischem Brot, der aus der Backstube in den Verkaufsraum zog. Eine Mutter mit Buggy kaufte Brötchen, einen halben Marmorkuchen und eine Zeitschrift. Ein Kurierdienstfahrer eilte herein und telefonierte, während er ein belegtes Brötchen und einen Kaffee im Pappbecher orderte. Eine Kundin versuchte genervt, ihre Zwillinge leiser zu drehen, erklärte, es gäbe heute keine Brezel und damit basta, brachte ein Paket zum Postschalter, schimpfte mit den noch immer quengelnden Kindern und kaufte zwei Brezeln.

Paul Wedler kam herein. Er nahm drei *Klosterweggla* und ein halbes Bauernbrot, bevor er Martin bemerkte.

„Darf ich Sie zu einem Kaffee einladen?"

Wedler nickte, sichtlich erfreut. Sie plauderten über dieses und jenes, das Wetter, den Kaffee und welche die besten Brötchen seien.
„Man sollte meinen, meine Frau hätte nichts gegessen, all die Jahre ... jeden Morgen hab' ich drei *Weggla* geholt, und jetzt sind es immer noch drei."
Er lachte, mit nachdenklichem Blick, wie in eine ferne Welt. Wie immer, wenn er von seiner Marga sprach.
„Wenn ich nur wüsste, was sie mir noch sagen wollte ..."
Wedler sah Martins fragenden Blick und erklärte leise, mehr seiner Kaffeetasse als seinem Gegenüber:
„An dem Morgen, als sie ... naja, an dem letzten Morgen halt, da hat sie mir etwas sagen wollen. *A ganz a alde Gschichd*. Über all die Jahre hat sie nie davon erzählt, die Sache mit meinem Vater, damals, und den alten Büchern ..."
Martin wurde hellhörig.
„Alte Bücher?" Im selben Moment ärgerte er sich, Wedler dazwischengequatscht zu haben. Der schüttelte den Kopf.
„Er hat sie ja gar nicht für sich gewollt. Sicher nicht. *Der woar ja koa Dieb ned.* Aber dann hat er's doch mit dem Leben bezahlt ..."
Martin wagte kaum zu atmen. Bloß nicht den Faden abreißen lassen. Des Pudels Kern. Die Bücher. Die alte Geschichte. Unfassbar – hier war der alte Wedler völlig unverhofft drauf und dran, ihm die letzten Puzzleteile zu servieren. Wedler erzählte, und Martin hörte nichts anderes um ihn herum.
„Aber woher die Marga das alles wusste und warum sie mir nie etwas davon gesagt hat, das konnte sie mir nicht mehr erzählen. Das bleibt ihr Geheimnis, das hat sie mit ins Grab genommen."
Martin konnte nicht anders, er musste nachbohren. Er musste wissen, was Frau Wedler alles gewusst hatte. Er bestellte noch zwei Kaffee. Und Paul erzählte alles.

Als Martin nach Hause kam, schwirrte ihm der Kopf. Endlich hatte er den roten Faden in der Hand. Endlich wusste er, warum Franz Wedler sterben musste. Woher die Bücher stammten. Und wie sie nach langer Odyssee in Lenes Bücherschrank gelangt waren.
Er riss ein paar gelbe Haftnotizen von seinem Plakat, ersetzte sie durch Eddingpfeile und dicke Schlagworte. Dann trat er zurück.
Das Rätsel war gelöst. Die Steinchen des Mosaiks ergaben ein klares Bild. Höchste Zeit, den Schauplatz des Geschehens aufzusuchen.

Und nebenbei endlich zu klären, wer bei ihm einzubrechen versucht hatte und seine Scheiben auf dem Gewissen hatte.
Er setzte sich ans Telefon und rief als erstes Rolf an. Das war überfällig.
Nach langen Vorreden stand ihm nicht der Sinn, er kam schnell zur Sache:
„Ich muss Dich etwas fragen, und jetzt denke bitte genau nach, bevor Du antwortest: Wer war in meinem Haus, während ich in Frankreich war?"
„In deinem Haus? Was soll denn die Frage?"
„Beantworte sie einfach. Wer war bei mir?"
Kurzes Zögern. Zu lang aber für jemanden, der Rolf kannte.
„Ich natürlich. Das war doch ausgemacht..."
„Das weiß ich. Aber ich weiß auch, dass noch jemand da war, und ich muss wissen, wer das gewesen ist."
„Wer soll das denn außer mir gewesen sein? Wie kommst du denn darauf? ... fehlt denn etwas?"
Der Nachsatz hatte einen besorgten Unterton, fast ängstlich.
„Es fehlt nichts. Wahrscheinlich jedenfalls. Aber jemand hat etwas gesucht, und er muss einen Schlüssel gehabt haben."
Am anderen Ende der Leitung war ein gemurmeltes „Achduscheiße" zu erahnen. In diesem Moment war Martin klar, dass er einen Treffer gelandet hatte. Rolf startete einen hoffnungslosen letzten Versuch:
„Aber ich geb doch niemandem deinen Schlüssel, ehrlich!"
„Kann ihn jemand anders benutzt haben, ohne dass du es bemerkt hast?"
Lange Pause.
Grummeln. Gequälter Tonfall.
„Hm. Nein. Ja, doch ... ich meine ... da war was an einem Abend, das stimmt schon. Aber ich glaube nicht, dass ..."
„Es ist mir egal, was du glaubst. Was war an diesem Abend?"
„Also einmal war ich noch auf ein Bierchen unten beim Rudi. In der Kneipe, *wassd scho*. Und vorher hab ich bei dir die Blumen gegossen. Und wie ich heimgekommen bin, war der Schlüssel weg. Also, dein Schlüssel. Ich hab den immer ordentlich an den Haken gehängt, aber irgendwie war er weg."
„Du hast ihn also auf dem Weg verloren?"
„Ja, wahrscheinlich. Oder beim Rudi. Ich weiß auch nicht. Jedenfalls

wollte ich gleich morgens in der Früh‘ nochmal zurück und fragen.“
„Vielleicht hättest Du das gleich machen sollen?“
Martin hörte förmlich, wie sich Rolf verlegen am Kopf kratzte.
„Ja, wär‘ besser gewesen. Ich war aber an dem Abend nicht mehr so ganz ... naja, ich war eh schon froh, dass ich heil heimgekommen bin ...“
„Na prima. Und dann?“
„Am nächsten Morgen fand ich den Schlüssel im Briefkasten. Also, in meinem Briefkasten. Keine Ahnung, wie der da hingekommen ist. Irgendwann hab‘ ich mir eingeredet, dass ich ihn im Suff selber da hineingeworfen hatte.“
„Nicht sehr wahrscheinlich. Das wird wohl jemand anders gewesen sein.“
„Aber woher sollte der wissen, wem der Schlüsselbund gehört?“
„Richtig. Und deshalb nehme ich auch an, dass derjenige ihn nicht auf der Straße gefunden sondern dir in der Kneipe abgenommen hat.“
„Aber wer sollte mir deinen Schlüssel klauen?“
„Genau auf diese Frage hätte ich liebend gerne eine Antwort. Kannst du dich erinnern, wer alles an diesem Abend mit dir am Tisch saß?“
Immerhin schien sich Rolf um eine zuverlässige Antwort zu bemühen, er dachte lange nach. Schließlich kam die bestimmte Auskunft:
„Nur der Jochen.“
„Sonst niemand?“
„Ich hab auf der Eckbank gesessen, die anderen waren alle zu weit weg. Neben mir saß nur der Jochen. Aber der tät‘ mir doch keinen Schlüssel klauen, das glaub‘ ich nicht. Außerdem: warum sollte er ihn dann zurückbringen?“
Martin ließ sich diesen Jochen beschreiben. Kein Zweifel: Jochen war der Typ von der Brücke, der mit dem „dreggerten Arschloch“.
„Rolf, im Moment ist dieser Jochen der einzige, der in Frage kommt. Wenn du nicht mein Haus durchsucht hast, muss er es gewesen sein.“
Gequält zustimmendes Murmeln. Rolf schien ehrlich zerknirscht. Selbst ihm war klar, dass er da etwas versaubeutelt hatte und den Mantel des Schweigens darüber gebreitet – statt Martin rundheraus reinen Wein einzuschenken. Er versprach, das zu klären und sich dann wieder zu melden. Heute abend, aber allerspätestens morgen. Versprochen.

Martin legte auf und atmete tief durch. Wieder einen Schritt weiter: Der mutmaßliche Steinewerfer hieß Jochen. Und Rolf wollte ihm auf den Zahn fühlen.
Martin hatte den Eindruck, sich darauf verlassen zu können. Nach alldem war Rolf ihm etwas schuldig.

Dann blätterte er im Telefonbuch, bis er die Nummer von Georg Zeilinger fand. Während des Gesprächs notierte er im Kalender einen Termin: 17. Dezember, 18.00 Uhr.
„Das passt prima. Vielen Dank, Herr Zeilinger."
Nachdem er aufgelegt hatte, setzte er Teewasser auf. Während der Wasserkocher leise rauschte, notierte er: „Clara anrufen. 17.12.?"
Er goss den Tee auf und drehte die Sanduhr um.
Dann setzte er sich vor das Plakat mit den Haftnotizen und dachte nach.

18. Kapitel

Rolfs Anruf kam nach dem Frühstück. Er kam gleich zur Sache.
„Also. Der Jochen war das gar nicht. Der saß zwar an dem Abend neben mir, hat den Schlüssel aber gar nicht bemerkt. Wahrscheinlich ist er mir einfach aus der Tasche gefallen. Als wir gegangen waren, hat ihn die Luise jedenfalls auf der Bank gefunden, ..."
„Wer ist die Luise?"
„Die Luise hilft abends beim Rudi in der Kneipe unten. Die hat den Schlüssel dem Rudi gegeben und der hat sich erinnert, dass ich an dem Platz gesessen hatte."
„Warum hat er ihn dir nicht zurückgegeben?"
„Das wollte er ja, aber da saß am anderen Tisch noch der Giecher beim Schafkopf, und weil der am Heimweg eh bei mir vorbeikommt, hat der Rudi ihm den Schlüssel gegeben und gesagt, er soll ihn mir in den Briefkasten werfen."
Der Giecher! Karl Krahler! Diese Neuigkeit musste Martin erst einmal einordnen – das brachte eine ganz neue Karte ins Spiel.
„Hat der Giecher gewusst, wem der Schlüssel gehört?"
Rolf druckste herum, ihn beschlich das Gefühl, eine Indiskretion zu gestehen.

„Naja, es kann schon sein, dass ich beim Hereinkommen erzählt habe, dass ich gerade zum Blumengießen bei dir war. Da saß der Giecher auch noch bei uns am Tisch, der ist erst später zu den Kartlern rübergegangen. Ich hab mir nichts dabei gedacht, das zu sagen."
Martin beruhigte ihn.
„Schon in Ordnung, das ist ja kein Geheimnis."
„Der Jochen war da noch nicht da, aber die anderen haben mich ganz komisch angeschaut. Ich frag' noch, was los ist, da beugt sich der Werner vor und raunt mir zu, ich soll bloß nicht dem Jochen und dem Heinz erzählen, dass ich bei dir Blumen gieße. Ich hab erst nur Bahnhof verstanden und dann hat er mir erklärt, dass das alte Kollegen vom Giecher sind und die dich auf dem Kieker haben, weil du das Haus geerbt hast, wo sie immer gedacht haben, das tät' mal der Giecher bekommen."
Martin war verwirrt.
„Wieso sollte der Krahler mein Haus erben?"
„Die haben all die Jahre gedacht, die Lene hätte keine Verwandtschaft und der Giecher war ja sowas wie ihr Ersatzsohn. Oder so. Und dann haben sie sich ausgemalt, der Giecher erbt, und sie könnten dann zusammen das Haus haben."
„Der Giecher ... also der Karl Krahler hat das mir gegenüber nie angesprochen. Das höre ich zum ersten Mal!"
„Das ist auch nicht auf dem Giecher seinem Mist gewachsen, der hat das gar nicht gewollt. Aber die beiden anderen Hallodris sind immer pleite und haben sich eben ausgerechnet, sie erben da bei ihrem alten Spezl mit. Als dann die Lene gestorben ist, dachten sie, jetzt ist endlich Zahltag, wie sie das seit Jahren geplant hatten. Aber dann bist du gekommen, und da ist für sie eine Welt zusammengebrochen."
„Das erklärt immerhin manches. Und deshalb hat einer von denen mir wohl auch die Scheiben eingeworfen."
„Das war der Jochen. Ich hab mit ihm geredet, gestern abend. War nicht ganz einfach. Aber ich glaube, er sieht inzwischen ein, dass er sich da in die Scheiße geritten hat. Er ist halt ein verdammter Dickschädel. Und das Geld für die Scheiben kann er auch nicht bezahlen."
„Wäre ja schon schön, wenn er sich wenigstens künftig zurückhielte."
„Ich denke, das ist ihm jetzt auch klar. Der war halt einfach blau an dem Abend."

„Immerhin konnte er sich noch auf dem Rad halten. Was mich zu der Frage führt: Wie kann es sein, dass der Jochen dein Rad benutzt, wenn er bei mir die Scheiben einwirft?“
„Hat er?“
„Hat er. Das typische Geräusch deines rostigen Esels gibt es nur einmal.“
Rolf versprach, das noch zu klären.
Tatsächlich rief er am Abend nochmals an. Sein Eifer zeigte deutlich, dass er etwas gutzumachen hatte.
„Das Rad? Ach ja ... er kann sich nicht mehr erinnern, mit welchem Rad er damals unterwegs war. Er war halt nicht mehr ganz nüchtern. Kann schon sein, dass er mein Rad an der Kneipe genommen hat, ich schließ‘ das meist nicht ab.“
„Hast du es denn nicht vermisst?“
„Ach was, wenn er es nachher bei uns in der Straße abgestellt hat, ist mir sicher gar nicht aufgefallen, dass ich es nicht selber war, der es dort hingestellt hat.“
Martin konnte nicht recht nachvollziehen, wie man ein derart nachlässiges Verhältnis zu seinem Fahrrad haben kann, andererseits, musste er zugeben, stellte Rolfs klapperiger Drahtesel wirklich keinen besonderen Wertgegenstand dar.

Als das Gespräch beendet war, rekapitulierte Martin, dass jetzt der Verdächtige Nummer eins für den ungebetenen Besuch in seinem Hause Karl Krahler war. Wenn es stimmte, was Rolf in Erfahrung gebracht hatte, hatte – von Luise und Rudi Klinger, dem Wirt, abgesehen – nur er den Schlüssel zu seiner Wohnung in der Hand. Zwischen dem Abend in der Kneipe und dem nächsten Morgen, als Rolf den Schlüssel zu seiner Erleichterung in seinem Briefkasten fand, war genug Zeit, sich stundenlang im Thormannschen Haus umzusehen.
Aber warum?
Was konnte er gesucht haben?
War er am Ende auch auf die alten Bücher aus?

Ein plötzlicher Verdacht bemächtigte sich seiner. Und wenn es nun doch Rolf selber war? Mit einem Mal purzelten etliche Erinnerungen wie zu einem Bild aus allen Winkeln von Martins Hirn zusammen. Rolf hatte versucht, Martins Schuppen zu mieten. Wenn er nun dort etwas vermutete oder suchen wollte? Rolf hatte mehrfach gefragt, ob Martin nicht das Haus verkaufen wollte. War das nur Anteilnahme, freundschaftliches Interesse? Mit Rolfs Fahrrad hatte sich der Steinewerfer aus dem Staub gemacht, der Martins Fenster auf dem Gewissen hatte. Und auch Rolf könnte sich einbilden, rechtmäßiger Erbe von Lenes Haus zu sein, nach allem, was seine Mutter erzählt hatte. Dass Martin nicht schon eher auf diesen Gedanken gekommen war! Aber warum hatte das Nachlassgericht ihn dann nicht eingeladen?

Das ließ sich ja klären. Martin machte sich eine Notiz „Notar anrufen“.

Und vielleicht ließ sich ja noch mehr klären.

Gleich jetzt.

Martin griff zum Telefon.

*

Die Tür öffnete sich zögerlich.

„Guten Morgen, Herr Krahler!“

Martin versuchte, ganz unbefangen und freundlich zu sein, doch Krahler wich nervös seinem Blick aus. Er musste etwas ahnen. Martin hatte sich telefonisch angekündigt, und Krahler hatte nicht schnell genug eine Ausrede gefunden. Es war ihm sichtlich unangenehm, dass Thormann kam. Er zögerte an der Tür, seinen Gast hereinzubitten. Martin wollte es ihm nicht unnötig schwer machen, aber er wollte Klarheit.

„Ich werde Sie gar nicht lange stören, Herr Krahler. Ich habe nur eine Frage, in der ich einfach klar sehen will.“

Krahler schaute ihn unsicher an. Martin steuerte direkt auf das Ziel zu:

„Sicher erinnern Sie sich, dass Ihnen vor ein paar Wochen der Wirt der Kneipe unten meinen Schlüsselbund gegeben hatte, nachdem Rolf Küffner ihn verloren hatte.“

Krahler nickte und beteuerte sofort:

„Ich habe ihn dann auch gleich am nächsten Morgen in den Briefkasten geworfen.“

„Richtig. Vielen Dank. Nun habe ich aber Grund zu der Annahme, dass sich in eben jener Nacht jemand in meinem Haus ... umgesehen hat. Jemand hat etwas gesucht.“

Martin schaute Krahler an, der mit der Situation sichtlich überfordert war. Was wusste Thormann? Wahrscheinlich alles, sonst wäre er ja nicht hier. Er schwieg, fühlte sich ertappt und wusste nicht, wie er aus der Sache herauskommen sollte. Martin hakte eindringlich nach, das konnte er seinem Gegenüber jetzt nicht ersparen.
„Herr Krahler, es fehlt ja nichts, ich vermisse zumindest nichts. Und es ist kein Schaden entstanden. Ich will nur wissen: Waren Sie in meiner Wohnung, und was haben Sie dort gesucht?"
Krahler schaute auf die Türschwelle vor sich, nickte dann zögernd und gestand leise:
„Ich ... es tut mir leid. Ich war da. Ich wollte auch nichts stehlen. Ich schwöre Ihnen, ich habe nichts mitgenommen ..."
„Ich glaube Ihnen das. Aber gesucht haben Sie etwas."
Krahler nickte ergeben.
Und dann erzählte er.

Karl war, so erfuhr Martin, tatsächlich der Sohn von Werner Krahler, dem ehemaligen Ortsgruppenleiter. Als Kind war Karl bei Familie Reim ein- und ausgegangen, und auch später noch war Lene Reim immer für ihn da, wenn er jemanden brauchte. Eines Tages hatte er bei ihr alte Fotos gesehen. Bilder aus jener Zeit, über die seine Mutter nie etwas erzählte. Sein Vater war darauf zu sehen, an den er nicht viele Erinnerungen hatte, den er aber immer vermisst hatte. Die Bilder zeigten Werner Krahler im Kreise der Ortsgruppe, mit Maßkrug in der Hand, vor dem Bierzelt neben dem Maibaum. Und immer: Hakenkreuze auf den Fahnen, Hakenkreuze auf den Armbinden.
Karl wollte immer ein Foto seines Vaters haben, er sehnte sich nach einer kleinen Erinnerung. Aber er konnte Lene nicht danach fragen. Sein Vater, der ihm fehlte, war für alle, die er kannte, der Obernazi des Ortes. Er liebte ihn unbekannterweise, und er war ihm gleichzeitig peinlich.
Als Lene gestorben war, hatte sich Krahler wieder der Bilder erinnert. Das Haus stand lange leer, und so versuchte er, heimlich einzudringen und nach den Bildern zu suchen. In der Annahme, hier am leichtesten Zutritt zu finden, versuchte er halbherzig, das Vorhängeschloss des Schuppens aufzubrechen. Martin erinnerte sich der Kratzspuren.
An jenem Abend in der Kneipe, als Rolf Martins Schlüsselbund aus

der Tasche gerutscht war, sah er endlich seine Chance, nach all den Jahren.
Ja, es war dumm, er hätte Martin einfach nach den Bildern fragen können. Aber dazu hatte ihm der Mut gefehlt. Wie hätte er erklären sollen, dass er sich sehnlich ein Foto des ehemaligen Ortsgruppenleiters wünschte?
Manchmal, dachte sich Martin, wurde das Leben nur dadurch kompliziert, dass man nicht merkt, wie einfach es doch sein könnte. Er versprach Krahler die Bilder, denn er war sicher, dass es sich um genau die handelte, die er in der Küchenschublade gefunden hatte. Und er war sicher, seine Großtante hätte sie ihm auch nicht verweigert.

*

Der 17. Dezember fiel auf den dritten Adventssonntag. Kerzenschein ergänzte die stimmungsvolle, indirekte Beleuchtung des kleinen Geschäfts. Zwischen die Regale mit den Büchern waren Stühle mit Blick auf ein adventsbekränztes Tischchen gestellt. Drei der Kerzen brannten. Johanna Stebele, die Inhaberin des Bücherparadieses, begrüßte Martin.
„Grüß Gott, Herr Thormann! Schön, dass Sie da sind. Ich denke, in einer Viertelstunde werden die ersten Gäste erscheinen. Möchten Sie schon mal einen Kaffee?"
„Gerne, danke. Beim Lesen nachher wird er mir sonst kalt."
„Milch und Zucker?"
Martin nickte. Für Teetrinker ist das die sanfteste Version. Irgendwo aus dem Hintergrund ihrer Stimme hörte Martin nichtfränkische Wurzeln herausklingen. Er konnte sich zwischen schwäbisch und badisch nicht recht entscheiden und beschloss, nicht nachzufragen. Verwechslungen, das hatte er schon erfahren müssen, kommen gerade in jenen Gegenden nicht immer gut an.
Das Mahlwerk des Kaffee-Vollautomaten machte einen Moment lang jede Kommunikation unmöglich. Dann gurgelte es, und mit jenem typischen, gequälten Geräusch presste die Maschine heißen Dampf durch das braune Pulverpellet, bis sich mit unerschütterlicher Ruhe die vornehme Crema auf einer Tasse Kaffees versammelt hatte. Frau Stebele reichte ihm die Tasse. Martin dankte, schnupperte, probierte. Gar nicht schlecht.

„Werden viele kommen?"
Die Buchhändlerin konnte ein wenig professionellen Stolz nicht verbergen.
„Wir sind ausgebucht. Ich habe hier eine kleine, aber sehr treue Kundschaft, und viele, die immer wieder zu unseren Veranstaltungen kommen. Und gerade das „Literarische Adventscafé" hat voll eingeschlagen."
„Trotz des wenig festlichen Themas?"
„Der Rahmen ist Advent, es gibt Plätzchen, Kerzen und Glühwein, und dabei lassen wir uns in die spannende Geschichte eines geheimnisvollen Mordes entführen. Vielleicht ist gerade der Kontrast so reizvoll. Den Kunden gefällt das. Und mir auch."
Martin fiel in ihr Lachen ein.
„Dann hoffe ich nur, dass das auch mit einem Ostfrieslandbuch funktioniert. Ist ja nicht gerade ein Lokalkrimi."
Ehe Frau Stebele etwas darauf erwidern konnte, öffnete sich die Ladentür, und die ersten Gäste traten ein. Man kannte sich. Ein älteres Ehepaar, das sich am Eingang ein paar Schneeflocken von den Mänteln klopfte. Tatsächlich hatte Frau Holle, wie Martin mit einem schnellen Blick aus dem Fenster sehen konnte, rechtzeitig vor Weihnachten weiße Flocken auf den Weg geschickt. Frau Stebele hieß die Stammkunden willkommen und stellte ihnen den Autor vor. Es entspann sich schnell ein lockeres Gespräch mit den jetzt immer zahlreicher werdenden Besuchern. Zwei Kolleginnen aus der Belegschaft des kleinen Ladens halfen, den Besuchern Tee und Glühwein nachzuschenken und stellten Plätzchenteller bereit. Martin fühlte sich entspannt und hoffte, das käme nicht nur vom Alkohol. Schließlich sollte er noch einen einigermaßen geistreichen Abend gestalten.

Gut zwei Stunden später verließ eine amüsiert plaudernde Runde das Bücherparadies und trat hinaus in die frühe Dunkelheit des Wintertages. Es hatte sich tatsächlich inzwischen eine dünne Schneedecke gebildet und schneite noch weiter. Martin winkte zum Abschied in die Runde. Einige hatten das „Mordseebad" gleich mitgenommen, vor allem aber war es Martin gelungen, mit humorvollen Anmerkungen zu Land und Leuten seiner Heimat den Funken zu seinen Zuhörern überspringen zu lassen. Das war ihm am wichtigsten.
Er sah auf die Uhr. Gerade noch Zeit, sich etwas Passenderes an-

zuziehen. Um viertel vor sechs wollte Clara kommen. Hoffentlich waren die Straßen frei. Bei dem, was er heute abend noch vorhatte, sollte sie unbedingt dabeisein. Heute abend würde sich vielleicht der letzte Schleier lüften.
Martin ging über die moderne Fahrradbrücke, von der aus man auf die sich parallel über die Aurach spannenden Sandsteinbögen sehen konnte. Noch immer fielen Flocken lautlos durch die Lichtkegel der Straßenlaternen. Unter dem Steg gurgelte der Fluss und riss die weiße Pracht mühelos in ihre Fluten, aber zwischen dem Gestrüpp am Ufer sammelten sich Schneenester und wuchsen zu einer immer dichteren Decke zusammen. So ähnlich muss die Nacht gewesen sein, als Franz Wedler unter ebendieser Brücke sein Leben ausgehaucht hatte. Erst jetzt fiel Martin auf, dass das heute auf den Tag genau siebzig Jahre her war, und dieser Gedanke ließ ihn ein wenig erschauern.

Zuhause angekommen zog er sich um. Herr Zeilinger hatte ihn gewarnt, es könne recht schmutzig werden. Eine alte Jeans, ein ausgewaschenes Sweatshirt, die Fleecejacke, die er für Gartenarbeiten aufgehoben hatte, feste Schuhe mit Farbflecken. Eine starke LED-Taschenlampe. Isolde hatte sie ihm einmal geschenkt. Während er die Batterien prüfte, klingelte es.
Clara stand marschbereit vor der Tür, in ihrem Gesicht strahlte eine Mischung aus Abenteuerlust und Tatendrang. Berufsbedingt verfügte sie über eine gewisse Auswahl an Kleidungsstücken, die weitere Belastungsproben mühelos verkrafteten.

Pünktlich um achtzehn Uhr klingelten sie am Ende der Brauhofgasse. Das Wohnhaus der Mälzerei befand sich rechter Hand gleich hinter der Hofeinfahrt. Georg Zeilinger, der Seniorchef, öffnete und hieß seinen Besuch willkommen. Er strahlte eine fast kindliche Aufregung aus, die ihn trotz seines Alters – er mochte auf die Achtzig zugehen – fast jugendlich dynamisch wirken ließen.
„Kommen Sie gleich mit, wir gehen nach gegenüber. Die Geschichte, die Sie mir am Telefon angedeutet haben, ist wirklich fantastisch. Die anderen Herren sind auch schon da."
Er griff nach einer Taschenlampe, drückte Clara eine Petroleumlampe in die Hand und zog die Tür hinter sich zu.
„Die anderen Herren?", fragte Clara.

„Herr Thormann hatte die Idee, auch die anderen dazuzuladen, die mit der ... ehm ... alten Geschichte etwas zu tun haben."
Clara schaute Martin fragend an, während sie über den Hof gingen.
„Karl Krahler und Rolf."
„Rolf?"
„Eigentlich müsste eher seine Mutter hier sein."
Die Erklärung brachte Clara erst recht nicht weiter, aber sie ließ es zunächst dabei bewenden. Der kleine Trupp überquerte den verschneiten Hof und traf vor der verschlossenen Einfahrt des großen Gebäudes auf der linken Seite auf die zwei Genannten sowie zwei kräftige Brauereigesellen, die ihnen, mit Werkzeug bewaffnet, als Mario und Kemal vorgestellt wurden. Man begrüßte sich. Es wurde deutlich, dass sie nicht recht wussten, was sie erwarten würde.
„Ich bitte noch um etwas Geduld!", sagte Martin lächelnd, innerlich selber alles andere als gelassen. Er fühlte sich ein wenig wie Hercule Poirot vor dem Showdown mit der finalen Offenbarung. Einen Moment lang fürchtete er, die Inszenierung könnte eben deswegen lächerlich geraten. Andererseits war die ganze Geschichte so spannend, dass sie ihm einfach nach einem solchen Ende zu verlangen schien.

Allerdings hätte auch Martin sich nicht träumen lassen, welchen Höhepunkt dieser Abend noch bekommen sollte.

19. Kapitel

Zeilinger schob scheinbar mühelos den schweren schmiedeeisernen Riegel zurück und öffnete die massiven Torflügel. Er drehte krachend einen Bakelitschalter und schaltete damit ein paar verstaubte Glühbirnen ein, die mehr Finsternis als Licht zu verbreiten schienen. Dann führte er die Gruppe durch eine kleine Lagerhalle, an deren rückseitiger Wand ein schmaler Abgang in einen Keller führte. Das Gewölbe schien sehr alt zu sein. Als hätte Zeilinger Martins Gedanken gelesen, erläuterte er:
„Dieser Teil des Kellers ist älter als das Haus oben. Die Gewölbe stammen wahrscheinlich noch aus der Klosterzeit. Manche der ab-

zweigenden Gänge weiter unten sind aber erst später entstanden. Hier entlang bitte."

Sie schritten durch ein paar niedrige Türen.

Der nach dem ersten Raum klein wirkende Keller enthielt allerlei Gerätschaften, Kisten, Werkzeuge und leere Getreidesäcke. Manches lag einfach auf dem Boden, anderes war leidlich sorgfältig in ein Regal an der linken Wand geräumt. Manche Gegenstände hatten offenbar viele Jahrzehnte Gelegenheit gehabt, eine Staubschicht anzusammeln, anderes stand wohl noch nicht so lange hier. Von rechts dürfte vom Hof her tagsüber etwas Licht durch die Fensterschächte hereinfallen. Die Rückwand war bis auf einen schlichten Schrank aus dunklem Holz frei.

Die Gruppe trat schweigend ein und schaute erwartungsvoll auf Martin. Der ergriff nun erstmalig das Wort.

„Vielen Dank zunächst Ihnen allen, dass wir uns heute abend hier treffen können. Ich hätte gerne auch Herrn Wedler dazugebeten, aber er hat Besuch. Ich hatte Ihnen allen vorab nur soviel wie nötig verraten. Verzeihen Sie mir die Geheimniskrämerei, aber die Geschichte, um die es geht, verdient ein feierliches Finale."

Die Runde schwieg, und Martin – immer unsicherer, ob er die Erwartungen würde erfüllen können, die er gerade aufbaute – stellte die Petroleumlampe in die Mitte des Raumes auf eine Kiste, bevor er fortfuhr.

„Ich muss ein wenig ausholen... Die Geschichte begann für mich vor einem halben Jahr, als ich im Nachlass meiner Großtante zwei ungemein alte und wohl auch recht wertvolle Bücher entdeckte, die – dem Exlibris nach – einst Bestandteil einer Frauenauracher Klosterbibliothek gewesen waren. Eigenartigerweise müssen sie zwischenzeitlich eine Reise nach Südfrankreich gemacht haben, wovon ein Stempel im hinteren Buchdeckel zeugt. Meine Neugier war geweckt, ich begann mit Nachforschungen hier in Frauenaurach und in der Provence. Ich versuchte, meiner Familiengeschichte auf die Spur zu kommen. Ohne Frau Rienecker" – Martin wies auf Clara und legitimierte damit ihre Anwesenheit – „wäre ich übrigens dabei nicht weit gekommen."

Diejenigen der Anwesenden, die sich jetzt fragten, ob es nötig sei, sich diese alte Geschichte im staubigen Keller der Mälzerei anzuhören, wagten nicht, diesen Einwand laut vorzubringen. Schweigend lauschten sie Martins Worten.

„Nach und nach erfuhr ich zum Beispiel, dass meine Urgroßtante Anni und ihr Mann Herbert Reim in den dreißiger Jahren ihre ehemalige Mägdekammer an eine junge Familie vermietet hatten: den Brauknecht Franz Wedler, seine Frau und ihre zwei Kinder. Franz Wedler hatte eben erst hier in der Mälzerei wieder Arbeit gefunden, als er im Dezember 1936 tot unter der Aurachbrücke gefunden wurde – heute auf den Tag genau vor siebzig Jahren."

Martin wusste genau, mit welchen dramaturgischen Elementen er Spannung erzeugen konnte, und ließ die Gelegenheit dazu nicht ungenutzt. Es war totenstill im Raum, es war seinen Zuhörern, als seien sie in den Dezember 1936 versetzt worden.

„Obwohl ich von jener Begebenheit zur gleichen Zeit hörte, als ich auch die Bücher entdeckt hatte, habe ich erst viel später begriffen, dass die beiden Geschichten eigentlich nur eine sind. Und die hatte ihre Wurzeln weit früher.

Franz Wedler war schon bis 1914 in der Klosterbrauerei Lehrling. Dann musste er einrücken. Nach dem Krieg kam die Weltwirtschaftskrise, der auch die Brauerei zum Opfer fiel. Dem damaligen Besitzer, Ludwig Hardt, gelang es, den Betrieb als Mälzerei zu retten und er stellte im Laufe der Zeit wieder Leute ein. Franz Wedler hatte einen besonderen Grund, weshalb er ausgerechnet diesen Job unbedingt wieder haben wollte, denn bereits vor dem Krieg war er in den Kellern auf Seitengänge gestoßen, die weit älter waren als die der Brauerei. Dort muss er etwas gefunden oder zumindest vermutet haben."

Zeilinger fragte leise dazwischen:

„Aber wie kam er darauf, den Keller zu durchsuchen? Andere haben ihn jahrzehntelang benutzt und dabei nie etwas Besonderes entdeckt."

„Diese Frage wird uns leider niemand mehr beantworten können. Vielleicht gab es Geschichten unter den Arbeitern, vielleicht hatte er einfach Glück.

1936 gelang es Franz Wedler jedenfalls, wieder in der Mälzerei unterzukommen.

Ich fragte mich: Warum musste er kurz darauf sterben? Geld hatte er keines, er war arm; es war noch nicht einmal Zahltag gewesen. Darum denke ich, er hatte tatsächlich etwas entdeckt. Er war in den Gängen der Mälzerei auf etwas gestoßen, das die letzte Priorin von Frauenaurach, Kunigunda von Wallenrod, vor den Wirren zwischen

Bauernkrieg, Plünderung, Nürnberger Exil und Markgräflicher Herrschaft in Sicherheit gebracht hatte und von dem seither jede Spur in den Klosterakten fehlte. Franz Wedler war auf Bücher gestoßen, denen auch er als einfacher Arbeiter ansehen musste, dass sie einen enormen Wert besaßen.
Er hatte nichts Geringeres gefunden als die seit fast 400 Jahren verschollene Frauenauracher Klosterbibliothek!“
Ein Raunen und Durchatmen ging durch die Runde. Viele Fragen standen in den Gesichtern. Martin nahm den Faden ruhig wieder auf.
„Er musste den Fund geheim halten. Die Gänge gehörten nicht ihm, sondern der Mälzerei. Doch eines Nachts nahm er zwei der Bücher an sich. Nur gelang das nicht unbemerkt.
Der Lehrling Peter Krahler hatte ihn dabei beobachtet, vielleicht schon längere Zeit vorher. Er hat seine Chance gewittert und wollte, von der Aussicht auf schnelles Geld berauscht, seinen Anteil vom Kuchen. Er schlich Wedler nach, stellte ihn auf der Straße zur Rede. Die alte Aurachbrücke war damals die einzige Verbindung über den Fluss, wenn man von der Mälzerei zum Haus meiner Urgroßtante wollte, weil der Steg zur Schiedermühle wenige Wochen zuvor vom Aurachhochwasser fortgerissen worden war. Und über diese steinerne Brücke rannte Wedler nun verzweifelt mit seinem Schatz davon, als Krahler ihn einholte. Wedler, der endlich eine Chance gesehen hatte, seiner Familie etwas Wohlstand zu bieten, war wie von Sinnen. Krahler, seinerseits in jugendlich unbeherrschter Gier, wusste, dass der Schatz auf dem Boden der Mälzerei gefunden worden ist und versuchte, seinen Kollegen damit zu erpressen. Sie stritten erbittert, es kam zum Handgemenge. Franz Wedler stürzte unglücklich von der Brücke – und war tot.
Krahler befiel eiskalte Panik. Was hatte er getan? Niemand würde glauben, dass es ein Unfall war, dass er nicht absichtlich einen Mord begangen hatte, dass er das niemals gewollt hätte. Und er durfte niemandem von den Büchern erzählen.
Und was würde seine Johanna dazu sagen? Johanna, die ältere Tochter der Reims, bei denen sein Opfer gewohnt hatte? Johanna, mit der er sich heimlich seit einiger Zeit traf und die seine heiße und innige Liebe war. Würde sie mit einem Mörder noch etwas zu tun haben wollen?
Er stieg hinunter ans Ufer und zog den leblosen Körper unter die

Brückenbögen, ohne genau zu wissen, warum eigentlich. Dann nahm er wie in Trance die beiden Bücher an sich, die Wedler noch in der Tasche hatte.
Noch in dieser Nacht suchte er seinen Bruder Werner auf, von dem er sich erhoffte, dass er seinen Einfluss als NSDAP-Ortsgruppenleiter geltend machen würde, um den Tod von Franz Wedler unter den Tisch zu kehren. Der ließ ihn allerdings zunächst abblitzen. Dann versuchte er es bei Johanna, der er die halbgare Geschichte auftischte, Ludwig Hardt habe seinen Mitarbeiter erschlagen, weil der sich als überzeugter Gewerkschaftler und Sozialdemokrat für die Rechte der Beschäftigten eingesetzt habe. Die Schwestern Johanna und Lene glaubten ihm, gaben Peter offiziell ein Alibi und untermauerten es mit dem Versprechen, dafür über gewisse uneheliche Eskapaden des Ortsgruppenleiters diskret hinwegzusehen.
Johanna und Peter setzten sich kurz darauf nach Bamberg ab, heirateten – es war wohl ziemlich dringend – und bekamen einen Sohn, Walter. Werner versuchte dann bei Kriegsausbruch, das familiäre Problem auf seine Weise zu lösen: Indem er über seine Beziehungen nach oben Peter nach Polen, Frankreich und an die Ostfront schicken ließ, konnte er sich von seinem politisch kompromittierenden Bruder distanzieren und nebenbei hoffen, dass dieser überhaupt nicht wiederkommen würde.
Peter überlebte jedoch wider Erwarten sogar die Hölle von Stalingrad. 1944 plante er während eines Heimaturlaubes, sich von seinem neuen Kommando in Südfrankreich aus als Fahnenflüchtiger in die neutrale Schweiz durchzuschlagen, wo er sich dann wieder mit seiner Familie zu treffen hoffte. Als Notgroschen nahm er die alten Bücher mit. Er desertierte, verkaufte die Bücher in Aix-en-Provence einem Antiquar namens Dubreuil, wurde aber kurz darauf von Feldjägern gefasst und erschossen.
Ein schier unglaublicher Zufall führte nun 1996 meinen Onkel Jakob Thormann auf einen Flohmarkt in Arles, wo er just diese Bücher im Nachlass des Antiquars entdeckte und eigentlich nur wegen des Exlibris ‚Frauenaurach' meiner Großtante für ein Butterbrot als Mitbringsel kaufte."

Eine Weile war es still. Nach einer gefühlten Ewigkeit fragte Rolf: „Sag mal, das ... das gibt's doch gar nicht. Woher weißt du das alles?"
Martin grinste, mit einem gewissen Triumph.

„Clara hat Archive durchwühlen lassen. Rotes Kreuz, Wehrmacht, Parteiakten. Bei meiner Großtante habe ich ein Telegramm gefunden, das Johanna 1945 aus der Schweiz geschrieben hatte – ein wertvolles Puzzleteil. Alte Fotos, viele Postkarten... Überhaupt, die Postkarten! Hätte Onkel Jakob nicht aus Arles geschrieben, wäre ich nie darauf verfallen, ihn zu fragen, ob ausgerechnet er die alten Bücher von dort mitgebracht haben könnte.
Ja, und einen großen Teil der Geschichte verdanke ich dir, Rolf!"
„Mir?"
„Ja, dir. Als du mich neulich gebeten hast, deine Mutter vom Flughafen abzuholen, hast du mir unwissentlich zum wichtigsten Schlüssel des Rätsels verholfen."
Rolf schaute einigermaßen verwirrt.
„Was hat meine Mutter mit der ganzen Sache zu tun?"
„Dass sie meine Großtante kannte, hätte mir schon früher auffallen können. Tante Lene hatte eine Postkarte aufgehoben, die ihr eine offenbar gute Freundin namens Sabine von einem Urlaub auf den Malediven geschrieben hatte. Ich hatte nur nicht geahnt, dass es sich dabei um deine Mutter Sabine Küffner handelte.
Woher kannten sie sich?
Nach dem Krieg ist Johanna Krahler als Witwe eines Deserteurs mit ihrem Sohn Walter aus der Schweiz wieder zurück nach Bamberg gegangen. Dort lernte Walter, mittlerweile in den besten Jahren, 1974 die etwas exzentrische, hübsche und blutjunge Sabine Küffner kennen und erlebte eine kurze aber heftige Romanze. Die Liebe zu dem siebzehn Jahre älteren Mann war nur ein Strohfeuer, aber der Kontakt zu Walter Krahlers Mutter Johanna und später auch ihrer Schwester Lene, die noch immer in Frauenaurach lebte, blieb. Was außerdem blieb, ist ihr Ende 1974 geborener Sohn."
Rolf brummelte kopfschüttelnd etwas Unverständliches vor sich hin.
„Eine Zeit lang hatte ich sogar gedacht, du könntest als Erbe von Tante Lene in Frage kommen, immerhin bist du der leibliche Enkel ihrer Schwester Johanna. Allerdings hatte Walter Krahler die Vaterschaft nie anerkannt und Deine Mutter hatte daran auch kein Interesse. Von ihr, von deiner Mutter Sabine Küffner, kenne ich aber die Geschichte, was in jener Nacht 1936 auf der Aurachbrücke passiert war. Lene hat sie ihr erzählt.
Peter hatte bei seinem letzten Urlaub 1944 seiner Frau alles gebeich-

tet und damit auch den Mälzer Hardt von jedem Verdacht befreit. Aber erst kurz nach Kriegsende konnte Johanna mit ihrer Schwester Verbindung aufnehmen und ihr diese Neuigkeit telegraphieren.
Ich bin Herrn Wedler sehr dankbar, dass er mir schließlich ein weiteres Mosaiksteinchen an die Hand gegeben hat. Kurz vor ihrem Tod hatte ihm seine Frau erzählt, dass sein Vater Franz zwei alte Bücher gefunden hatte. In diesem Moment war ich mir sicher, was in jener Nacht geschehen war."

Zeilinger fühlte sich aufgefordert, zu übernehmen. Seine ruhige, aber feste Stimme klang wie aus einer fernen Zeit herüber.
„Herr Thormann hatte nun die Idee, in den Kellern könnten noch weitere Dinge aus der Klosterzeit liegen. Wedler – Franz Wedler – war möglicherweise der einzige, der davon gewusst hatte, und durch seinen Tod hatte er keine Gelegenheit mehr, den Rest zu bergen."
Rolf schaute den alten Mälzer skeptisch an:
„Soll das heißen, Sie wissen gar nicht, was in Ihren eigenen Kellern so herumliegt?"
Zeilinger lächelte nachsichtig.
„Die Keller unter der Brauerei wurden nie richtig genutzt. Anfangs sollten sie die am Kriegenbrunner Weg ersetzen, weil dort immer mal eingebrochen wurde und man sich den Transport der Fässer dorthin und zurück sparen wollte. Schon bald stellte sich aber heraus, dass der Boden neben der Aurach zu feucht war. Es stand immer wieder das Wasser drin. Und zu klein waren sie außerdem, es gab Gänge, die an den Grundmauern anderer Häuser endeten. Lange standen die Keller dann leer, 1938 wurden sie schließlich zugemauert, weil so viele Ratten drin waren. Wie es aussieht, sollten wir uns dort aber mal umschauen."
Zeilinger wies die beiden jungen Burschen mit einem Wink an, den Schrank an der Rückwand des Raumes zur Seite zu schieben. Dahinter kam eine rohe Ziegelmauer zum Vorschein, die augenscheinlich einen früheren Durchgang verschloss. Der Seniorchef nickte, und die beiden Männer begannen, die Wand mit einem Vorschlaghammer zu bearbeiten. Rolf, Martin, Clara, Krahler und Zeilinger sahen gespannt zu. Die Wand bekam erst nach anfänglichem Widerstand Risse, doch nachdem das erste Loch entstanden war, fielen bei jedem Schlag immer größere Mauerstücke nach innen. Mario und Kemal arbeiteten ruhig und kräftig, ohne übermäßig angestrengt zu

wirken, bis die Öffnung ausreichend groß zum bequemen Betreten des Gangs war. Sie traten zur Seite, um ihrem Chef Platz zu machen. Der nickte kurz und entschlossen, knipste seine Lampe an und verschwand im Dunkel. Die anderen folgten seinem Beispiel.
Es roch nach Keller, etwas modrig, aber von der erwarteten Feuchtigkeit war nicht viel zu spüren. Zeilinger beantwortete die unausgesprochene Frage und erklärte, dass das um diese Jahreszeit ganz normal sei. Erst mit der Schneeschmelze weiche der Boden durch, und dann stünden auch Pfützen im Gang.
„Sind Sie denn jemals hier gewesen?“ ließ sich erstaunt Rolf von hinten vernehmen.
„Wir haben die Mälzerei erst Ende der Fünfziger übernommen, da war der Keller schon lange verschlossen. Da gab es aber noch viele Mitarbeiter, die die Gänge kannten. Und ein kleiner separater Keller ist auch noch offen, da kommt man vom Hof her rein. Der wird aber auch nicht mehr genutzt. – Vorsicht, hier ist die Decke niedriger.“
Er leuchtete nach oben. Der Gang behielt seine Breite, war aber plötzlich einen halben Meter niedriger. Martin konnte sehen, dass das Kellergewölbe hier nicht mehr mit Sandsteinquadern sondern Ziegeln ausgekleidet war.

Trotz der starken Lampen gingen sie nur langsam voran. Immer wieder lagen Holzreste alter Fässer oder von der Decke herabgefallene Mauerteile im Weg. Man musste gleichzeitig nach Hindernissen auf Kopfhöhe und vor den Füßen schauen. Der Boden bestand oft aus aufgeschüttetem Klinkerschutt, manchmal aus Sand, und seltener war er auch felsig.
Links und rechts zweigten nach einigen Metern Stollen ab. Und nach wenigen Schritten wieder. Sie leuchteten überall hinein. Fast alle Gänge endeten bereits nach wenigen Metern an dunkelroten Ziegelwänden. Nach weiteren zehn Metern, soweit sich das in der bedrückenden, finsteren Enge abschätzen ließ, stieß der Gang auf ein Quergewölbe, das wiederum aus Sandstein aufgeführt war. Rechter Hand endete auch dieser Keller nach wenigen Metern. Pflichtschuldig leuchteten sie die Nische aus, aber außer einer Ziegelwand gab es nichts zu sehen.
Langsam begann eine gelinde Nervosität sich Martins zu bemächtigen. Es wäre ziemlich enttäuschend, wenn sie gar nichts finden würden. Hatte er sich von seinen Phantasien zu weit tragen lassen?

Hatte er auf zwei alten Büchern ein Luftschloss aus Hirngespinsten errichtet?
Sie wendeten und gingen den Quergang in der anderen Richtung ab. Hier war der Boden felsig. An zwei Stellen bestand die Wand wieder aus hellroten Ziegelsteinen, ansonsten wechselten sich Felsen mit Sandsteinquadern ab.
Martin wurde mit jedem Meter stiller. Clara schien seine Gedanken erraten zu haben und versuchte, ihn zu trösten:
„Lass mal, auch wenn es hier unten nichts mehr zu finden gibt, heißt das ja nicht, dass es nicht da war."
„Wenn es hier irgendetwas gegeben hätte, müsste es auch noch Spuren davon geben", brummelte Martin missmutig. Er wollte seinen Frust nicht an Clara auslassen, aber plötzlich wackelte sein ganzes Kartenhaus. Der Gang enthielt außer Holzresten und Steinen einfach gar nichts. Eben noch im Hochgefühl, eine ganz geheimnisvolle, alte Geschichte entschlüsselt zu haben, eben noch kurz davor, als „Zugereister" den Frauenaurachern stolz den Schatz des Priamos aus dem Schoß ihrer eigenen Erde zu buddeln, und nun die peinliche Ernüchterung eines leeren, alten Bierkellers. Feierlich präsentiert. Ta-daa!
„Aus die Maus!", rief Mario von vorne. Clara und Martin, die ganz hinten gegangen waren, schauten den anderen über die Schulter. Im Kegel des blauweißen LED-Lichtes türmte sich ein Geröllberg auf.
„Hier geht es nicht weiter, der Gang ist eingestürzt," verkündete Kemal überflüssigerweise. Man konnte dem Haufen Steine ansehen, dass er erstens unverrückbar und zweitens schon seit sehr langer Zeit dort lag.
Allen war klar, dass sie in diesem Keller nichts mehr finden würden. Trotzdem traute sich niemand so recht, zum Rückzug zu blasen. Zeilinger fand schließlich die passenden Worte. Mit väterlich ruhiger Stimme entschied er:
„Wir müssen irgendetwas übersehen haben, aber heute abend werden wir es wohl nicht mehr finden. Ich schlage daher vor, erst einmal umzukehren."
Martin war ihm für die implizite Rehabilitierung seiner Geschichte dankbar und fragte sich, ob Zeilinger nur ihm zuliebe die Worte gewählt hatte oder ob er selber so unerschütterlich daran glaubte.
Langsam schritten sie wieder den Gang zurück, der ihnen auf dem Rückmarsch schon nicht mehr so lang vorkam. Sie erreichten die

Abzweigungen der kurzen Seitengänge und leuchteten mehr resigniert als planvoll nochmals in die Nebenräume. Auch jetzt war dort nichts zu sehen als verrostete Fassbänder, Reste verrotetter Dauben und die roten Ziegelwände.
Mit einem Mal blieb Clara stehen und starrte in die Dunkelheit.
„Moment!“, flüsterte sie.
Der Trupp geriet ins Stocken. Martin schaute sie fragend an, was natürlich in der Finsternis niemand sehen konnte. Clara biss grübelnd in den Knöchel ihres Zeigefingers, schaute starr ins Dunkel vor ihr und fasste plötzlich einen Entschluss.
„Wir müssen nochmal zurück. Ich habe eine Idee.“
Sie nahm Zeilinger die Lampe aus der Hand, kehrte, ohne sich um die Gruppe zu kümmern, um und eilte den Gang zurück. Neugierig und bereit, sich an jeden Strohhalm zu klammern, folgten ihr die Anderen.
Abermals betraten sie den hintersten Quergang aus Sandstein. Clara bog zielstrebig nach links ab, wo der Keller blind in der Geröllhalde endete. Einige Meter vor dem Schuttberg blieb sie stehen.
„Hier.“
„Was ist hier?“
Anstelle einer Antwort schob und drückte Clara an den Ziegeln, die an dieser Stelle ein Stückchen Wand bildeten. Nichts tat sich.
„Okay, dann die andere Stelle.“
Sie nahm die Lampe auf, die sie auf den Boden gelegt hatte und ging noch fünf Meter weiter zu der zweiten Ziegelwand. Wieder rüttelte sie an den Steinen. Und wirklich: einige Ziegel waren locker und ließen sich leicht entfernen. Was ihnen vorhin im Vorbeigehen nicht aufgefallen war, waren die Ritzen und Lücken zwischen den Steinen dieser Wand. Jetzt halfen auch die anderen mit, ein plötzliches Fieber bemächtigte sich ihrer. Oft bestanden die Teile der Mauer sogar aus mehreren Ziegeln, sodass schon nach wenigen Handgriffen eine Öffnung entstanden war, durch die man bequem hindurchkriechen konnte.
Zeilinger schob sich nach vorne, leuchtete zuerst hinein. Jagdfieber hatte sich seiner bemächtigt.
„Schließlich ist es mein Keller“, witzelte er.
„Da bin ich mir gar nicht sicher“, ließ sich Clara vernehmen. Alle drehten sich irritiert zu ihr um. Martin fragte:
„Wie meinst du das?“

„Es heißt ja, Männer hätten den besseren Orientierungssinn ... aber wenn ich in Gedanken die Gänge und Abzweigungen aneinanderhänge und mir vorstelle, was über uns liegt, befinden wir uns schon lange nicht mehr auf dem Gelände der Mälzerei."
„Heißt das, unsere Vorfahren hätten sich durch fremden Boden gewühlt?"
„Das glaube ich auch nicht. Dieser Gang ist meiner Ansicht nach überhaupt nicht von der Brauerei gegraben worden. Schauen Sie mal hier: Vom ersten Stück abgesehen besteht der gesamte Klosterbräukeller aus Ziegelwänden. Der Quergang, in dem wir uns befinden, unterscheidet sich baulich gewaltig davon, nicht nur im Material, auch in der Bauweise. Ich will Sie jetzt nicht mit architektonischen Details langweilen, aber ich bin sicher: Das hier ist mittelalterlich. Dieser Gang, in dem wir stehen, ist der alte Fluchttunnel des Klosters! Bei der Anlage des Brauereikellers ist man wohl darauf gestoßen und hat ihn in das Gangsystem integriert.
Und als mir auf dem Rückweg dieser Gedanke gekommen ist, fiel mir plötzlich auch ein, dass ich diese auffällig hellorangen Ziegel, die ausschließlich hier in diesem Gang vermauert sind, schon mal gesehen habe. Ziegel, die wesentlich älter sind als die aus dem Brauereikeller. Martin, du müsstest wissen, was ich meine!"
Martin konnte nur verdattert den Kopf schütteln. Clara erklärte:
„In dem Heftchen über die Klosterkirche, das du mir gegeben hast, ist ein Foto von der Gruft unter der hinteren Empore. Erinnere dich: Die Wand auf der Westseite besteht aus diesen Ziegeln. Die Wand ist die gleiche, die wir vorhin gesehen haben. Die Gruft ist der abgeteilte Eingang zum alten Fluchttunnel der Nonnen."
„Und wie bist du auf die Idee gekommen, ein Loch in diese Wand zu reißen?"
„Überlege doch mal: Wenn die letzte Äbtissin überhaupt irgendwo etwas verstecken konnte, was jahrhundertelang nicht gefunden wurde, dann nur unterirdisch. In diesem Gang. Und die einzigen Stellen, hinter denen sich in einem solchen Felsengewölbe ein Nebenraum verbergen kann, sind die beiden Ziegelflächen hier. Wir werden wohl nie herausfinden, wie Franz Wedler darauf gekommen ist – aber er muss den Raum entdeckt und anschließend wieder lose mit den Steinen verschlossen haben."
„Das klingt einleuchtend, was die junge Dame sagt", stimmte Zeilinger bedächtig zu. „Aber auch wenn es nicht mehr mein Grund

und Boden ist, möchte ich jetzt doch wissen, was sich hier verbirgt. Und ich denke, meine Herren – pardon: meine Dame, meine Herren –, Sie auch."

Mit diesen Worten packte er die Lampe und kroch durch das Loch. Martin staunte über die Gelenkigkeit des alten Mannes. Obgleich ganz zittrig vor Ungeduld, ließ er Clara den Vortritt und hörte, während auch er eintrat, Zeilingers Stimme. Zum ersten Mal hatte sie ihre unerschütterliche, altersweise Ruhe verloren. Beinahe aufgeregt rief er halblaut aus dem Hintergrund:

„Hier ist etwas, mein Gott, kommen Sie!"

Zeilinger stand am Ende des etwa sechs Meter langen Raums vor einem Kasten aus Eiche. Rolf und die Braugesellen waren inzwischen hereingekommen. Sie standen alle, soweit der enge Raum es zuließ, vor einem hölzernen Würfel von etwa eineinhalb Metern Kantenlänge, der von außen mit einer teerartigen Substanz eingelassen war. Um gegen Nässe von unten geschützt zu sein, ruhte er auf einem Steinsockel. Der Deckel war einst mit einem Schloss gesichert gewesen, das aber nun aufgebrochen auf dem Boden lag.

„Da war jemand vor uns hier." Rolf.

„Natürlich. Franz Wedler. Hier muss er die Bücher gefunden haben. Wedler war kein Historiker, er war Brauknecht. Er hat die Kiste einfach offengelassen."

Noch während Martin dies sagte, kam ihm ein fürchterlicher Verdacht. Langsam hob er den Deckel an. Fünf Augenpaare starrten fassungslos ins Innere. Was sie erblickten, versetzte ihnen einen Stich ins Herz.

20. Kapitel

Schweigend verließen sie den Keller.

Als sie auf den Hof der Mälzerei traten, standen sie in einem Kegel grünlichen Lichtes, der aus einem Strahler die dünne Schneedecke beschien. Es hatte aufgehört zu schneien. Tausende von Sternen standen kalt über ihnen am Himmel, erstarrt, ohne das lebendige Leuchten einer Sommernacht.
Martin hatte Recht gehabt. Was sie gefunden hatten, hatte die ganze Geschichte, wie er und Clara sie rekonstruiert hatten, bestätigt. So musste es gewesen sein, keiner der Gruppe zweifelte mehr daran.
Und doch fühlten sie sich als Verlierer. Mit diesem Ende hatten sie nicht gerechnet. Seufzend streckte Martin dem Braumeister die Hand hin, um sich zu verabschieden und für den Besuch in den Kellern zu bedanken. Der schlug stumm ein. Die Euphorie war von allen gewichen. Wahrscheinlich wäre es leichter gewesen, wenn sie gar nichts gefunden hätten.
Wortkarger Abschied. Martin würde sich jetzt ins Bett fallen lassen, um morgen früh einigermaßen fit nach Norddeutschland zu fahren. Die kleine Lesereise, die ihm der Verlag noch vor Weihnachten beschert hatte, stand an.
Von der Hofeinfahrt her näherte sich eine Gestalt. Erst jetzt bemerkten sie sie, als der lange Schatten bis zu ihnen herüberreichte. Die Person stützte sich links beim Gehen leicht auf einen Stock. Im Schatten der letzten Straßenlaterne der Brauhofgasse konnte man ihr Gesicht nicht erkennen, aber sie war hochgewachsen und trug einen langen Mantel. Ihr Haar mochte schneeweiß sein, es strahlte als goldener Kranz wie eine Aura im Natriumlicht.
Der Schnee trocknete die Geräusche der Schritte, der raschelnden Winterjacken, des klappernden Schlüsselbundes. Die Gestalt blieb stehen, zehn Schritte entfernt. Ihre Stimme klang leise, doch eindringlich hart und fast gespenstisch gut verständlich zwischen den Mauern der alten Gebäude.
„Habt ihr den Schatz endlich gefunden?"
Zeilinger überwand als erster die Irritation der Erscheinung, irgendwie schien es den anderen wohl auch selbstverständlich, dass er als Hausherr das Wort ergriff:

„Darf ich fragen, wer Sie sind?"
„Ist das der Krahlers Karl bei euch? Dachte ich's mir doch. Einer wie der andere. Aber nochmal werdet ihr uns nicht bestehlen!"
„Wer sind Sie?", fragte Zeilinger nochmals.
Die Gestalt trat einige Schritte näher und lachte leise. Es war ein resigniertes Lachen.
„Wer ich bin? Ja, ihr kennt mich nicht mehr ... es ist zu lange her. Aber du, Karl, du könntest dich erinnern."
Sechs Augenpaare schauten fragend auf Karl Krahler, der irritiert und ratlos langsam den Kopf schüttelte. Etwas nachsichtiger fuhr die Stimme fort:
„Naja, warst noch ein Kind damals, als ich gegangen bin. Aber all die Jahre hab' ich nicht vergessen, was die Krahlers uns angetan haben."
Zeilinger brach den gespenstischen Zauber, den die geheimnisvolle Gestalt um sich verbreitete, mit der zum dritten Mal – nunmehr eindringlich – vorgebrachten Frage:
„Bitte sagen Sie mir jetzt, wer Sie sind und was Sie wollen – oder verlassen Sie das Gelände."
Die Gestalt trat abermals ein paar Schritte näher, wodurch ihr Gesicht in den Bereich der Hofbeleuchtung gelangte. Stechend blaue Augen schauten aus einem greisen, gleichwohl adelig wirkenden Gesicht.
„Ich bin die Anna. Anna Salzbrunner, geborene Wedler. Ich bin die Tochter von Franz Wedler, den ihr Krahlers" – sie zeigte mit ihrem Gehstock auf Karl und funkelte ihn hasserfüllt an – „ermordet habt."
Martin fühlte sich verpflichtet, sich schützend vor Krahler zu stellen.
„Frau Salzbrunner, ich verstehe Sie ..."
„Gar nichts verstehen Sie! Was wissen denn Sie!", fuhr ihm Anna Salzbrunner zornig über den Mund.
Martin fixierte nun seinerseits die Frau und redete mit ruhiger, eindringlicher Stimme weiter:
„Ich kenne die ganze Geschichte, Frau Salzbrunner. Lassen Sie zuerst mal Karl Krahler aus dem Spiel. Er war 1936, als Ihr Vater zu Tode kam, noch nicht einmal geboren. Ihn trifft keine Schuld. Und was seinen Onkel Peter betrifft, so weiß ich aus sicherer Quelle, dass es ein tragischer Unfall war."
„Sehen Sie: Nichts wissen Sie! Gar nichts. Ja, gewiss, sein Onkel hat das Werk des Teufels nur begonnen, er hat meinen Vater von

der Brücke gestoßen und ausgeraubt. Aber da hat mein Vater noch gelebt! Gelebt hat er! Stundenlang hat er unter der Brücke gelegen, in der eisigen Kälte, bis dann letztlich ER kam."
Clara fragte in ihre Pause hinein:
„Bis wer kam?"
Anna Salzbrunner würdigte Clara keines Blickes, beantwortete aber ihre Frage.
„Werner natürlich. Karls Vater. Ein Erznazi. Ortsgruppenleiter der braunen Pest. Peter hatte sich ihm in jener Nacht anvertraut, und Werner hatte nichts Eiligeres zu tun, als das Werk seines Bruders zu vollenden. Noch in derselben Nacht hat er meinen Vater erschlagen."
„Aber warum hätte er das tun sollen?"
„Eine Ratte war bereit, die andere zu fressen ... Werner hätte sich seinen ungeliebten Bruder mit einer Mordanklage gerne vom Halse geschafft. Nur haben die Reim-Schwestern im letzten Moment für Peter gebürgt. Und irgendwie müssen sie Werner erpresst haben."
Martin nickte bedächtig. Woher immer Anna Salzbrunner die Geschichte gehabt haben mochte: Sie widersprach nicht ihren bisherigen Erkenntnissen, und alle anderen Details stimmten perfekt überein. Martin konnte nicht länger darüber nachdenken, denn Anna Salzbrunner fuhr fort:
„Aber Peter hat die Bücher gestohlen, die meinem Vater gehört hatten. Zwei alte, wertvolle Bücher. Ja, mein Bruder hat mir heute abend alles erzählt. Siebzig Jahre lang hatte ich keine Ahnung ... Es war ein Fehler von Ihnen, es ihm zu sagen." Sie schaute Martin an. „Sie waren das doch, oder? Der junge Mann, der das Haus von der Anni geerbt hat. Paul hat mir auch davon erzählt. Auch, dass Sie heute nacht hier im Keller nach dem Rest der Bücher suchen. Dass es noch viel mehr gibt. Und jetzt bin ich hier, mir mein Eigentum zu holen!"
Zeilinger wagte lächelnd einen vorsichtigen Einwand:
„Frau Salzbrunner, was immer wir hier finden, es gehört nicht Ihnen!"
Anna Salzbrunner richtete sich auf und herrschte ihn an:
„Was immer hier liegt: Mein Vater hat es gefunden. Und ich bin seine Erbin!"
Dass ihr Bruder ebenso Erbe wäre, kam ihr in diesem Moment nicht in den Sinn. Martin wandte aber etwas ganz anderes ein:

„Es tut mir leid, Ihnen das sagen zu müssen: Der Schatz des Klosters liegt auf dem Grund der Kirche, oder vielmehr zwei Meter darunter. Ihr Vater hat ihn gefunden und hat, statt gerichtlich seinen Finderlohn einzufordern, einen Teil des Schatzes unterschlagen. Um genau zu sein: Er hat zwei Bücher mitgenommen, die ihm wiederum kurz darauf gestohlen wurden. Ich möchte damit keine der Taten rechtfertigen, aber ...“
Anna Salzbrunner unterbrach ihn:
„Er hat die Bücher gefunden. Sie gehörten ihm. Und ich will sie jetzt haben.“
Bei diesen Worten hob sie die rechte Hand und richtete eine Pistole auf die verdutzte Gruppe.
Zeilinger fand als erstes Worte:
„Frau Salzbrunner, machen Sie sich nicht unglücklich. Nehmen Sie die Waffe weg! Woher haben Sie die überhaupt?“
„Mit dieser Waffe hat mein Vater im Krieg gekämpft. Bei Verdun und an der Somme. Eine 9mm-Parabellum von Luger. Glauben Sie nur nicht, sie täte heute nicht mehr ihren Dienst.“
Niemand hatte Lust, sich davon zu überzeugen. Martin fragte sich, ob die alte Dame es fertigbringen würde, wirklich abzudrücken. Doch, sie würde. Er war sich sicher. Um die Treffsicherheit der Luger war es zwar nicht so gut bestellt, aber das Risiko, dass die offenbar zu allem entschlossene Alte beim Schuss auf zehn Schritt mitten in eine Gruppe von sieben Personen hinein einen empfindlichen Treffer landen würde, war nicht gering. Er erinnerte sich, dass man in solchen Situationen vor allem das Gespräch aufrecht erhalten soll. Einen Versuch war es wert.
„Doch, das glaube ich Ihnen durchaus. Aber verraten Sie mir, Frau Salzbrunner, warum haben Sie Ihren Bruder so lange im Glauben gelassen, dass Ludwig Hardt Ihren Vater getötet habe? Immerhin kannten Sie ja wohl die wahre Geschichte.“
Die alte Frau schüttelte den Kopf, schwieg einen Moment und schien sich dann zu einer Erklärung durchzuringen. Leiser sagte sie:
„Als ich die Wahrheit von meiner Mutter erfuhr, war es eh zu spät. Mein Vater wäre dadurch nicht wieder lebendig geworden. Und ... nun, ich hatte eben meine Gründe.“
Martin bezweifelte, dass er diese Gründe je erfahren würde. Mit barscher Stimme fuhr sie fort:
„Aber das geht Sie gar nichts an. Ich will mein Erbe. Jetzt sofort.“

„Frau Salzbrunner, wir haben wirklich nichts von Wert zutage gefördert."
„Ich glaube Ihnen nicht. Irgendwo dort unten liegt der Schatz, und Sie haben ihn gefunden und wollen ihn für sich behalten."
Martin schüttelte den Kopf.
„Sie haben zum Teil recht. Ja, wir haben etwas gefunden. Wir haben die komplette Bibliothek der Kunigunda von Wallenrod entdeckt. Sie lag viele hundert Jahre lang gut verpackt in einer zugemauerten Nische des alten Fluchttunnels, der einst von der Gruft der Klosterkirche nach außerhalb der Klostermauern führte. In den Wirren des sechzehnten Jahrhunderts haben die Nonnen ihre Bibliothek dorthin verbracht, da sie sie nicht – wie höchstens die weniger voluminösen Wertsachen – bei der Flucht in den Konvent von Nürnberg mitnehmen konnten, aber dem Zugriff der Plünderer und des Markgrafen entziehen wollten. Dort lagen die Bücher und wurden vergessen. Vergessen, wie der ganze zugemauerte Gang, von dem heute nur noch die Gruft unter der Empore der Klosterkirche zugänglich ist und von dem eine alte Geschichte berichtet, die zumindest ein bisschen mehr Wahrheit enthält, als wir bisher geahnt hatten.
Viele Jahre gingen ins Land. Zu Zeiten des Klosteramtes blühte die Brauerei auf, und man begann, eigene Keller zu graben. Man stieß auf den vergessenen Fluchttunnel und integrierte ihn, gab aber schon wenig später die ganzen Keller wieder auf, da sie zu feucht waren.
Irgendwann fand Ihr Vater dann die jahrhundertelang verborgene Nische. Er hatte wohl schon als Lehrling irgendwoher eine Ahnung, weshalb er nach dem Krieg alles dransetzte, wieder in der Mälzerei angestellt zu werden. Am 17. Dezember 1936 entdeckte und öffnete Franz Wedler endlich die Kiste und fand viele sorgfältig eingepackte Bücher. Mittelalterliche Handschriften, Codizes mit kostbaren Miniaturen, Inkunablen auf Pergament und Papier, Folianten und kleine Stücke im Oktavformat. Der wahre Schatz eines jeden Klosters, damals die Hüter von Wissen und Gelehrsamkeit. Vielleicht hatte er sich etwas anderes erträumt, aber er muss ihren Wert erahnt haben, denn er hat zwei davon – wahrscheinlich wahllos die obersten – mitgenommen.
Ein junger Lehrling, Peter Krahler, muss ihn dabei beobachtet haben. Er folgte ihm. Was weiter geschah, wissen Sie. Krahler nahm die Bücher an sich.

Er desertierte und verkaufte seine Beute gegen Kriegsende in Aix-en-Provence, wurde aber kurze Zeit später von den Feldgendarmen erschossen. Seit jenem Tag war niemand mehr am Leben, der das Versteck der Bibliothek kannte.
Und das war fatal. Denn Franz Wedler hatte die Kiste in jener Dezembernacht offen stehen gelassen. Ihm hatte es genügt, die Ziegel wieder leidlich zu einer Mauer zusammenzufügen. Zur Tarnung reichte das. Nicht aber für die Bücher."
Martin machte eine Pause.
„Herr Zeilinger hatte vorhin erzählt, dass 1938 der ganze Keller zugemauert worden ist, weil immer wieder Ratten darin hausten. Warum aber war das erst jetzt zum Problem geworden? Die Antwort lautet: Weil die Tierchen erst seit Dezember 1936 Zugang zu einer Kiste voller Pergament und Leder erhalten hatten und sich dort häuslich einrichten konnten.
Frau Salzbrunner, niemand bedauert es mehr als ich, aber die Klosterbibliothek besteht nur noch aus einem Haufen zerfressener, von Rattenkot und Rattenmumien durchsetzter Fitzelchen. Fragmente großer und kleiner Buchblöcke, Fetzen von bemaltem Pergament, zu Staub zerfallende Drucke."
Bedrücktes Schweigen.
Was Martin erzählte, hatten bis auf Anna Salzbrunner zwar bereits alle seit einer halben Stunde gewusst, aber als er den Verlust der unersetzlichen Bücher in Worte fasste, ging es nochmal allen unter die Haut.
„Sie lügen!", stieß die alte Frau plötzlich hervor, zitterte am ganzen Körper und schrie:
„Sie lügen, lügen, lügen! Ich glaube Ihnen nicht! Noch einmal lassen wir uns nicht um alles bringen! Geben Sie es heraus, es gehört mir, mir, mir! Seit siebzig Jahren steht es meiner Familie zu!"
Mit diesen Worten riss sie die Pistole hoch und drückte mit einer Schnelligkeit, die man weder ihr noch der historischen Waffe zugetraut hätte, mehrmals ab.
„Anna! Nein!", schrie jemand im gleichen Augenblick von ganz woanders, während drei Schüsse in schneller Folge peitschend durch den Hof hallten, Projektile vom Pflaster sirrend wegsprangen und jedesmal der scharfe Knall zwischen den Wänden vervielfacht wurde. Clara zuckte zusammen und drückte sich erschrocken an Martin. Rolf blieb stocksteif stehen, Mario hielt sich reflexartig das

Brecheisen vor das Gesicht, Kemal duckte sich hinter den Stiel des Vorschlaghammers. Zeilinger holte mit seiner Lampe aus, warf sie dann aber doch nicht.
Wer hatte da gerufen?
Anna Salzbrunner zerrte verzweifelt am Abzug der Waffe, die offenbar klemmte. Die kleine Gruppe im Hof war wie gelähmt vor Schreck. Wie durch ein Wunder war niemand getroffen worden. Nur die Petroleumlampe war Rolf von einer Kugel aus der Hand gerissen worden.

Erst jetzt wurden sie einer weiteren Person gewahr, die sich von der Einfahrt her genähert hatte. Paul Wedler hatte auch durch sein Rufen nicht mehr verhindern können, dass seine Schwester die Pistole gehoben hatte und abdrückte. Nun trat er von hinten an sie heran, griff ruhig nach der Waffe und nahm sie seiner Schwester, die keinen Widerstand leistete, ab. Die alte Frau brach in Tränen aus, sank in sich zusammen und schluchzte hemmungslos.
Wedler nahm sie in den Arm, ließ die Pistole auf das Pflaster fallen und redete leise und beruhigend auf sie ein.
Der Spuk war vorbei.
Clara lockerte ihren Griff um Martins Arm und atmete erleichtert durch.

Paul Wedler erklärte über Annas Schulter hinweg den Hinzugetretenen, er habe seiner Schwester beim Abendessen beiläufig von Martins Recherchen erzählt, sowie dessen Vorhaben, den Mälzereikeller zu durchsuchen. Sie habe daraufhin ganz rastlos gewirkt und schließlich erklärt, sie wolle noch einen Spaziergang machen. Als Paul, von einer plötzlichen Intuition getrieben, die Schublade öffnete, in der seit Jahrzehnten die Luger seines Vaters gelegen hatte, verdichtete sich sein Verdacht zur Gewissheit, und er ging Anna zur Mälzerei nach.

*

Wedler bekam die Zusage, dass über den Schusswaffengebrauch seiner Schwester kein weiteres Wort verloren werden sollte. Es war ja schließlich niemand wirklich zu Schaden gekommen. Paul versprach seinerseits, er wolle die Waffe der Polizei anonym zur Vernichtung übergeben.

Nach und nach verabschiedeten sich die Anwesenden. Paul Wedler geleitete seine noch immer völlig gebrochene Schwester nach Hause. Die Mälzergesellen fühlten sich etwas fehl am Platz und gingen ihr Werkzeug aufräumen. Zeilinger wechselte noch ein paar Worte mit ihnen, die Martin nicht verstand. Wahrscheinlich ermahnte er sie, keine Gerüchte über diesen Abend in die Welt zu setzen. Sie nickten wortlos.
Rolf verwies auf seinen früh klingelnden Wecker und kündigte an, sich zwischen den Feiertagen mal zu melden.
Ach ja, Feiertage. Weihnachten war ja auch noch.
Danach war Martin eigentlich gar nicht zumute.

Schließlich standen er und Clara alleine vor dem Tor in der Brauhofgasse. Die Lampen tauchten die schmale Straße, die niedrigen, alten Häuser, die von der dünnen Schneedecke bezuckerten Bäume in gleichmäßig gelbes Licht. Wahrscheinlich hatte diese Straße in jener Nacht nicht anders ausgesehen, als Franz Wedler die Mälzerei abends nach der Arbeit verlassen hatte und nach Hause ging. Wahrscheinlich auch nicht, als weitere zwei Jahrzehnte früher die elektrische Straßenbeleuchtung in den Ort gekommen war. Vermutlich hatten auch die Nachtwächter in den Jahrhunderten davor im Schein ihrer Laterne schon genau diese Häuser gesehen und nicht gewusst, dass ein Teil des Bierkellers unter ihren Füßen ein alter Fluchttunnel des Klosters gewesen war. Und niemand in all den Jahren konnte wissen, dass seit Kunigunda von Wallenrod keine zwei Meter unter dem Straßenpflaster eine sorgfältig verpackte Bibliothek einzigartiger Bücher darauf wartete, von einem Brauknecht entdeckt und kurz darauf restlos von Ratten zerfressen zu werden.
Martin schaute nachdenklich auf Claras blonde Locken, die im Schein der Natriumlampen fast unwirklich golden glänzten. Goldgelb wie alles, was nicht schwarz war in dieser Nacht. Er hatte den Eindruck, dass einzig ihre blauen Augen farbige Punkte in dieser monochromen Welt seien. Einen Moment standen sie einander stumm gegenüber.
Clara flüsterte lächelnd:
„Gut gemacht, Kommissar Johansen."

Sie mussten lachen. Martin gab zurück:
„Aber ohne dich wäre der Kommissar chancenlos gewesen."
Sie schwiegen eine Weile und horchten in die Winternacht.
Dann fragte sie leise:
„Wann kommst du aus Friesland zurück?"

Epilog

Der Januar bedeckte das Dorf mit einer dicken Schicht Pulverschnees.
Martin saß mit einer dampfenden Teetasse in seinem Sessel und schaute gedankenverloren auf die Bücherwand. Mit diesem Blick, fiel ihm plötzlich auf, hatte alles begonnen. Einzig an der Stelle, wo die beiden alten Bücher gestanden hatten, klaffte nun eine Lücke. Er hatte die ehrwürdigen Stücke der Kirchengemeinde übergeben.

Er erinnerte sich daran, was Clara in jener Nacht auf der Terrasse gesagt hatte. Vielleicht hatte sie ja recht. Vielleicht ließ sich aus der Geschichte ein Buch machen.
Mit einem Ruck stellte er die Tasse ab, klappte kurz entschlossen den Laptop auf und begann zu tippen. Kurz zögerte er, wie er die Datei benennen sollte, aber dann flossen ihm die Sätze förmlich in die Tastatur.

Titel: „Requiem an der Aurach“ ...

Bemerkungen zum Schluss

Manche Fehler wurden sehenden Auges gemacht. Die handelnden Personen dieser Geschichte sind natürlich erfunden. Das Thormann'sche Häuschen auch. Real sind aber alle anderen Gebäude des Ortes Frauenaurach sowie die beschriebenen Geschäfte. Wenn auch unter anderen Namen.
Ein paar Dinge möchte ich hier in wilder Abfolge klarstellen. Für die Perfektionisten.

Der Frauenauracher Bahnhof liegt nicht auf dem Wagnersberg, sondern etwas weiter östlich, aber diese Anhöhe hat keinen Namen. Auf der Südseite des Aurachtals gab es 1881 kein Gehöft; es gibt überhaupt kein reales Gebäude, das als Vorlage für Martins Anwesen dienen könnte. Man muss es sich an der Abzweigung zwischen Mühlgarten und Wilhelm-Tell-Straße vorstellen, wo von 1953 bis 2013 das kleine Schiederhaus stand.
Den Bahnhof Frauenaurach gab es 1936 wirklich schon, die Milch wurde aber am Milchhaus im Ort gesammelt und mit dem Fuhrwerk zum Bahnhof abgeholt. Die Metzgerei an der Aurachbrücke war tatsächlich die Wirtschaft zur Eisenbahn, wie man schon auf einem Foto von 1915 sehen kann.
Den Fußgängersteg über die Aurach zur Schiedermühle, den Martin in der Geschichte oft nimmt, gab es – noch aus Holz – schon vor dem Krieg. Daher ist es eigentlich unlogisch, dass Franz Wedler in jener Nacht des Jahres 1936 über die steinerne Brücke geflohen ist. Als ich von der Existenz der Holzbrücke erfahren hatte, habe ich sie einfach im Hochwasser einstürzen lassen. 1941 passierte das dann tatsächlich.
Das Sandsteingemäuer der Klosterkirche war nie von Moos begrünt, sondern von Blaualgen. Das klingt aber weit weniger romantisch. Und Martin Thormann hat keine Ahnung von Biologie.
Den Kirchenführer hat es auch gegeben, allerdings war er 2006 längst vergriffen. Ich habe ihn trotzdem eingefügt, weil er Erwin Roth viele Erklärungen und Zahlen erspart hat. Allerdings hatte er kein Foto der Gruft enthalten.
Von Autoren, Lektoren und Korrektoren habe ich ebensowenig Ahnung wie vom ganzen Verlagswesen. Hier danke ich Beate Lau-

fer-Johannes, der patenten Inhaberin der „Bücherinsel“ in Frauenaurach, die mir einiges dazu erzählt hat. Wenn ich trotzdem von der Realität zu weit weg geschrieben habe, liegt es nicht an ihr. „Frau Johanna Stebele“ ist ein Anagramm ihres Namens, ich hoffe, sie verzeiht mir den platten Gag.

Für das Studium der Galloromanistik ist Altfranzösisch verbindlich und wird nicht „aus einer Laune heraus“ belegt.

Lategahn ist ein wenig bekannter Maler der Berliner Künstlergruppe „Der Block“. Es ist mir nicht bekannt, ob es im GNM ein Werk von ihm gibt. Überhaupt habe ich keine Ahnung, wie eine moderne Restauratorenwerkstatt aussieht.

Der ICE 1602 fährt bereits um 17.52 Uhr in Erlangen ab.

Ich konnte nicht herausfinden, ob in den Nachkriegstagen Telegramme aus der Schweiz nach Mittelfranken verschickt werden konnten. Tatsache ist aber, dass der Postdienst 1945 noch einige Zeit unter dem Namen „Reichspost“ firmierte und grundsätzlich auch in jener Zeit einigermaßen funktionierte. Frauenaurach hatte auch eine eigene Poststelle.

Die Beschreibungen von Aix und Arles sind authentisch, die Galerie und das ehemalige Antiquariat nicht. Die Idee dazu gab mir eine winzige, heute sicher nicht mehr existente Buchhandlung, die ich in irgendeiner Gasse von Aix vor Jahrzehnten entdeckte.

St. Trophime und die anderen Sehenswürdigkeiten von Arles, eingeschlossen alle beschriebenen Details in den Museen, gibt es wirklich und sind immer eine Reise wert.

Im Erlanger Stadtarchiv gibt es keine der erwähnten Urkunden, sie sind frei erfunden. Überhaupt liegen die Akten der Klosterverwaltung im Staatsarchiv Bamberg, und das Erlanger Stadtarchiv befand sich im Jahre 2006 noch nicht in den hier beschriebenen neuen Räumlichkeiten, sondern in der Cedernstraße.

Das erwähnte Kriegerdenkmal an der Friedhofsmauer listet die Gefallenen des ersten, nicht des zweiten Weltkriegs auf. In den Gefallenen- und Vermisstenlisten, so wie ich sie im Erlanger Stadtarchiv fand, taucht der Name Peter im fraglichen Zeitraum nicht mehrmals, sondern überhaupt nicht auf.

Das Zitat „Unverhofft kommt oft – Treten Sie näher, Herr Unverhofft“ stammt von Erich Kästner.

Eine Bäckerei Wagenmacher bzw. Krahler hat es nie gegeben.

Erfunden sind auch die unterirdischen Gänge. Die Brauerei lager-

Dramatis personae

Martin Thormann	*ostfriesischer Lokalkrimiautor und Verlagslektor*
Isolde	*seine Ex*
Clara Rienecker	*Restauratorin am Germanischen Nationalmuseum*
Pieter	*ihr Mitbewohner*
Bernhard, Ole, Jeff, Claudia	*Bekannte aus Thormanns Zeit in Norden*

Lene Reim	*verstorbene Großtante von Martin Thormann*
Johanna Reim	*ihre Schwester*
Anni und Heinrich Reim	*ihre Eltern*
Franz Wedler	*Mälzergeselle, Opfer (gest. 1936)*
Paul Wedler	*sein Sohn*
Marga Wedler	*dessen Frau*

Rolf Küffner	*hilfsbereiter Frauenauracher, zugereist*
Erwin Roth	*hilfsbereiter Frauenauracher, alteingesessen*
Willi Horn	*hilfsbereiter Frauenauracher, Nachbar*
Krahler	*Name weiterer, für die Handlung wichtiger Frauenauracher*

ISBN 978-3-7450-1057-2

9 783745 010572

www.epubli.de

te ihre Fässer stets am Weg nach Kriegenbrunn, dort hausen heute Fledermäuse. Die Kellerräume unter den Brauereigebäuden gibt es, sie sind völlig trocken. Da ich die Mälzerei nie betreten habe, sind sämtliche Einzelheiten dort meiner Phantasie entsprungen.
In der Kirche gibt es tatsächlich eine Gruft unter der Empore, die auch die Keimzelle für manche der erwähnten Spekulationen um einen geheimnisvollen Gang ist. Und sie war die Keimzelle für die Idee zu dieser Geschichte.
Die australische Fluglinie Qantas (QN) fliegt Nürnberg nicht an, die Zeile ist eine Hommage an den Band 21 der Comicserie Tim und Struppi („Flug 714 nach Sydney") bzw. ein Zitat aus der letzen Seite dieser Geschichte.
Das „Freizeichen" heißt eigentlich „Freiton", aber mit diesem Begriff kann kaum einer etwas anfangen.
Das lateinische Zitat „*Manus supra idolum ...*" in Martins Traum ist der Schlüssel zum geheimen Raum in Ecos „Name der Rose", die Tür zu der Kammer bildet ein großer Spiegel.

Selbst im Epilog steckt ein Fehler: Im Januar 2007 ist in Frauenaurach überhaupt kein Schnee gefallen, aber die dicke Schicht Pulverschnees gab eine schönere Kulisse für Martins schriftstellerische Tätigkeit ab.

Schließlich gab es noch eine gewaltige Zahl von Tippfehlern und falschen Bezügen, falschen Zeiten, unpassenden Formulierungen und anderen korrekturwürdigen Details. Sie alle haben meine Frau Cordula, Inge Wirth und Christina Vogel gefunden, die sich als korrigierende und lektorierende Probeleserinnen während unseres Urlaubs an der Ostsee zur Verfügung stellten. Letztere fand schließlich durch unermüdliche Fahndung noch weitere drei Dutzend Fehler nach dem ersten Druck. Und meine Frau anschließend nochmals etwa die gleiche Zahl. Hätte ich nie für möglich gehalten! Dafür beiden vielen Dank!

te ihre Fässer stets am Weg nach Kriegenbrunn, dort hausen heute Fledermäuse. Die Kellerräume unter den Brauereigebäuden gibt es, sie sind völlig trocken. Da ich die Mälzerei nie betreten habe, sind sämtliche Einzelheiten dort meiner Phantasie entsprungen.
In der Kirche gibt es tatsächlich eine Gruft unter der Empore, die auch die Keimzelle für manche der erwähnten Spekulationen um einen geheimnisvollen Gang ist. Und sie war die Keimzelle für die Idee zu dieser Geschichte.
Die australische Fluglinie Qantas (QN) fliegt Nürnberg nicht an, die Zeile ist eine Hommage an den Band 21 der Comicserie Tim und Struppi („Flug 714 nach Sydney") bzw. ein Zitat aus der letzten Seite dieser Geschichte.
Das „Freizeichen" heißt eigentlich „Freiton", aber mit diesem Begriff kann kaum einer etwas anfangen.
Das lateinische Zitat *„Manus supra idolum ..."* in Martins Traum ist der Schlüssel zum geheimen Raum in Ecos „Name der Rose", die Tür zu der Kammer bildet ein großer Spiegel.

Selbst im Epilog steckt ein Fehler: Im Januar 2007 ist in Frauenaurach überhaupt kein Schnee gefallen, aber die dicke Schicht Pulverschnees gab eine schönere Kulisse für Martins schriftstellerische Tätigkeit ab.

Schließlich gab es noch eine gewaltige Zahl von Tippfehlern und falschen Bezügen, falschen Zeiten, unpassenden Formulierungen und anderen korrekturwürdigen Details. Sie alle haben meine Frau Cordula, Inge Wirth und Christina Vogel gefunden, die sich als korrigierende und lektorierende Probeleserinnen während unseres Urlaubs an der Ostsee zur Verfügung stellten. Letztere fand schließlich durch unermüdliche Fahndung noch weitere drei Dutzend Fehler nach dem ersten Druck. Und meine Frau anschließend nochmals etwa die gleiche Zahl. Hätte ich nie für möglich gehalten! Dafür beiden vielen Dank!

Dramatis personae

Martin Thormann	*ostfriesischer Lokalkrimiautor und Verlagslektor*
Isolde	*seine Ex*
Clara Rienecker	*Restauratorin am Germanischen Nationalmuseum*
Pieter	*ihr Mitbewohner*
Bernhard, Ole, Jeff, Claudia	*Bekannte aus Thormanns Zeit in Norden*
Lene Reim	*verstorbene Großtante von Martin Thormann*
Johanna Reim	*ihre Schwester*
Anni und Heinrich Reim	*ihre Eltern*
Franz Wedler	*Mälzergeselle, Opfer (gest. 1936)*
Paul Wedler	*sein Sohn*
Marga Wedler	*dessen Frau*
Rolf Küffner	*hilfsbereiter Frauenauracher, zugereist*
Erwin Roth	*hilfsbereiter Frauenauracher, alteingesessen*
Willi Horn	*hilfsbereiter Frauenauracher, Nachbar*
Krahler	*Name weiterer, für die Handlung wichtiger Frauenauracher*

ISBN 978-3-7450-1057-2
9 783745 010572
www.epubli.de